Für Claudialein ♡

zum Geburtstag

alle lieben Wünsche

von Tetsu & Eva ♡
(hde + chu)

Oliver Baglieri:
Ninette - Am Ende der Unendlichkeit
Briefe eines Untoten
1. überarbeitete Neuauflage; 2006
BestellNr.: PPH 0100

Lektorat: Steffi Birnbaum
Titelbild: © Oliver Baglieri
Covermodel: Nina Kresse
Umschlaggestaltung: Marc Hettich/ Oliver Baglieri
Satz & Layout: E. Ennersen
Druck & Bindung: Schaltungsdienst Lange o.H.G., Berlin

Edition PaperONE
c/o Oliver Baglieri
Pfeffingerstr. 24
04277 Leipzig
www.EditionPaperONE.de

ISBN 3-939398-00-4 (ab 2007: ISBN 978-3-939398-00-4)

Oliver Baglieri:

Ninette -
Am Ende der Unendlichkeit
Briefe eines Untoten

Roman

Für Nina

„Die Musik doch aber
so gleicht ihr das Leben
Der Komposition
von Anfang bis Schluss
So ist's an den Noten
aufeinander zu geben
und führen erst so
zum Wohlegenuss.

Ein Schritt folgt dem nächsten
und stets ist es neu
Der einzelne Ton
er geht
Ein Werk erst im Ganzen
woran ich mich freu
Wenn's dank Not'
an Note entsteht.

Was nun ist ein Ton
der so einsam verloren
Dort steht so
verlassen allein
Der stumm nur erklingt
wie niemals geboren?
Kein Klang findet sich
in ihm ein"

05. Oktober

Verehrter Freund,

nun gibt es keinen Zweifel mehr. Mit dem Oktober zieht nun auch der Herbst ins Land. Wieder einmal. Noch wiegen sich die Bäume im Wind, und hier wie da scheint der Himmel die letzten lieblichen Tropfen des Sommers über der Welt auszuwringen, als würde dieser nicht weichen wollen, uns mit seinem Antlitz beweisen wollen, dass es ihn gibt. Ja, fast scheint es, als wäre es der Sommer, der uns nun in seinen letzten Tagen und Stunden mit einer lauen Brise und einigen blendenden Sonnenstrahlen flehentlich darum bittet, ihn nicht zu vergessen, nun, wo Bruder Herbst ihn augenblicklich zur Ablöse zwingt. Doch unweigerlich wird er weichen müssen, er, der Herr über die Monate des Lichts mit seinen langen Tagen und den kurzen feuchtwarmen Nächten. Was glaubst du, verehrter Freund? Spiegelt sich nicht auch in den Jahreszeiten die ewige Ablöse von Tag und Nacht? Nun wird die Sonne dem grauen Himmel entfliehen, sie wird sich verbergen im Schatten, auf der anderen Seite, so wie auch wir uns im Schatten verbergen, nur dass es uns gilt, vor der Sonne zu fliehen. Gar scheint es, als wären wir gleich dem Herbst. Ein Schatten, der sich über die Welt legt, der niemals gleich mit der Sonne existieren darf und kann. Der unweigerlich die Blüte nimmt und das Leben vergraut, wie welkes Laub, das erst langsam stirbt, noch an den Bäumen hängt, doch mit und mit dem Schicksal entgegen schwebt bis es fällt, sacht und weich, um auf dem Boden liegend langsam zu vergehen. Ja, mein Freund, auch ich glaube, als Herbst zu existieren. Nur wartend darauf, dass die Sonne sich verhüllt, um in jenem Augenblick zur Stelle zu sein, da ihre Strahlen und ihr berstendes Licht den Schutz von der Welt der Lebenden nimmt. Nun ist der Herbst gekommen, und mit ihm die Zeit des Vergehens, des Verblühens, der langsam kriechenden Dunkelheit, die mehr und mehr Besitz ergreift und doch mit Farbenvielfalt gesegnet ist, gleichwohl, als wäre es eine Komposition. Ein Trauermarsch, der mit verführerischen Takten und Tönen die letzten Stunden des Daseins versüßt.
Die Sonne vergeht. Nun wird es Zeit für mich. Zwar weiß

ich noch nicht, wohin es mich heute treiben wird, doch habe ich in einem Viertel dieser Stadt Menschen gesehen, deren Anwesenheit auf verführerische Augenblicke schließen lassen dürfen. Ich hoffe so sehr, lieber Freund, ich finde wonach ich suche. Wenn es doch nicht an dieser elenden Sehnsucht läge, die mich fortan weiter treibt, so würde sich mein Dasein wohl etwas positiver darstellen, als derart, wie ich es in den letzten Jahren erleben musste. Aber gut, kein Selbstmitleid will ich zeigen. So liegt es doch in der Natur unserer Art, auch hier zu sein, wie der Herbst. Unerbittlich und doch sanft und weich, wie das welke Laub, welches in seiner Farbenvielfalt die Gemüter auch noch in jenem Moment erhellt, in dem der Tod schon Einzug genommen hat. So will ich auch heute wieder durch die Nacht wandern, ruhelos, suchend, aber auch edel, um die Welt zu vergnügen, gleichwohl, welchen Preis sie auch dafür bezahlen muss. Dies ist unser Schicksal, mein Freund.

*

15. Oktober

Lieber doch so ferner Freund,

ich bin wieder daheim. Noch steht der weite große Mond am Himmel und noch herrscht die Nacht. Auch wenn es nur noch wenige Minuten sind, so nutze ich doch die Zeit, dir ein paar Zeilen zu widmen. Nun, ich bin satt geworden. Wieder einmal satt. Nicht mehr und nicht weniger. Was verspreche ich mir von den Nächten mein Freund ? Weißt du es? Hütest du vielleicht auch nur die leiseste Ahnung, wonach ich suche, als dann mein Durst, der anfänglich so unstillbar zu sein scheint, gelöscht ist ? Nun, ich frage mich in der Tat, ob er gelöscht ist. Ja, ich bin ein Wanderer, eine Kreatur, die bestimmt ist, sich zu sättigen, die in der morgendlichen Dämmerung in das Reich des Todesschlafes fällt und mit der einbrechenden Dunkelheit am Abend erwacht. Oh ja, ich bin durstig. Oft scheint es mir, als würde genau eben dieser Durst täglich auf ein Neues stärker werden. Stärker als gestern - und morgen schon stärker als heute. Noch mehr und noch mehr. Ich erwache, und noch bevor ich eine Art Leben in mir spüre, fürchte ich mich, zu verdursten, zu verdorren wie eines dieser herbstlichen Blätter, die sich schon auf dem feuchten kalten Boden finden lassen. Und so durchquere ich die Straßen, finde mich ein in den Kasinos, in den Clubs, in den Bars. Ich streife wie ein Wolf durch die Finsternis, bis ich das erreiche, was mich zwingt. Doch, lieber Freund, in der Tat, der Durst kann gestillt werden und sei er auch noch so mächtig. Hier beginnt nun mein Los. Was soeben noch Bestimmung war, scheint schon im nächsten Augenblick nebensächlich. Mittel zum Zweck. Ich erhalte meine Funktionen, ja, doch nun geht es an das Herz. Sei nicht entsetzt oder verwirrt über meine Worte, denn ich habe feststellen müssen, in der Tat ein Herz zu besitzen. Ein Herz, wie ich es zu Lebzeiten hatte. Welche andere Möglichkeit würde sich denn sonst erschließen, wenn es nicht am Herzen wäre? So glaube ich schon, nein... ich bin überzeugt, hier sitzt der Quell. Hier im Herz habe ich mich noch erhalten können. Ob es gut oder schlecht ist, weiß ich bis heute nicht zu beantworten, doch das Herz, ja, ist es nicht seit jeher die Kammer der Einsamkeit ? Ich denke ich bin einsam, mein Freund. Eine andere Erklärung würde mir nicht plausibel erscheinen, da ich nach wie vor empfinde, wenn auch anders, als man es mich im Leben lehrte. Vielleicht sollte ich das Stillen meines Hungers zur Nebensache erklären und mein Augenmerk auf eine andere Art von Erfüllung lenken. Und wenn es so ist, wie ich vermute, so habe ich mich wohl Jahrzehnte um mein eigenes Sein betrogen. Der Tag bricht an. Schon sehe ich, wie sich das Schwarz bricht und die herbstliche Sonne mühsam, zaghaft doch energisch den Tag für sich zu erobern sucht. Ich werde wohl sehen, was mir meine neue Erkenntnis bringen wird. So werde ich auch dir davon berichten.

*

07. Januar

Mein lieber getreuer Freund,

die Monate sind vergangen. Wo doch soeben noch der Herbst Einzug gehalten hatte, legt sich nunmehr weicher sanfter Schnee auf die Erde nieder. Wo bis vor wenigen Wochen noch das reichlich bunt geschmückte Laub das Gemüt erheiterte, obgleich die Trostlosigkeit des grauen Himmels den Verstand benebelte, tanzen nun weiche sanfte Flocken, die sich vom nächtlichen Himmel über der Welt erschütten. Es gleicht einem Tanz, der heiterer nicht sein könnte, graziös und mit einer Anmut versehen, welche auf gewisse Weise hoffen lässt. Worauf, wirst du dich fragen, und noch ehe ich ansetze, eine Antwort niederzuschreiben, hier in meinem Versteck, so lasse ich dies aus, da mir selbst so ist, als gäbe es keine. Nun, ich sitze wieder einmal vor Deinen Noten. Oft hatte ich Gelegenheit, deine Klänge auf dem Klavier zum Leben zu erwecken. Doch je tiefer ich in Deinen Kompositionen versinke, desto stummer scheint der Klang. Er flieht wie ein Nebel, der auftaucht und unmerklich im Nichts versinkt, solange bis keine Spuren, ja, nicht einmal ein Gedanke an ihn zurückbleibt. Auch mein Klavier ist verstummt, lieber Serge. Ja, es schweigt. Wie oft doch huschten meine Finger über die Tasten und erweckten deine beinahe zärtlichen Gedanken zum Leben? Und wie oft hoffte ich, selbst zum Leben erweckt zu werden? Du bist verwundert, mein Freund? Nein, nun lasse mich erklären, welche Gedanken mich zu jener Einsicht trieben, die nun heute mein Wesen beherrschen und mich diese Worte niederschrieben lassen. Deine Kompositionen, deine Gedanken, festgehalten für immer in diesen Noten, welche ich ausgiebig studiert habe. Sie sind das Leben, ein eigenständiges Sein. Sie beginnen und sie enden. Ihr Weg, der doch nur aus jeder einzelnen Note besteht, führt durch alle Bereiche des Seins. Es beginnt, es steigert sich, es versinkt und .... es vergeht. Was aber ist mit mir? Mit uns? Was aber ist mit den Kreaturen, die wie ich ausharren, ein Dasein fristen, das nicht enden will? Kannst du mir folgen, lieber Freund? Jede einzelne Note in Deinen Kompositionen führt zur nächsten. Nicht eine einzige alleine ergäbe einen Sinn, würde erklingen oder erahnen lassen, was sich darauf aufbauen könnte, was entsteht, was dort geboren wird. Nicht ein einziger Ton drückt aus, was die Gesamtheit auszudrücken vermag. Wie der Herbst, den ich dir beschrieb, vergeht die Zeit in deiner Musik. Und erst mit dem letzten Ton wird ersichtlich, was das Ganze ist. Erst so bekommen die Noten einen Sinn, gleich einem Leben.

Es wird geboren, es taucht ein in die Zeit und es verblüht, bis nicht ein Hauch mehr übrig bleibt. Doch erst mit diesem letzten Atemzug ist das Kunstwerk vollendet. Was aber ist mit uns, getreuer Serge? Unser letzter Atemzug ist versiegt und dennoch ist nichts weiter daraus entstanden, als ein Schattendasein. Eine unspielbare Musik, weil sie nicht zum Ende führt. Oh ja, wir gewannen die Ewigkeit, nicht aber die Erfüllung. Wir treiben wie ein vergessenes Schiff auf dem Ozean, das nicht einmal mehr sinken darf. Wer denkt an uns? Doch nicht all jene, deren Alterungsprozesse wir im Laufe der Jahrzehnte in den Gesichtern ablesen und beobachten konnten? Nein, denn diese kehren in den Hafen zurück, und eben wie die Seeleute erzählen sie ihre Geschichte, die im Ganzen einen Sinn ergibt. Welche Geschichte aber sollten wir erzählen? Wir, die nicht einmal wissen, welches unser Hafen ist? Mein Freund, die Komposition ergibt sich aus der Geschlossenheit der Dinge, der Verknüpfung der Noten, dem Takt der Zeit. Wir aber sind der Zeit entflohen. So wurde uns auch die Ewigkeit geschenkt, das einzelne Moment aber, die Note, wurde uns geraubt, genommen. Ja, wir sind Entrissene, deren Anfang unwirklich scheint und zu keinem Ergebnis, zu keinem Sinn führt. Es ist schwer zu akzeptieren, selbst sinnlos zu sein, doch als unspielbare Musik zu existieren, ist nichts weiter als ein Lied, welches niemals enden will. Kennst du Menschen, welche die Unvergänglichkeit der Momente auf Dauer nicht lähmen würde? Auch wenn wir bewegen, uns einmischen in das Sein und in die Komposition all jener, die wir als Opfer auserkoren haben, so bewegen wir nicht uns selbst. Wir sind vereist, verstummt, dem Tageslicht entraubt - und somit dem Leben. Ja, unser Leben ist vergangen, nicht aber unsere Töne, was mich so furchtbar zu schmerzen vermag. So taumle ich durch die Zeit, stürze mich in Abenteuer, die wahrlich keine sind, weil sie niemals versiegen wollen. Es gibt keine echten falschen Schritte, keine schiefen Töne in unserer Musik, da sich nicht ein einziger Abgrund vor uns auftut, der uns zur Umkehr zwingt. Keine Pointe, mein Freund, und somit kein Wendepunkt im Sein, der mich berichten lässt, was erfüllt war, nur als Wegweiser diente, um zu einem neuen Kapitel oder in einen neuen Takt zu führen. Nein, niemals hätte ich angenommen, die Ewigkeit als Bremse zu betrachten, die zu Entbehrungen führt, die den Sinn raubt. Doch nun, da ich nun selbst schon so lange auf jenem Ozean treibe, unentdeckt und von all jenen, die mich zu Lebzeiten liebten, vergessen, da sie selbst nicht mehr sind, so wirke ich nur noch als eine Art Fabel, eine Sage. Ja, gleich dem fliegenden Holländer, der dann und wann nur mühsam kurzweilig im Nebel auftaucht, sogleich aber wieder verschwindet. Ich bin ein Wesen, das zwar existiert, nicht aber wirklich ist. Mich gibt es nicht, obgleich mein Auftauchen bei den Sterblichen für diese fatale Folgen haben kann. Vergleiche mich mit einem Sturm, mein Freund, mit einem Beben oder mit einem Feuer, nicht aber mit einem Vulkan, da selbst dieser erlischen kann. Ich bin irgendwer, nicht aber ein Ganzes. So sei es, mit meinen Zweifeln an mir und der Berechtigung an unserer Existenz, versiegt selbst der Durst, den ich verspüre, im Nichts. Durst, ja, ihn zu stillen ist der Sinn unseres Auftauchens. Was aber ist der Sinn des Ganzen? Ich werde es dir sagen, lieber Gefährte, obgleich ich nicht den Sinn als solches meine, sondern vielmehr die Tatsache über meine Erkenntnis, dass ich und alle die so sind wie ich, kein Ganzes sind. Wir sind nichts. Wahrlich nichts. Unsere Geschichte kann nicht erzählt werden, da sie auf Dauer nur langweilen würde. Eine unspielbare Musik, die Jahr für Jahr aus Wiederholungen besteht. Man wendet sich ab. Und selbst ich, so wirst du mit diesen Zeilen erkennen können, wende mich ab. Ich wende mich ab von mir, auch wenn es nun noch umso schrecklicher erscheint, zu sein. Wenn ich nur wüsste, lieber Serge, an welcher Stelle einer möglichen Komposition ich mich befinde.

Soviel für heute. Verzage nicht über meinen tiefen und schweren Gedanken. Auch ich verzage nicht im Sumpf des Selbstmitleides, da ich nun vielmehr die Stille genießen mag. Soll die Ruhe mir jene Gedanken schenken, die mein Lied, meine Komposition zum Leben erwecken.

*

13.Juni

Mein liebster Serge,

lange nun habe ich nichts mehr von mir hören lassen. Die Tage, die Wochen und Monate sind verstrichen. Die Luft ist erfüllt mit warmen Winden und, was mich nun endlich auf ein Neues erfreut, mit dem liebreizenden Duft des Lebens. Oh ja, lieber Serge, ich rieche das Leben, rieche die Beweglichkeit und die Blüte der Jugend. Es mag dich erstaunen, doch mit dem Sommer, der mir nun die Zeit meines nächtlichen Wirkens verkürzt und die Gefahren der Sonne auf ein Vielfaches erhöht, oh ja, mit jenem Einzug des Sommers kehrt etwas in mir zurück, was ich wohl durchaus als kindliche Freude beschreiben darf. So wandle ich nun endlich wieder mit größerer Freude durch die langen prächtigen Alleen dieser Stadt, die wie eine Knospe im lauen Gesang der Nacht erblüht, die sich nach endlos scheinender Verpuppung endlich in jenen Schmetterling verwandelte, der es vermag, uns mit dem Streif seines Flügelschlages zu verzaubern, in eine Welt zu führen, die uns ein Licht schenkt, welches nicht mit dem Auge vernommen werden kann. Oh ja, oft sitze ich nun hoch über der Stadt, genieße die Brisen der letzten Minuten, bevor noch das Licht die Welt erobert. Manchmal erträume ich mir den Anblick der aufgehenden Sonne, auf welchen ich nun schon so lange verzichten muss. Doch, mein Freund, lasse mich dir erzählen, welche Sonne mein doch vom Winter so zermürbtes Herz erfrischt, welches mich einfügt in das Orchester dieses Daseins, welches ich nun endlich wieder als Ganzes erfassen darf. So mag ich nicht an Folgen oder Konsequenzen denken. Alles was zählt, ist der Augenblick, den ich nun genießen mag. Verdrängt ist die Einsamkeit. Wer weiß wie lange, doch halte ich mich fest, hier in der Gegenwart, hier in diesem Gefühl von Glück. Wie du wohl bereits erkannt hast, ich bin zurück in Paris. Meine Gedanken sortierend, besann ich mich auf die schönen Stunden, die wir gemeinsam hier erlebten. Meine Gedanken und Träume durchschritten Täler, überquerten Flüsse, ließen mich die tödlichsten Hügel erklimmen und im Meer der Sehnsucht baden, solange bis ich spürte, dass die Sonne nur noch ein einziges Male für mich aufgehen würde. Ich zögerte noch, ließ mich auf einem

Dach unweit des Place de la Concorde nieder und schaute hinab. Hinab auf das Leben und Treiben. Bemerktest du je zuvor, dass selbst das Vergnügen der Sterblichen einen Duft hat? Ein Duft, der sich offenbar mit dem Einzug der warmen Jahreszeit verbündet und in der Lage ist, alles zu verzaubern? Nein, nicht nur alles. Sogar mich, der nun dort ausharrte und den Blick über die Stadt streifen ließ. Immer wieder schaute ich nach Osten. Es waren Minuten, welche mich von jenem Augenblick trennten, den ich nun zum letzten Male, aber mit größter Intensität genießen wollte. Es waren nur Minuten, bis dass das Licht die Welt umschließen würde und mich aus meiner vermeintlichen Falle befreien würde. Ich dachte an die Schönheit, stellte mir immer wieder die Frage, welches Wunder in der Schönheit ruht, wie man sie erschließt, wohl in der Hoffnung, in jenem nahenden Sonnenaufgang eine Antwort auf diese Frage zu finden, als ich, noch einmal und fast schon Abschied nehmend, einen weiteren Blick auf das Leben unterhalb meines Häuserdaches warf. Fast wäre es mein letzter Blick gewesen, bis, ja, lieber Serge, bis ich meinen Irrtum erkannte. Nun, da ich dort saß und bislang immer wieder gen Osten schaute, wartend auf das Morgenrot, erstrahlte nun in jenem Augenblick, der auserkoren war, zu den letzten Momenten in meinem kümmerlichen Dasein zu gehören, ein Licht den gewaltigen Platz empor, welches schöner nicht hätte sein können. Das Licht des Lebens mein Freund, das so intensiv, so stark, doch aber voller Liebe so sanft, meine dunkle Seele erhellte und alles erblühen ließ, was in mir selbst seit Jahren welk und modrig schlummerte. Ein Licht, dessen Energie wohl ausreichen würde, auch meine Existenz mit Leben zu füllen. Schlank und graziös war ihre Gestalt. Ihr Blick traf den meinen und hätte ich nicht das Wissen darüber, wo die Sonne aufgehen würde, so würde ich annehmen, hier unten, einige Stockwerke unter mir auf eben jenem Platze, liefe sie mir entgegen. Nicht aber wohl, um mir die Last der Unsterblichkeit zu nehmen, nein, sondern vielmehr wie ein Geschenk, das mir nun erbracht wird, auch in jenem tiefen schweren Herz einen Funken Leben zu verspüren. Ihre dunklen Haare, welche so lang und weich ihre schmalen Schultern umsäumten, die wie von einem fernen Licht einen so zarten Saum um ihr Haupt legten, wehten in der morgendlichen Frische. Ihr Gang, so graziös und ihr Lächeln. Oh

Serge, ob es wohl einen Gott gibt? Einen Gott für uns alle? Mir scheint es so. Ein Gott, der keinen Unterschied kennt zwischen denen, die der Natur strotzen und jenen, die im Sinne aller Naturgesetze die Herrlichkeiten des Lebens kaum zu schätzen wissen. Wenn es so ist, liebster Freund, so schickte er mir ein Zeichen. Und noch mehr. Nun aber, da ich hoffen und glauben mag, dass es so ist, verflüchtigt sich die Einsamkeit. Nein, wenn es so ist, sind wir nicht wider jeder Natur. So sind wir ein Teil von ihr und unser Sein ist nicht verloren. Weder in der Zeit, noch im Fluch der Ewigkeit. So tauchte sie nun auf. Ihre Erscheinung glich einem Engel, der mich so zärtlich mit dem Flügel berührte, dass ich fast vergaß, was ich mir zu jener Stunde, so kurz und unmittelbar vor dem Sonnenaufgang vorgenommen hatte. So schlug dieses Bewusstsein wie ein Blitz in mein Haupt. Schnell noch erwiderte ich ein Lächeln, welches sie mir so ungetrübt entgegenbrachte. Nein, sie schien nicht einmal verwundert darüber, mich hier so hoch oben auf jenem Dach zu sehen. Und schließlich entfloh ich den ersten Sonnenstrahlen, dessen Wärme meine Brust bereits durchbohrten. Nun, ich weiß nicht, ob es tatsächlich an jenem nahenden Licht gelegen hatte, oder an jenem starken Gefühl wieder erwachender Freude, doch wurde es Zeit. Oh ja....ich ließ ab von meinem Plan. Schnell noch suchte ich auf den Dächern nach einem geeignetem Unterschlupf, welcher mich vor der Sonne behütete, welchen ich auch unterhalb eines Kamins fand. Hier nun harrte ich aus, schwelgte in jenem Meer der Sehnsucht, welches sich dank dieses lieblichen Blickes vor mir offenbarte und hoffte auf ein ebenso erfreuliches Morgen. Ob ich sie wiedersehe, lieber Serge? Jene Sonne, die mich erfüllt, deren Energie mich verzaubert und zu einer Art Leben erweckt? Was weiß ich schon von ihr? Nichts weiter, als dass es sie gibt. Aber alleine diese Gewissheit ist mehr als jeder Traum. Ich habe sie gesehen. Und ich werde sie wiedersehen.

*

29. Juni

Mein lieber und getreuer Freund,

erneut möchte ich dir heute einige Zeilen widmen. Mein letzter
Brief hat dich sicherlich längst erreicht und neugierig gemacht.
Es ist entzückend, wie fröhlich Neugierde machen kann, nicht
wahr? Und sei es nur die Neugierde auf den weiteren Verlauf
einer Begegnung.
Nun, ich bin immer noch in Paris. Du hast es erahnen können
- das weiß ich. Alles andere wäre wohl auch gegen jedes Gefühl
gewesen. Sowohl gegen deines als auch gegen das Meinige.
Nun, da die kürzeste Nacht des Jahres auf ein Neues verstrichen
ist, harre ich weiterhin in ausschauender Erwartung auf die
Freude einer sich wiederholenden Begegnung. Oh ja, lieber
Serge. So muss ich wohl schreiben, dass mir der Anblick meiner
plötzlichen daseinserfreuenden Begegnung bis heute noch
verwehrt blieb. Doch ich harre aus und übe mich in Geduld. So
ist es nun nicht mehr daran, eine Antwort oder einen Ausweg
zu suchen. Oh nein, denn diesen habe ich gefunden. Mehr
noch als das. Der Grund meiner Existenz. So sei er seit jener
morgendlichen flüchtigen Begegnung nicht mehr in Frage
gestellt. Nein, ich habe ihn gefunden. Und mit der Gewissheit
jener Existenz wölbt sich in mir das Gerüst aller Fragen nicht
mehr dahin, ob es gut ist, dass ich bin, oder gar, warum ich bin,
sondern vielmehr in jene Richtung, wie ich sie wiederfinde. Es
ist auch für mich noch seltsam, lieber Freund, wie doch aus
Zweifeln letzten Endes der bis dahin nur geschürte Glauben in
Gewissheit kippt. Eben jener Glauben, der in Hoffnung sprießt
und so noch vor dem letzten Schritte behütet. Ja, lieber Freund,
du hast richtig gelesen: Gewissheit. Nicht wissend darüber, was
mir jene neue Erkenntnis gibt oder bringen wird, so weiß ich
aber doch, dass es einen Grund für mich gibt, auch weiterhin
zu sein. Offenbart sich meine Suche, die derzeit nur ein Warten
an eben jenen Flecken, wo ich sie doch sah nur dies eine Mal, ist,
auch als schwierig, so auch als hoffnungsvoll. Nun gut, es gibt
Risiken. Ich gestehe mir ein, nun einem neuen Feind gegenüber
zu stehen, doch mag ich nicht daran denken. Die Zeit, lieber
Serge. Ich habe Zeit. Ich habe alle Zeit der Welt. Die Ewigkeit

liegt mir zu Füßen, doch meinen Traum zu finden, darin werde ich in der Güte aller zeitlosen Sorglosigkeit beschnitten. Was, lieber Serge, wenn ich sie erst in sechzig Jahren wiederfinde? Lasse nun bitte ab davon zu denken, ich würde lediglich der Jugend verfallen. Darum geht es nicht. Worum es geht, ist die Tatsache, dass jenes zauberhafte Geschöpf, jener lebendig gewordene Traum eben nicht alle Zeit hat. So möchte ich sie kosten, genießen, wenn schon nicht für immer, so wenigstens für das Geschenk eben jener Zeit, die uns bleiben könnte. Es mag sein, dass ich einer Versuchung erliege. Einer Versuchung, die sich nicht bestätigen muss. Woher auch sollte ich wissen, dass auch sie mir verfallen würde? Nun mag ich nicht daran denken, doch tröstet mich alleine der Gedanke, sie in meiner Nähe wissen zu dürfen. Wenn ich schon kein Teil ihres Lebens werden könnte, und alles spricht dafür, dass es so zutreffen würde, so würde sie doch meine Existenz bereichern. Immer wieder auf ein Neues würde sie die Trostlosigkeit meines Brunnens, den Brunnen meiner Seele, mit dem Quell ihrer Schönheit beleben. Nichts weiter würde ich wagen, derzeit zu hoffen. Es wäre mir, als gliche ich einem Baum, der doch in der Liebe und Verwurzelung zum festen Grund der Erde leben könnte. Ich dürfte sein, lieber Freund, auch wenn mein Dasein einem Schatten gliche. Wer bin ich denn heute? So würde ich sie als Sonnenaufgang erleben. Das Licht meiner Seele, der wiedererweckte Pulsschlag meines Herzens. Ich würde sie schützen, über sie wachen, sie begleiten, wo immer es sie auch hin treiben würde. Abends säße ich an ihrem Fenster und könnte so liebend teilhaben an ihrem Leben. Nur eines würde ich verhindern müssen. Sie aus den Augen zu verlieren, Serge. Der Tag ist ihr. Ich könnte ihr nicht folgen. Mag sein, dass du mich zu jenen hoffnungslos Verfallenen rechnen magst. Oh ja....ich gestehe es sogar. Ich bin verfallen. War es bislang nur ein Traum, eine Hoffnung, so ist es nun Gewissheit. So lasse mich die Zeit bezwingen und sie wiederfinden, Serge. Gäbe es ein Opfer, welches zu erbringen ich in der Lage wäre, ich würde es erbringen.

Nun, so sehe ich die hereinbrechende Finsternis. Ob ich sie heute Nacht finden werde? So werde ich dir davon zu berichten wissen.

*

26. Oktober

Mein lieber Freund,

endlich nun ergebe ich mich auf ein Neues, dir von mir und meiner Existenz zu berichten. Du erinnerst dich an meine letzten Briefe, teuerer Freund? Oh, welch überschwängliches Glücksgefühl mich so gebannt hatte, welch glühendes Licht über meinem sonst doch finsterem Horizont erstrahlte, welcher Stern über mir stand und mich packte, als wäre ich die geballte Jugend und Freude selbst. Und auch heute mein Freund, will ich dir von jenem Stern erzählen, der jenen toten Muskel in meiner Brust so verzauberte. So schrieb ich dir von meiner Begegnung. Tapfer, stolz, voll und nahezu überquellend vor Daseinsfreude genoss ich den Sommer. Nun, es war nicht so, dass mein Warten mich zügig an den Rand der Glückseligkeit führte, nein, mein Freund, so war es nicht. Doch es war ein Warten und wie jedes Warten hatte auch dieses mit dem Moment, mit der Zeit, mit dem Vergehen zu tun. Nacht für Nacht erklomm ich das Dach des Hauses, welches mir jenen wunderbaren Blick über die Stadt und über jenen Platz gewährt, der mich mit dem Himmel, ja lieber Serge, mit der Botin des Göttlichen in Berührung brachte. Es war zwar eine Berührung von Materie, etwas Unsichtbares, doch so erfüllend, so warm, so zart. Wie nur kann ich es beschreiben, was mir widerfuhr, Serge, wie nur? So harrte ich aus auf jenem Dach, Nacht für Nacht, immer wieder im hoffenden Glanz einer neuen Begegnung, einer erneuten Berührung mit jenem samtenen Geschöpf, welches jeder untoten Natur auf so magische, ja fast mysteriöse Weise, trotzt. Nacht für Nacht, Serge, und so will ich auf ein Neues auf das Warten zurückkommen, welches doch immer ein Ende prophezeien mag. Denn durchzuckte mich doch so der Strahl der Zeit, einer Tatsache, die für mich in meinem Dasein keine Rolle mehr spielen sollte. Doch noch einmal, seitdem ich doch schließlich aus dem Leben trat, noch einmal berührte mich die Endlichkeit, das Vergängliche. Ja, das Warten ist dazu bestimmt, zu enden, lieber Serge. Ebenso wie das Leben. Was denn anderes ist das Leben, als das Warten auf ein Ende, in welchem sich alle Fragen von selbst beantworten? Der Tod als Ziel und somit als Erfüllung. So möchte ich, der, der eben jener Linie entsprungen ist, das Leben wie das Warten selbst als Verbindung von Zeugung und Sterben bezeichnen. Eine Linie, Serge, nichts weiter als eine Linie. Und in jener Nacht, in welcher ich dieser Lieblichkeit in die Augen schauen durfte, ja, in jener Nacht wurde etwas erzeugt. Erzeugt? Nein, welch falsche Phrase...gezeugt, Serge, gezeugt. Denn tatsächlich ist etwas zum Leben erweckt worden. Irgendetwas in mir, was es auf diese Art und Weise niemals zuvor gab. Seither lebt es in mir und nichts weiter als der Moment des Sterbens kann mir dieses Gefühl jemals wieder nehmen. Es ist gleich, auf welche Weise das Sterben vor sich gehen könnte. Es spielt keine Rolle. Denn etwas, das gestorben ist, hat schließlich jene Erfüllung gefunden, die das Leben alleine nicht zu geben vermag. Du siehst wie positiv das Warten sein kann. Das Glück wie das Leben, das Warten wie das endlich Existierende....eine kleine dünne Linie in der Geschichte. So raffte ich mich auf. Nacht für Nacht. Hielt Ausschau nach jenem Engel, nach ihren wehenden Haaren in den lauen Sommernächten, doch, lieber Serge, doch sah ich sie nicht mehr. Gedanken quollen wie schwere Lava aus einem fast erloschenem Krater durch meinen Kopf, das Warten wurde zur Qual, obgleich ich wusste, es müsste ein Ende finden. Die Hoffnung zerfloss wie die Nacht in den nahenden Morgenstunden, meine Glieder wurden lahm dank dem Drang, sich bewegen zu müssen, es aber nicht zu können. Ich wartete. Ich wartete wie ein kleines Kind, welches sehr wohl weiß, dass es Weihnachten gibt, jedoch schon gar nicht mehr daran glauben mag. So fern, so relativ erschien mir die Zeit. Fast schon hätte ich meine Gefühle für Illusion, für einen Traum gehalten, bis schließlich, der Sommer war bereits vergangen, ein Funke von gewaltiger Freude meinen leblosen Körper durchzuckte. Dort war sie, Serge, dort unten, keine zwanzig Meter von mir entfernt. Anders aber als beim ersten Male trafen unsere Blicke nicht einander. So saß ich aufgestützt auf beiden Armen am Rande des Daches. Ich starrte hinab in den Vulkan meines Glückes, vielleicht meines Verlangens, meiner Begierde, wie eine Raubkatze, die nicht in der Lage ist, sich der Angriffshaltung zu entfesseln, ebenso wenig, wie den Angriff auszuführen. Gelähmt, fasziniert, wie in einer in tausend Farben schimmernden Seifenblase, welche ich nicht zerstören wollte. Ach, Serge, das Dasein hält soviel Wunder bereit. So viele Dinge, die weit über den Tod hinaus gehen und sich jeder Erklärung entziehen. Warum auch sollte man suchen, das Rätsel des Glückes zu entschlüsseln? Warum? Es wäre sinnlos, da die Suche, die Erklärung nach dem Wofür und Warum immer nur den Schluss zuließe, etwas beenden zu wollen. Der Schlüssel von Glück und Unglück liegt im Wesen selbst. Auch wenn es schwer ist, sich einem solchen Urteil, einer derart nüchternen Erkenntnis zu ergeben, so drängt es mich, und die Lebenden wohl ebenso, immer in Richtung Glück. Wenn ich also bereit bin, mich dem Schicksal zu ergeben, das Morgenrot und somit mein Ende zu suchen, so doch wohl nur, weil ich zu hoffen wage, hinter eben jener Schwelle das zu finden, wonach ich mich sehne. Flucht vor Schmerzen, Serge. Warum also sollten wir das Glück entziffern? Genießen wir es, auch wenn es doch so vielen Menschen so fremd ist, sich dem Genuss, dem wunderschönen Umstand eines Glücksgefühles zu ergeben. Du weißt, wie ich mich fühle, obgleich ich nicht fertig bin mit meinen Ausführungen. Dort unten also, dort unten ging sie. Nein.... auch *gehen* ist das falsche Wort: dort schritt sie. Eine Prinzessin, Serge, eine Prinzessin die scheinbar von einer Glocke des wunderschönsten Lichtes umgeben war. Ihre Haare, ihre Gestalt, die Art sich zu bewegen. Wie schwebend glitt sie über den weiten großen Platz, welcher in den lauen Herbstnächten nicht weniger besucht ist als in den Sommermonaten. Ihre Gestalt glänzte und ihren Blicken schien stets ein Schweif des schönsten Sternenstaubes vorauszueilen, fast so, als beleuchtete ihr Blick den Weg, den sie zu gehen wünschte. Wie tausend kleiner glitzernder Diamanten eilte ihr jener Zauber voraus, welchen ich so kümmerlich kläglich zu beschreiben versuche. Ein Teppich des Glücks, des Zaubers, der ewig währenden Magie der Liebe, ausgerollt vor ihr selbst, als wolle er allen Menschen und Wesen in ihrer Umgebung ein Stück perfekter Schönheit und Harmonie schenken. Wie versunken ich war in ihrer Gestalt, wie freudetaumelnd in meinem Innersten, wie berührt in der Brust, die ich doch als tot bezeichnen muss. Mein Gott, Serge, so gibt es denn wahrlich Engel? Gibt es sie? Fasziniert, gefesselt, vor Schönheit und Grazie trunken und unfähig mich zu rühren, harrte ich aus auf jenem Dach. Lediglich meine Blicke folgten ihr. So unruhig und doch so still. Immer wieder suchte ich den Eingang in ihre wunderschönen

Augen, die so sanft und zart umrandet sind, von leichtem Schwarz. Dieses strahlende Weiß, diese Blüte, die scheinbar wie aus dem Nichts vom Himmel vor meine Füße fiel. Wie albern komme ich mir vor, so zu schwärmen, doch Serge, du solltest sie sehen. Du solltest sie erleben, so wie ich sie erlebe. Welche Ironie doch dahinter steckt. Ich lebe, Serge, ich lebe. Endlich, endlich erhöre ich mich selbst, höre Töne, die in so weicher Harmonie aufeinander klingen, musizieren. Starr und innerlich zerfließend folgten meine Augen ihrem offenbar schwebendem Gang, bis ich sie fast auf ein Neues aus den Augen verloren hätte. Wie ein Tier, das sich windet und in Fesseln gelegt solange zerrt, bis die Ketten zersprungen sind, löste ich mich aus meiner Gefangenschaft der Faszination und glitt die scheinbar unendlich lange Fassade des Gebäudes hinunter. Wie dankbar muss ich nur sein, dass dies im bescheidenen Trubel unten auf dem Platze von niemandem wahrgenommen wurde. Erst später stolperte ich über jenen Stein der Gefahr, welcher ich mich doch in jenem Moment ausgesetzt hatte. Was wäre es nur für ein Aufschrei gewesen, hätte man mich an jener Häuserwand steil abwärts klettern sehen? Doch vielleicht war es zu finster, ich blieb unerkannt. Ebenso auch von jenen Menschen, deren Fenster ich im hastigen Tempo passierte. In diesem Augenblick, Serge, in diesem Augenblick war mir alles egal. Leichtsinnig, oh ja, aber ebenso leichtfüßig. So frei und entschlossen, so umgarnt vom wohlig warmen Gefühl des Glückes. Ja, Serge, Glück ist ein Mantel, ein Schutzschild, Glück ist Geborgenheit und mehr als alles, was die Ewigkeit jemandem wie mir bieten kann. Eilig also huschte ich jene Fassade hinunter, um forschen Schrittes jenem zauberhaften Wesen zu folgen. Immer und immer wieder drehten sich meine Gedanken um ihr Lächeln, welches mir seit der ersten Begegnung so tief verankert im Gedächtnis geblieben ist. Ich schnappte nach Luft und streckte meine Nase in die Höhe um ihren Geruch, der so warm und blumig war, aufzusaugen, um mich in ihm zu verlieren. Wie nur sollte ich sie nun ansprechen, Serge? Wie viele Jahre nun schon wandle ich umher, zeige bei der Wahl meiner Opfer kaum Hemmungen oder Scheu und nun? Oh ja, ich bin verzaubert. Nicht verblendet, nur, und dies mit aller nur denkbaren Intensität, verzaubert. Eine neue Welt erschließt sich mir. Und sei es nur in meiner Phantasie. Wie gerne hätte ich sie berührt, wäre ihr mit der Hand durch die Haare gefahren, hätte mich in ihrem tiefen Blick verloren? Doch ich war steif und stumm. Lediglich meine Füße waren in der Lage, ihr Schritt für Schritt zu folgen. So folgte ich ihr auf ihrem diamantenen Teppich, der sich vor ihr durch die Straßen entrollte. Weiß Gott, wie lange ich ihr gefolgt bin, ob es Stunden waren oder gar nur Minuten. Jedenfalls erschien es mir wie eine Reise, welche die ganze Nacht andauern sollte. Irgendwann, und hier stellte ich fest, dass wir vielleicht gerade mal eine viertel Stunde gegangen waren, in welcher ich ihr nach wie vor unauffällig gefolgt war, erreichte sie schließlich ein Haus, vor dessen Türe sie stehen blieb. Hier schien sie zu wohnen. Jedenfalls zog sie einen Schlüssel aus ihrer Handtasche, welcher ihr die Eingangstüre öffnen konnte. Hier sollte sie wohnen? Serge, ein neues Glücksgefühl stieg in mir auf, erklomm meine Adern. Beinahe hatte ich das Gefühl, meinen Herzschlag zu hören, doch natürlich erlag ich auch hier nur einer Illusion der Glückseligkeit. Wusste ich doch nun, wo sie wohnt, wo sie hingehört, wo sie wirkt, wo der Zauber ein Zuhause hat. Zuhause. Welch wunderschönes Wort, nicht wahr? Schön zu wissen, wo man hingehört, Serge. Vielleicht wirst du nun lachen, doch in diesem Augenblick, ja, in diesem Augenblick hatte ich das erste Mal seit meiner Wandlung das Gefühl, irgendwo zu Hause zu sein. Sicher, die Türe blieb mir verschlossen, doch hier, hier in diesen Mauern, hinter diesen Fenstern und hinter dieser Türe, hier lebt ein Engel. Hier lebt meine Berechtigung der Existenz, des Seins. Wie die Wurzel, die mich nährt und mich am, wie soll ich es anders ausdrücken, mich am „Leben" erhält. Wenn es einen Glanz in meinem Leben gibt, dann ist es jener Engel, der mich auf so wundersame Weise zum Tanze gefordert hat. Zum Tanz in einem Meer von Sternen. So blieb ich vor ihrem Hause stehen, sah, wie die Türe fast ebenso sanft, wie jenes Wesen selbst es ist, ins Schloss fiel. Keine Minute später flammte in einem Fenster der unteren Räume eine Kerze auf. Oh ja, hier in diesen Räumen müsste sie leben. Die Straße war leer, und selbst wenn es nicht so gewesen wäre, sicherlich wäre ich, wie zuvor am Place de la Concorde, ebenso unvorsichtig an ihr Fenster herangetreten. Wie göttlich sie doch ist, und selbst durch das verschlossene Fenster und durch die dicken Wände war es mir möglich, ihren Geruch weiterhin zu genießen. So stand ich dort wie ein pubertierender Schuljunge, der durch das Schlüsselloch in das Umkleidezimmer der Schwester schielt, und schaute in den großen weiten Raum. Die Kerze stand auf einem kleinen dunklen hölzernen Tisch. Bis auf einen Stuhl und einen ebenfalls dunkelbraunen Sekretär schien das Zimmer gänzlich leer zu sein. Von ihr selbst fehlte die folgenden, für mich fast stundenlangen Minuten, jede Spur. Doch dann, Serge, dann betrat sie das Zimmer. Wenngleich ich bereits zuvor verwandelt und verzaubert war, nun wurde mir klar, dass es Gründe gibt, die Weiten der Zeit für einen einzigen kleinen Moment von Glück aufzugeben. So harrte ich aus, draußen vor dem Fenster. Steif und stumm im Antlitz dieses engelsgleichen Geschöpfes versunken, genoss ich ihren Anblick. Jede Bewegung von ihr, so weich, Serge, wie Seide in einem lauen Sommerwind. So elegant, so anmutig und graziös. Dazu jener warmweiche Duft ihrer Haut, die nur mit einem weiten Tuch bedeckt war. Serge, kannst du dir vorstellen, was ich zu beschreiben versuche? Ich dort draußen, ein Unsterblicher, und doch nichts weiter als ein Voyeur, ein Gast auf dem schönsten Platz der Erde. Und vielleicht im schönsten Augenblick meiner Existenz. Oh ja, sicherlich kann ich mir heute mehr wünschen, als nur an jenem Aussichtspunkt zu verharren. Doch, warum, lieber Serge, warum nur zog sie nicht die Vorhänge zu? Hat sie erahnen können, welches Glück und welche Freude sie mir bereitet?

Kurz verschieden meine Gedanken in Fragen dieser Art, doch die Absurdität erkennend, verdrang ich diese spätestens, als mein Engel nun Platz nahm. Keine vier Meter von mir entfernt, nur durch eine dünne Scheibe aus zerbrechlichem Glas getrennt, saß sie nun auf jenem weich gepolstertem Stuhl und begann etwas zu schreiben. Es wäre ein Leichtes für mich gewesen herauszufinden, womit sie sich beschäftigte, welche Gedanken sie dort zu Papier bringen würde. Doch ebenso wenig, wie ich mir zu erklären suchte, woher sie mitten in der Nacht kommt, war es mir nicht wichtig. Wichtig war sie. Nur sie, und dies ganz alleine. Mein Stern, meine Sonne, mein Lichterstreif, der alleine durch das bloße Sein befähigt, meine immerwährende Nacht so funkelnd zu durchbrechen. Es reichte mir, sie dort sitzen zu sehen, den Bewegungen des Stoffes auf ihrer Haut mit meinen

Blicken zu folgen, mich in ihren Augen zu verlieren, ihren süßen Geruch einzusaugen, ihre schlanken Finger, die so geschickt die Feder schwangen, gedanklich zu liebkosen. Das war alles, was ich in jenem Augenblick wollte. Sie genießen. Wortlos und doch so faszinierend Bände sprechend. Doch so sehr ich mich zügelte, mich in ihrer Schönheit verlor, umso mehr auch stieg in mir das Verlangen auf. Der Durst stieg in mir auf, so stark und fremd, wie ich ihn noch nie zuvor gespürt habe. Sie war und ist der Quell meiner Existenz, doch ebenso war mir bewusst, dass sie, ohne es selber zu wissen, alles für mich war. Wie gerne hätte ich ihren Hals geküsst und von ihrer zarten und wundervollen Pracht gespeist. Doch würde dies alles zerstören, Serge. Also ließ ich ab davon, wenngleich mich der Hunger und dieses schiere Verlangen quälten. Wie ein loderndes Feuer tief in meiner Brust, welches im Stande gewesen sein könnte, mein totes Herz in tausend Stücke zu zerreißen, wenn ich es nicht besänftigte. Schließlich gab ich meiner Natur nach. Gepeinigt vom momentanen Verlust ihres Anblickes, schlich ich mich zur Türe. „Ninette Antoinne", las ich dort. So hieß sie also. Ninette Antoinne. Wie von Sinnen drehte ich mich nun dem Haus entfernend immer wieder zu jenem Fenster um. Hin und her gerissen, schließlich noch zu bleiben, zwang mich aber der Durst und die Gier dazu, mir ein Opfer zu suchen. Ein Opfer, welches dem Sonnenaufgang dieser meiner tiefen Seelennacht, den ich dank Ninette erleben durfte, gerecht werden sollte. Mir war bewusst, dass ich kein Opfer finden würde, welches meinen Durst in dem Maße stillen würde, den ich mir gewünscht hätte, doch sollte und wollte ich mich laben. Nicht mehr und nicht weniger als einen Tropfen jener Göttlichkeit genießen, welche mich in dieser Nacht so erfüllt hat. So spürend und verlangend begann ich nun zu eilen, erhob mich schließlich in die Luft, um irgendwo zu landen, wo ich mich sättigen konnte. Es war mir gleich wo, doch trieb mich mein Blutdurst in jenes Viertel in Paris, in welchem ich sicher sein konnte, wenigstens einen Funken Schönheit ergattern zu können. Ich wollte ein Festmahl, Serge. So erreichte ich Pigalle. Hier nun wollte ich speisen, meinem Verlangen nachkommen, den Hauch dieses Engels erhaschen, der gnadenlos Besitz von mir genommen hatte. Meine Glieder zitterten vor Erregung, vor Glück, vor Sehnsucht, ich weiß es nicht, Serge, ich weiß es wirklich nicht. Doch schien ein Strom durch meinen leblosen Körper zu strömen, welcher im Stande ist, alles Tote in und an mir von sich zu weisen und zum Leben zu erwecken. Doch gab ich mich keiner Illusion hin. An jenem Tag ebenso wenig wie heute. Was mich erhält ist Blut. Und in jener Nacht brauchte ich es mehr, als je zuvor. Und ich wollte mich selbst nicht abspeisen, wollte in jener Nacht das kostbarste Blut, welches ich mir hätte vorstellen können. Doch, lieber Freund, doch dieses konnte und durfte ich nicht genießen. Also beschloss ich, mich selbst dem Trug hinzugeben. Oh ja, du hast richtig gelesen, bewusst nun trat ich den Betrug an mir selber an. Eilig und voller Gier, das Brennen in der Brust wurde schier unerträglich, schlich ich durch die dunklen Gassen, hier, wo bekanntlich die Männerwelt der Stadt das käufliche Vergnügen suchte. Ich zögerte noch, stapfte gleich einem Schatten durch die Pfützen der Straße und suchte und suchte und suchte. Wie ein Feuer in mir, welches entflammt war, um all die Schönheit und den Liebreiz mit leidenschaftlicher Wärme zu umgarnen, pochte die Sehnsucht und das Verlangen durch meine blutleeren Adern, schlug in meinen Schläfen ein und nahm Besitz von dem, was ich im allgemeinen als Verstand bezeichnen würde. Wie Gift im Leibe legte sich ein Schleier über meine Wachsamkeit, über meinen Spürsinn und die Schärfe meiner Gedankengänge. War es der Betrug an mir selber, den ich hier nun in diesen lasterhaften Gassen der Stadt anstrebte, so verlor ich den Blick für die Realität. Ja, Serge, ich erwischte mich dabei, ernsthaft nun nach Ninette, jener glühenden Blume meiner Leidenschaft, Ausschau zu halten. Hier, hier wo Liebe käuflich ist, jedoch ebenso schnell erlischt, wie die Glut einer brennenden Zigarre auf dem nassen Asphalt. Immer und immer wieder machte ich eine Bewegung, die so scheinen musste, als wische ich mir den Schweiß von der Stirn, doch verbarg sich hier etwas anderes. Fast so, als wolle ich meine Gedanken von mir streifen, als lägen sie wie salzige Perlen auf meiner Stirn, um auf diese Weise meinen Verstand zu benebeln. Die Phantasie, Serge, die Phantasie. Welch göttliche Gabe sie doch ist und sein kann. Emporgestiegen aus der Wonne, aus der Freude, aus der Sehnsucht, der Liebe und dem Glück, und doch so gefährlich wie das Sonnenlicht für ein Wesen meiner Art. Ich war und bin ein Opfer der Sehnsucht. In dieser

Nacht wurde es mir klar und bewusst. Verfüge ich auch über Fähigkeiten, welche den Sterblichen doch verborgen bleiben, so bin auch ich in diesem Punkte nichts weiter als ein Wesen voller Gefühle und Empfindungen. Immer und immer wieder versuchte ich also mir jene Gedanken von der Stirn, aus meinem Blickfeld zu streifen, doch kaum waren sie entschwunden, kaum wog ich mich in der Sicherheit der Realitäten, glitten sie sogleich wie ein Schlitten auf einem zugefrorenem See an den äußeren Rand zurück. Langsam und schleichend, auf dass ich ein nächstes Mal den Arm heben würde, um mich erneut zu befreien. Doch das Eis war glatt, mein Freund, glatter als ich es jemals zuvor gespürt habe. Wieder erwischte ich mich dabei, Ausschau nach Ninette zu halten, die gar nicht hier sein konnte. Und jedes Mal, wenn ich auf ein Neues versuchte, mir die ständig verblassende Klarheit aus dem Gesicht, nein, aus dem Sinn zu streichen, blieb wohl etwas von den nebelschwachen Eindrücken zurück. Stück für Stück, bis ich erfüllt war von brennender Lust und unsagbarem Blute der außergewöhnlichsten Begegnung, die ich jemals hatte. Ich wollte ihr Blut, Serge. Ihr Blut, und dies nicht nur in dieser Nacht. Schnell und noch mit einem Funken wachen Verstandes beseelt, stürzte ich in eine Seitengasse. Dort stand sie. Mit dem Rücken zu mir, die Gosse hinauf wandernd, so stolz und sanft. So geschah, was sich seit dieser Nacht immer und immer wiederholen sollte. Ich schloss die Augen. Als ich sie wieder öffnete, saß ich vor einer fremden Dirne, die nun in ihrem Blute mit weit aufgerissenen Augen vor mir lag. Erschrocken über mich selbst, über die Maßlosigkeit meines Verlangens und dem, ja Serge, du liest richtig, Blutrausch, beugte ich mich erneut zu ihr hinunter um mich erneut an ihrem Blute zu laben. Fast noch hätte ich das Straßenpflaster abgeleckt, wenn ich nicht über meiner eigenen Erkenntnis erwacht wäre. Da war sie wieder, die Glut jener Zigarre, die sich auf dem feuchten Pflaster der Straße nicht hält. Wie schlecht ich mich fühlte. Was habe ich getan? Wie ein Tier bin ich über jene Frau hergefallen. Nein, natürlich liegt es in meiner Art, mich vom Blute zu nähren, was nicht selten auch Opfer nach sich zieht, doch Serge, mein Durst, dies war kein Durst. Dieser Durst heißt Sehnsucht, den ich nicht stillen kann, wenn ich mir den Grund seiner selbst erhalten möchte. Ninette muss leben, doch ich muss mich von ihr nähren. Nacht für Nacht. Und so, Serge, so geht es bereits seit einer Woche. Ich labe mich, sauge Ninette mit meinen Augen auf, ergötze mich unbemerkt an ihrer Schönheit, solange bis das Gift, welches ich doch selber mische, in mir empor kriecht, meinen Verstand erreicht und mich zum Tiere werden lässt. Seit einer Woche, Serge, seit einer Woche ernähre ich mich von einem Traum, den ich nicht mehr zu beherrschen weiß. Aus den Rudern gelaufen, entfernt von mir selber, betrete ich nun Nacht für Nacht die roten Gassen von Paris. Du kannst dir denken, dass dies nicht ohne Folgen bleibt. Die Zeitungen der Stadt haben ihre Geschichten, die Dirnen der Stadt Todesangst und ich, Serge, ich habe Durst. So unstillbar, so verhext, so dunkel und wüst, wie ich ihn bis dato nicht kannte.

*

10. November

Mein lieber Freund,

wieder geht ein Tag zu Ende, und wieder beginnt eine Nacht. Eine Nacht, Serge, eine Nacht, die mir der Warterei und dem Ausharren am Tage nun endlich ein Ende bereitet und mich voller Hoffnung und Erwartung an Ninettes Fenster führen wird. Ninette, mein Gott, warum ist es in mir nur so, als hätte ich das Gefühl, sie würde bereits auf mich warten? Ja, du hast richtig gelesen. Fast schon bekomme ich das Gefühl, untrennbar mit ihr vereint zu sein, doch ist dies nicht, was ich tatsächlich vermute. Schlimmer noch. Weiß ich doch um meine Verfallenheit. Nur wie steht es mit ihrer? Je öfter ich mich mit diesen Gedanken alleine hier in meinem Versteck konfrontiert sehe, umso heftiger wird mein Verlangen, in ihr Leben treten zu dürfen. Umso schmerzlicher aber auch wird meine Gewissheit, dass dies wohl den Anfang des Endes bedeuten würde. Ich weiß nicht, wie es um mich bestellt ist, und doch weiß ich es eben. Ihr Glanz, die Strahlen ihrer sonnigen Schönheit, ihrer Bewegungen, so rein und klar. Ich kenne sie, Serge, ich kenne sie so gut und doch weiß ich nichts von ihr. Und so erstehe ich in einer weiteren Nacht, tauche ab in die Welt meiner nur durch Häuserwände spürbaren Liebe und Wärme, um mich in ihrem Duft und ihrer Anwesenheit zu baden und zu recken. Nacht für Nacht harre ich stundenlang aus vor ihrem Fenster, warte, wenn nötig, bis sie heimkehrt, von wo auch immer, da ich es noch nicht in Erfahrung bringen konnte, erwarte das Aufflackern ihrer Kerze auf dem großen braunen Sekretär, ihren ersten Schritt in das sonst spärlich eingerichtete aber warme und gemütliche Zimmer, und genieße sie. Und wieder wird sie auch diese Nacht zu ihrer Feder greifen und schreiben. Was sie nur denken wird? In den Nächten, welche ich nun ohne ihre Mitwissendheit mit ihr gemeinsam verbracht habe, habe ich mich oft der Versuchung gegenüber stehen sehen, nun endlich den Weg in ihre Gedanken zu beschreiten. Welche Mauer sollte mich hindern, Serge? Und dennoch harre ich aus, lasse mich selbst in Unwissenheit, fast so, als wolle ich mich der Überraschung vermeintlich zahlloser Geschenke nicht selber bestehlen, als wolle ich den großen und einzig wahren Moment der Geschenkübergabe als eben solche auch genießen. Weiß Gott, ob dies Masochismus ist. Es spielt auch keine Rolle. Welche Frage allerdings um einiges heftiger in meinem Kopfe brennt, ist eben jene, ob sie sich an mich erinnern würde, wenn wir uns Auge in Auge gegenüberstünden. So hat sie mich doch damals auf dem Hause hocken sehen, als uns unsere Blicke das erste und einzige Mal trafen. Oder erlag ich gar von Anfang an einer Illusion, Serge? Hat sie mich womöglich gar nicht gesehen? Vielleicht nur ihre liebreizenden Augen gedankenverloren und heiter in den Himmel gehoben und den Moment einer stillen Freude oder eines mir verborgen gebliebenen Glückes Revue passieren lassen? Du magst Recht haben, wenn du nun den gedanklichen Einwand bringst, dass dies meine Situation nicht im Geringsten ändern würde. Noch ist sie mir fern, wenngleich ich selbst ihr auch jede Nacht so nahe bin. So viele Fragen ranken sich um sie, und trotzdem habe ich nicht das Bedürfnis, alles wissen zu müssen oder zu wollen. Was ich will ist sie. Ganz und gar. Nun trennt uns noch jene Häuserwand, doch bin ich Teil ihres Lebens geworden. Ob sie es weiß oder nicht. Ob sie mich damals gesehen hat oder ihre Blicke mich nur streiften, gar nicht einmal berührten. Ich jedenfalls bin berührt, so angetan, ja, so unbarmherzig verfallen in jener Sehnsucht, die mich doch oft so brennender Weise von innen zerfrisst, in welcher ich mich suhle und welcher ich mich hingebe, wie ich es niemals zuvor getan hätte. Stattdessen spiele ich mit mir, katapultiere mich selbst zwischen den Grenzen der Leidenschaft und des Wahnsinns hin und her. Mag man mich auch entdecken, wenn ich nachts vor ihrem Fenster teilhabe an jeder ihrer Bewegungen, gar so, als ob ich sie bereits berühre, so weiß ich, dass nicht ich der Spieltreiber bin, sondern lediglich der Ball, der durch Ninette quer über das Spielfeld getrieben wird. Sie ist die Macht, die mich beherrscht. Ein schwacher Trost nur, doch möchte ich ohne sie nicht sein. Weißt du eigentlich wie ich mich fühle, wenn sie vor mir auf dem Stuhle vor dem Sekretär sitzt und sich die Strümpfe vom Bein streift um anschließend ihre müden Waden zu massieren? Ein Feuerwerk der Göttlichkeit, welches in jenen Augenblicken in mir hochbricht, der Moment, in dem ich mich kaum noch zügeln kann, um eiligst die Hindernisse zwischen ihr und mir zu zertrümmern. Um endlich ans Ziel zu gelangen. Trotzdem halte ich mich im nahezu letzten Moment zurück. Doch aber, lieber Freund, doch aber fürchte ich mich vor mir selber, denn spüre ich schon, wie ich immer und immer wieder der Versuchung erliege, jenen Moment noch ein Stückchen weiter hinaus zu zögern. Wie weit werde ich gehen? Wie weit werde ich mich heute an den Horizont meiner Selbstbeherrschung heranwagen und wie weit morgen? Wird es diesen Moment gar niemals geben, so dass nur die Phantasie einen Streich mit mir spielt? Bislang war dies der Augenblick, in welchem ich eiligst den Weg zu den Dirnen suchte. Doch auch hier türmen sich Mauern vor mir auf - und vor der Erfüllung meiner trügerischen Befriedigung am Blut der Bezahlbaren. Ja, es ist unruhig geworden in Paris. Auch bin ich zu der Überzeugung gelangt, mein Revier vorläufig zu wechseln. Zu viele Morde dort, Serge, zuviel Polizei und zuviel Aufmerksamkeit, die mein Wirken erregte. Schon ab heute Nacht werde ich mich ins Quartier Latin zurück ziehen um dort meinen sehnsuchtsvollen zu Hunger stillen. Auch wenn die Studentinnen deutlich jünger sind, als jene Dirnen, ich ihr eine Zukunft nehme, vielleicht ein Leben voller Freude, Glück oder was auch immer sie sich wünschen. Wie alle Tiere im Universum habe auch ich ein Recht darauf zu sein. Jetzt noch mehr als je zuvor. Tief in mir spüre ich, nicht wahrlich tot zu sein. Sie hat mich bewegt, etwas in mir bewegt, Ninette hat mir den Todeswillen genommen, doch ist im selben Augenblick der Weg ins Leben auf immer verbaut, zumindest wurde mir erst jetzt klar, dass es niemals mehr einen Weg geben kann. Ja, so wohl hat sie mich gefangen, gebannt, um mich mit all ihrer Faszination in die Weiten der Zeit und der Stille zu werfen. Nein, nein, mein Dasein verläuft alles andere als ruhig, und doch fühle ich die unendliche Ruhe der Einsamkeit in mir. Die Einsamkeit, die sich irgendwo zwischen den Herzkammern versteckt, egal ob man selbst noch lebt, tot ist oder ein Verdammter, wie ich es bin. Denn ein Nichts bin ich nicht. Es gibt kein Nichts außer jener Einsamkeit, von welcher ich dir schreibe. Hier ist der Ort, der keine Farbe kennt, hier im Herzen, tief in uns, und es liegt an jedem Einzelnen, ob er es gut oder schlecht deuten möchte, ob er es genießt oder daran verzweifelt. Ich habe, ohne es selbst bewusst beschlossen zu haben, beide Wege gewählt. Ninette ist meine Erfüllung, doch jede Minute, welche ich ohne ihren Anblick ertrage, ist wie der Schlaf in einem Bett voller Dornen, welche sich unerbittlich und langsam, aber ebenso urgewaltig durch meine Haut bohren, bis sie das Herz erreicht haben, von wo aus der Schmerz sich nun über meinen ganzen leblosen Körper ausbreitet. Sie zwingt mich zu sein, und doch breitet sich der Tod in meiner Umgebung mehr und mehr aus. Auch in mir Serge, mehr und mehr in den Stunden, in welchen ich nur von Ninette träumen kann. Und so hoffe ich in jeder schlaflosen Stunde, sie würde auch in der nächsten Nacht wieder für mich da sein und nicht vom Tage geraubt. Denn der Tag ist nicht mir, der Tag gehört dem Schicksal, welches ich nur schwer beeinflussen kann. So wird es nun wieder Zeit für mich, Serge. Die Sonne taucht ab, um der Nacht das Recht einzuräumen, selbst zu sein. So wie ich sein möchte.

*

Wieder in den Mauern meines einsamen und dunklen Versteckes, noch ein paar wenige Zeilen an dich. Wie in jeder der vorangegangenen Nächte war ich auch diese Nacht wieder bei Ninette und durfte in ihr das Sonnenlicht auf so zauberhafte Art genießen. Und wie bereits zuvor bereits geschildert, zögerte ich auch in dieser Nacht meinen

Aufbruch auf ein Neues hinaus. Frage nicht, ob es Sekunden oder Minuten waren, denn ist der entscheidende Augenblick ohnehin immer nur von Sekunden abhängig. Nein, er ist von einer Sekunde abhängig. Das Dasein ist ein Fluss, der sich den Entwicklungen unterzieht. Entwicklungen, die sich über Jahre, über Jahrmillionen hinstrecken können, und doch ist immer die Sekunde der Veränderung, in welcher wir diese spüren können, ihre Auswirkungen erleben, die Entscheidende. Noch sehe ich nicht, wie Ninette altert, wie ihre Haut vertrocknet, ihre Knochen und die Geschwindigkeit ihrer Bewegungen sich verlangsamen, doch irgendwann Serge, irgendwann werde ich mich erinnern. Ich werde mich daran erinnern, wie sie heute, gestern oder noch letzte Woche aussah. Dann aber werde ich die Veränderungen feststellen. Fällt dir etwas auf? Ja, selbst dann, wenn ich Veränderungen feststellen werde, so habe ich immer noch Ninette. Was aber wenn sie stirbt? Die Sekunde ihres Todes wird alles für mich verändern. Siehe hin, man hat hier in Paris damit begonnen dieses stählerne Ungetüm aufzubauen, so hoch, wie noch nie zuvor ein von Menschenhand erschaffenes Ding erbaut wurde. Fortschritt, Serge, so funktioniert der Fortschritt. Der Mensch forciert seine Entwicklung, forciert das Bild der Welt nach einem Muster, das ewige Jugend versprechen soll. Ja, die Zeit und mit ihr der Fortschritt sollen alles besser machen. Doch aber genau das Gegenteil wird geschehen. Die Menschen altern, sie werden immer altern, solange, bis sie allmählich zerfallen und dem Tod übergeben werden. Dies ist die Natur, welcher ich dem menschlichen Verstande zufolge entgangen bin, obgleich ich ein Teil ihrer selbst bin. Ich bin ein Paradoxem, ein Paradoxem, welches sich die Menschheit selbst erschaffen möchte. Als ich meinen Durst und diese elendige Gier weitestgehend gestillt hatte, diese junge Studentin vor mir lag, wurde mir im Schatten des stählernen Ungetüms bewusst, dass alles im Sein der Vergänglichkeit zustrebt. Komme was wolle. Auch dieser Turm wird altern, wird rosten, wird zerfallen und irgendwann nur noch von der Kosmetik, die sich ebenfalls weiter entwickelt, leben und von dieser zehren. So ist der Mensch. Künstlich wird erhalten, was längst gestorben ist. Mag ich gar selber ein Opfer eines kosmetischen Versuches der Natur sein, Serge? Oder bin ich wirklich ein Teil von ihr, so wie ich es bisher annahm?

Wenn ja, wann schlägt mein Ende? Du erinnerst dich, was ich dir seinerzeit über die Musik geschrieben hatte? Wenn ich Recht haben sollte, so wird auch meine Musik eines Tages spielbar sein. Denn dann gibt es ein Schicksal, einen vorbestimmten Weg, den die Natur mir und uns von Anfang an zu Füßen gelegt hat. Dann auch verwundert es mich nicht, Ninette auf so wunderbare aber auch grausame Weise verfallen zu sein. Dann nämlich sind Gefühle und Empfindungen ein Stück Göttlichkeit, Schicksalsführer, Teil der immer während en Natur, die somit beweist, dass einzig und alleine sie unsterblich ist. Und mit ihr, als Teil ihrer selbst, auch das Gefühl. Liebe ist unsterblich, Serge, unsterblich! Und somit geht Ninette in die Unsterblichkeit ein. Ein jeder, der geliebt wird, ist unsterblich. Oh ja, Serge, wahre Liebe ist unsterblich. Dies ist die Ewigkeit, so leer und trist sie in den Fluten der Zeit auch manchmal erscheint.

*

11. November

Geliebter Freund,

mein Gott, wie sehr ich taumle, wie sehr hin und her gerissen ich bin von meinen Gedanken, von meinem Handeln, von meinem ganzen Sein. Es quält mich, wie ich mich verhalte. Und doch genieße ich den Schmerz dieser unstillbaren Liebe, diesem Hauch von Glück, diesem göttlichen Geschöpf namens Ninette, welches im Stande und in der Lage ist, mich dem Sonnenlicht fernzuhalten, mein Dasein und mich selbst so verzückend zu bereichern, welches aber im selben Augenblick so ein schier kaum mehr erträgliches Loch in meine Brust reißt, dass ich meine Bedürfnisse kaum noch stillen kann. Heute erging es mir gar so, dass ich bereits auf dem Heimweg aus dem Quartier Latin gleich an der Seine kehrt machte, weil die Leidenschaft und dieser unstillbare Hunger auf ein Neues entflammt waren. Kaum noch verliere ich einen Gedanken daran, lediglich meinen tatsächlich existenziellen Hunger zu stillen, vielmehr suche ich die Erfüllung meiner Träume, welche ich jedoch nur in Ninette selbst erleben kann. Vielleicht kennst du selbst dieses, ja ich möchte fast sagen, gnadenlose Verlangen nach dem Vollkommenen. So spürst du den Appetit in dir, welcher sich steigert und steigert, so mächtig und überwältigend, dass du bereit wärst, nahezu alles in dich hineinzufressen. Doch damit wäre es nicht getan, nein, denn dein Appetit ist jener Natur, dass du gleich mit dem ersten Bissen den Funken eben jener Vollkommenheit in deinem Inneren spürst. Doch was, lieber Serge, was geschieht mit dir, wenn dir Speisen dieser Art, warum auch immer, verwehrt bleiben? Du schaffst dir Ersatz, meinst sogar anfänglich zu spüren, dass sich die Stillbarkeit deiner Gelüste in dir regt, doch kaum hast du den letzten Happen verschlungen, beginnst du dich auf eine Neues zu quälen. Dieses Mal jedoch noch elender, da ein neues Gefühl in dir entflammt ist: die Qual deines Gewissens. Nimm das Beispiel des Übergewichtes, so unbedeutend es auch sein mag. Für den Eitlen ist dies sein Los, sein Schicksal, ein Teil seiner selbst, den er fördert, züchtigt und bekämpft, in manchen Fällen sogar am liebsten umbringen würde. Doch schon aber erwacht der Appetit, und er wird essen. Ist das, was er sich wünscht, nicht verfügbar, so wird er zum Ersatz greifen, einen Funken Freude und Glück in sich verspüren, um unmittelbar nach Beendigung seiner Mahlzeit an dem schlechten Gewissen sich selbst gegenüber zugrunde gehen. Der Appetit auf das Vollkommene aber, der bleibt. Nur dieses eine Mal gerne würde er noch zuschlagen. So beginnt er sich zu hassen, zumindest auf diesem Stück seines Seins, wird jedoch auf ein Neues verfallen. Je länger aber der Appetit ungesättigt bleibt, desto heftiger wird das Bedürfnis. Er frisst, er schlingt unaufhörlich alles in sich hinein, bis er letzten Endes sogar sagen kann, nun sei es ihm auch egal. Dies ist es ihm aber nicht. So unlogisch, und doch so gut nachvollziehbar. Würdest du mich nun sehen, liebster Freund, so könntest du wohl ein leises Lächeln auf meinen Lippen vernehmen. So unerhört erscheint mir der Vergleich der Liebe und der Sehnsucht mit dem Verlangen der Übergewichtigen. Und doch möchte ich diese Parallele zulassen. In diesem Augenblick nämlich hilft sie mir, den letzten Minuten der Nacht doch leicht erheitert entgegen zu sehen. Vielleicht hältst du mich in diesem Moment für infantil, doch aber hilft mir manchmal eben genau dieses über den größten Schmerz und die Gedanken an Konsequenzen aller Art hinweg.

04. Dezember

Mein lieber getreuer Freund,

und wieder einmal neigt sich mit langsamen Schritten ein weiteres Jahr dem Ende entgegen. Der Winter zieht ein, verdrängt den Herbst, und spendet mit seiner Kälte und den frischen Winden gerade eben jene Fähigkeit, die Kräfte zu sammeln und zu konzentrieren, damit das Rad der Natur sich im kommenden Frühling auf ein Neues kraftvoll drehen kann, um die Tristheit des Verstorbenen mit seiner Farbenpracht und seinem zahllosen wundervollen Düften auf ein Neues zum Leben zu erwecken. Am Ende ist vielleicht doch nichts endlich, lieber Freund, nichts. Weder die Trauer, noch das Glück, weder das Leben noch das Sterben. Geschweige denn der Tod. So tragen wir stets alles in uns. Die Zeiten des Lichts verstreichen, und ich genieße und spüre jede einzelne Minute, mittels welcher sich die Dunkelheit des Tages verlängert. Doch kaum sind die Tage kürzer geworden, beginnen sie, sich auf ein Neues zu besinnen, um nun aus der gewonnenen Kraft der Reserve erneut empor zu schnellen. Tag und Nacht. Leben und Tod. Folge ich diesem Gedanken, so wird auch für mich eine Zeit anbrechen, die mich auf ein Neues zum Leben erwecken wird. Ich harre aus, gestorben aber nicht vergangen. Ist die Ewigkeit möglicherweise nichts weiter, als nur der Weg zum längsten Tag im Jahreszyklus irdischen Daseins? Ich werde es erfahren, Serge….und ebenso wie ich, jeder andere. Gleichwohl, ob er mein Schicksal teilt oder als Lebender das Dasein bewältigt. Wir alle werden den längsten Tag erleben…und die längste Nacht. Eine schöne Vorstellung, findest du nicht? Doch wie mag es sich mit dem Glück verhalten, lieber Freund? So gibt es jene Tage der Trauer, der Herbst und der Winter, der bis zur Selbstzerstörung reichen mag, und so gibt es die Tage des vollkommenen Glückes. Oh ja, Serge, ich bin sicher, dass auch dir Gefühle wie Melancholie nicht fremd erscheinen. Melancholie. Wir empfinden das Glück als eine der schönsten aber auch schwersten Bürden, die wir ertragen können. So ist es möglicherweise nichts weiter, als der Kern der Traurigkeit, die wir doch nur im Glück genießen können. Und was ist Hoffnung, lieber Weggefährte? So ist Hoffnung weitaus mehr, als nur jener platonische Erklärungsansatz, in gewisser Hinsicht optimistisch zu sein. Nein. Ebenso wie die Melancholie erfahren wir die Hoffnung als Kern des Glücks, der uns vorwärts treibt, hinaus aus dem tristen Winter unserer Traurigkeit. Melancholie und Hoffnung, fest verwachsen als Kerne unserer Empfindungen. So spielt es keine Rolle, ob wir leben oder tot sind. Wir sind. So oder so. Das Eine führt zum Nächsten und beide Formen tragen das jeweils Gegenteilige in sich. Was tot ist, drängt zum Leben, was lebt, strebt dem Tode entgegen. So brauche ich mich nicht auszuschließen. Im Gegenteil, darf ich doch auf so wundersame Weise teilhaben an beiden Strömungen. Auch wenn es mir scheinbar nur in Extremen vergönnt ist. Mag die Zeit daran Schuld haben. Mag sein, dass mich die ewig während Betrachtung, wie um mich herum doch alles vergeht, manchmal verblendet. Doch gibt es auch Stunden, Tage, Wochen, Monate und Jahre des Glanzes. So blühe ich auf, meine Knospen entfalten sich, was morsch und müde war, ist verzaubert und zu neuem Dasein, mit einer neuen und ungeahnten Kraft, erstanden. Ich selbst entblättere mich und doch ist der Kelch meiner sonderbaren Blüte nicht mehr und nicht weniger als der Kern der Traurigkeit, der Sucht nach dem Schönen und Vergänglichen. Oh ja, der Kelch der Melancholie.

Doch sicherlich bist du neugierig. Neugierig auf Ninette, meinen Engel, meine Frühlingssonne, meine Kraft, die mich aufblühen lässt. So will ich dir von ihr berichten, will dir meine letzten Wochen beschreiben, in welchen ich den Strudel von Sommer und Winter intensiver empfunden habe, als jemals zuvor. Wie du dir denken kannst, hat sich mein Verlangen von Nacht zu Nacht und nahezu mit jeder einzelnen Stunde gesteigert. Und so danke ich dem Lauf der Jahreszeiten, dass Ninette mir eben zu jenem Zeitpunkt erschienen ist, an welchem sich die Tage auf ein Neues verkürzen und die Minuten, um welche die Nacht nun kontinuierlich verlängert wird, wie ein gnadenvolles Geschenk über mich hereinbrechen. Immer früher konnte ich doch so auf diese Weise Ninettes Wohnung aufsuchen. Und umso länger durfte ich dort ausharren. Wenngleich meine Sehnsucht, diese unendliche Begierde und dieser stetig anwachsende Durst kaum mehr zu ertragen sind, so blieb mir jede Nacht mehr und mehr

Zeit, mich sowohl in Ninettes Anwesenheit als auch im Blut meiner Opfer zu baden. Nichts hat sich an jenem unsagbar starkem Verlangen geändert. Und nach wie vor reicht mir das Stillen des ordinären existenziellen Durstes kaum mehr aus. Doch wird auch die Suche nach geeigneten Opfern immer schwieriger. Manchmal sind es zwei in einer Nacht, wobei ich dazu übergegangen bin, mich nun auch binnen einer Nacht über das gesamte Stadtgebiet auszudehnen. Vielleicht hast du selbst schon von den Ereignissen in Paris gehört. Oh ja, sicherlich wird dir die Geschichte vom „Blutsauger aus Paris" nicht mehr fremd sein. Du kennst die Medien. Nachrichten sind wie Lauffeuer und eindeutiger als eine Betitelung dieser Art kann eine Beschreibung meiner selbst wohl nicht sein. Es ist nicht so, dass ich mir viel daraus mache, nur kriecht seither die Vorsicht durch die Straßen. Die Vorsicht, die Kälte und der Regen. Vom Schnee als solches sind wir in Paris noch verschont geblieben.

So genoss ich die Tag für Tag länger werdende Zeitspanne, mich in Ninettes Leben zu weiden, ihr durch das verschlossene Fenster zuzuschauen, während sie sich umzog, ihren allabendlichen Tee genoss, immer wiederkehrend zu ihrem Füllhalter griff um, manchmal länger, manchmal kürzer, einige Zeilen auf einem Blatt zu schreiben, wie sie ihre Waden massierte, sich die Strümpfe ihre scheinbar unendlich langen Beine hinab rollte oder einfach nur dasaß. Wem oder was sie wohl schreiben mag, lieber Serge? So überlegte ich. Ein Tagebuch? Briefe? Hat es mit ihrer Arbeit zu tun? Eines Nachts aber erfuhr ich die Antwort. Ja, Serge, es sind in der Tat Briefe. Ein kleiner Briefumschlag verriet mir jenes Geheimnis. Wenn ich doch nur wüsste, wem sie sich jede Nacht so aufopferungsvoll anvertraut. Ob sie einen Liebsten hat? Vielleicht schreibt sie ihren Eltern oder ihrer Freundin. Obwohl ich all jenes nicht zu beantworten weiß, so doch wenigstens, dass ich nicht der Empfänger ihrer Nachrichten bin. Und das, wo ich mich so sehr nach ihrer Nähe sehne. Stück für Stück aber lernte ich Ninette besser kennen, entdeckte von außen ihre kleinen Eigenheiten, ihre Gewohnheiten, entdeckte eine kleine Narbe auf ihrer Schulter, ebenso wie einen kleinen Leberflecken auf ihrem rechten Oberschenkel. Sie wurde mir vertraut und mit jeder Nacht, die verstrich, wurde sie mir vertrauter. Es ist seltsam, lieber Freund. Hast du nicht schon einmal selber festgestellt, auf welch sonderbare Weise sich Vertrautheit und das Geheimnis abwechseln? Je vertrauter mir nämlich Ninette wird, umso größer und unendlicher erscheinen mir ihre Geheimnisse, all jene Dinge, die ich nicht über sie erfahren kann, konnte, oder durfte. Bis heute noch nicht kenne. Wer ist der Empfänger ihrer Zeilen? Welchen Inhalt bergen die in ihre Worte gefasste Texte und Zeilen? Sind es rührige Worte oder gar garstige, wenngleich ich ihr Gefühle jener Art gar nicht zutrauen würde. Doch noch mehr....Was treibt sie in den Nächten nach draußen? Woher kommt sie, wenn sie fast schon am frühen Morgen ihre Wohnung betritt? Vor allen Dingen, aber lieber Freund, vor allen Dingen aber....was macht sie am Tage? Oh ja, diese Gefahr habe ich zu befürchten: dass der Tag mich um Ninette berauben könnte und ich auf ewig ahnungslos über sie bleiben würde. Stets mit jener Befürchtung im Nacken, schien es mir fast, als hätte ich das Schicksal selbst gelenkt, als Ninette eines Nachts nicht nach Hause kam. Der Tag eilte der Nacht entgegen, während ich vor ihrem Hause lauerte um endlich meinen Engel wiedersehen zu dürfen. Doch sie kam nicht. Tausend Ängste quollen in mir hoch, die sich jedoch in einer Art Egoismus ausprägten, den ich aus heutiger Sicht kaum mehr nachvollziehen kann. So hätte ich mir in der Tat Sorge um Ninette selber machen müssen, doch verfiel ich in diesen schier unendlichen langen und letzten mir verbleibenden Minuten der puren Sorge um meiner selbst. Ja, Serge, ich dachte an mich selbst. Natürlich brauchte ich mir keine Sorgen zu machen, sie würde dem „Blutsauger von Paris" zum Opfer fallen, doch, lieber Serge, wer sagte mir zu diesem Zeitpunkt, ich sei der einzige Mörder in dieser Stadt? Mir schaudert es beim Schreiben dieses unschönen Wortes, da ich mich somit dem Arterhaltungstrieb eines jeden Wesens widersetze. Ich morde nicht des Mordens Willen, und doch, auch wenn ich Blut brauche, so nehme ich Leben - der Leidenschaft wegen. Ist dies Morden? Oder ist dies nichts weiter als ein Ausdruck unbeugsamer Verfallenheit? Mir scheint es nicht gut, lange eine Antwort auf diese Frage finden zu wollen, da ich mich womöglich erneut auf das glatte Eis der Selbstzweifel und des Selbstmitleids begeben würde. So sträube ich mich, mich hier einigen Moralitäten zu unterwerfen, die zwangsläufig zu meinem Ende führen würden. Doch fühle ich mich nicht am Ende. Nein, Serge. ich fühle mich wie der Anfang. Wie der Anfang, den der Winter dem Frühling bereitet. Ich nehme und gebe. Welche Konsequenz sich daraus ergeben wird? Ich weiß es nicht. Nur weiß ich, dass ich einen Inhalt habe. Die Leere ist gewichen und nun ist es an mir, die Selbsterfüllung zu erkennen, damit ich schließlich weiß, wie sich mein Frühling gestalten kann oder wird.....setzt man voraus, dass es ein Schicksal gibt. Ob ich davon ausgehen muss? Ist es Zufall, dass ich Ninette getroffen habe? Ist es Zufall, dass sie ihre Gänge in der Nacht absolviert? Welchen Nutzen würde mir aber der Umstand bringen, just in diesem Augenblick, da ich spürte, sie würde diese Nacht nicht nach Hause kommen? Dies war eine Frage, die mich beschäftigte, auch wenn es den Eindruck macht, ich wäre der Selbstberuhigung verfallen. Du siehst, wie egoistisch ich in meinem Denken war. Nicht Ninette, mein Engel und mein Stern, standen im Vordergrund meiner Sorge, meiner Beruhigungsversuche und meiner selbst, nein...ich war es. Eine seltsame Erkenntnis, die mich zwar nicht einen Augenblick daran zweifeln ließen, dass Ninette der wichtigste Mensch meines Daseins sei, mir jedoch im umgekehrten Schlüssel zwangsläufig klar machte, dass es ohne sie nicht mehr geht. Mag es arrogant klingen, so führte mich dieses Denken an den Quell, an den Ursprung dieses Gedankens zurück. Ich war und bin ihr verfallen. Sie steht vor mir, doch stelle ich mich vor sie, weil ich weiß, dass es keine glückvolle Existenz ohne sie mehr geben kann. Jetzt und heute kann ich gewiss sein, stets in Sorge um Ninette sein zu müssen. Bin ich um sie besorgt, so schließt es die Sorge um meiner selbst ein. Sie ist ein Teil von mir. Doch wie erreiche ich das Gegenteil? Ich brauche ihre Nähe, Serge. Und jenes Verlangen, sie mehr und mir aufzunehmen wird von Tag zu Tag größer. Doch schon spüre ich die hereinbrechende Dunkelheit, lieber Freund. Verzeih mir also, diesen Brief auf halber Strecke zu unterbrechen. Drängt mich die Dunkelheit doch hinaus, einen neu gewonnen Wegbereiter aufzusuchen. Einen Wegbereiter, den ich nunmehr als Drahtseil zur höchsten Daseinsform von Glück beschreiben darf. Sein Name ist Henry. Kann ich nun eine gewisse Irritation deiner Gedanken nachvollziehen, so werde ich darauf Rücksicht nehmen und diesen Brief nicht vorher aufgeben, noch ehe ich ihn beendet habe. In den nächsten Zeilen werde ich dir von Henry berichten....und davon in Kenntnis setzen, warum er hier in Paris so unersetzlich für meine Ziele ist. Du wirst dir denken können, dass es nur ein Ziel für mich gibt und geben kann. Soviel an dieser Stelle.

*

05. Dezember

Mein lieber Freund, Serge,

und wie versprochen, habe ich meine letzten Zeilen an dich noch nicht aufgegeben. Nunmehr liegen sie hier vor mir, beharrlich darauf drängend, sich nun endlich auf die Reise zu dir machen zu dürfen. So schreibe ich heute diese Zeilen nieder, um dich von den Dingen in Kenntnis zu setzen, welche ich gestern bereits ansprach. So berichtete ich dir von Henry. Und ich schrieb dir von jener Nacht, an welcher ich mit Schaudern und Entsetzen feststellen musste, dass Ninette nicht nach Hause gekommen war. Ehe ich auf Henry komme, möchte ich erneut in jene Nacht zurück wandern, die mich so tief in meinen Wurzeln erschrecken ließ, dass ich heute mit Gewissheit sagen kann, selbst, trotz der mir verliehenen Kräfte, nichts weiter zu sein, als ein Spielball, der sich wie alle anderen denkenden Wesen ebenso den Regeln der einzigen wahren Sache auf diesem Planeten unterwerfen muss. Nämlich der größten Kraft: Der Liebe. Ja, mein Freund, in dieser Nacht gestand ich mir ein, was ich von Anfang an wusste, was ich aber, ohne es selbst zu merken, nicht mit einem einzigen Wort zu erklären versuchte. Liebe nämlich verlangt keine Erklärung. Liebe ist. Und Liebe ist stärker als alles andere auf der Welt, wenngleich das Verlangen ein Unverlangen bedingt. Wie lange doch hatte ich geglaubt, Liebe selbst sei nichts weiter als eine Illusion, eine Art Schönrednerei, um sich den ordinären Gelüsten der Natur hinzugeben, um ein Alibi zu schaffen, für die vergeblichen Versuche, sich ein Stück wilder Jugend zu erhalten. Du siehst einen Widerspruch, lieber Freund? Mag sein, dass meine Zeilen klingen, als sei Liebe in der Jugend nicht möglich. Doch, doch, nimmer würde ich dieses in Frage stellen. Doch was aber mehr ist die Jugend, als die eigene Probe, das Sich-Selber-Kennen-Lernen? So lasse die Liebe ihren Lehrer sein, welcher den Menschen beibringt, wie man die Art erhält. Liebe als Appetitanreger der Natur, mit welchem es ermöglicht wird, nicht eigenen Ziele, sondern dem Anspruch der Natur zu genügen, ihr gerecht zu werden, in all ihren Facetten. So wusch ich mir grundsätzlich jedes Gefühl für einen Menschen von der Stirn, wohl im Glauben, auf diese Art und Weise den Naturgesetzen zu trotzen, wenngleich ich mich selbst stets als Teil der Natur betrachten möchte. Auch wenn es bis zu dieser Erkenntnis ein langer und dornenreicher Weg war. Doch auch hier kein Widerspruch. Vielleicht sollte es meinem, aus der Natur entwachsenen Wesen entsprechen, ihren Wolllüsten zu widerstehen. Was also sollte Liebe für einen Sinn machen? Leichter erschien mir bislang die Frage, wozu wir Hass brauchen. Hass ist selbstredend. Doch auch dieser dient nur einem Alibi. So ebnet uns der Hass den Weg in die Abgründe unserer Seele. Siehe sie dir an, die Buhler, die sich für die Gunst einer Frau hassen, gegenseitig töten. Aber spätestens jetzt wirst du festgestellt haben, welches wechselvolle Spiel zwischen Liebe und Hass in meiner doch so engen Betrachtungsweise herrschte. Wie lange muss ein Wesen wie ich auf dieser Welt weilen, um festzustellen, dass man über hunderte von Jahren einem Irrtum unterlag? Doch aber wie sehr dankbar muss ich sein, all diese Zeit zur Verfügung zu haben. Die Zeit besiegelt unser Schicksal. Deines ebenso wie meines, ebenso wie das aller anderen Wesen auf diesem Erdenball. Wie oft ich die Ewigkeit verfluchte, so sehr dankbar muss ich ihr in dieser Hinsicht sein. Wie viel Sterbliche doch haben es nicht geschafft und werden es auch in Zukunft nicht schaffen, sich von dieser naiven Betrachtungsweise der Liebe zu lösen, weil das Schicksal ihnen etwas präsentiert, was an sich das größte Wunder selbst zu sein scheint? Ein Gefühl, das alles bisher Gekannte im dumpfigen Rauch der eigenen Dummheit, oder lasse es Selbstschutz sein, erlischen lässt. Wie gefangen doch sind die Menschen in der Zeit. Und wie dankbar doch darf ich ihr sein, wo ich mich doch selbst nur allzu oft als Gefangener der Ewigkeit beschrieben habe. So wird aus dem Übel das Gute, und aus dem Schicksal etwas Dauerhaftes, etwas, was lediglich der Willkür der Zeit unterliegt. Wer weiß, wann es zuschlägt. Heute? Morgen? Vielleicht erst in hunderten von

Jahren? Sieh mich an, lieber Freund. Wie lange schon wandle ich umher?

In dieser Nacht jedenfalls kam ich zu jener Erkenntnis, oder, nein, eher zum Eingeständnis. Liebe ist etwas anderes. Liebe ist etwas Unbeschreibliches. Es nimmt Besitz von Körper und Geist, auf dass beides in bislang nicht gekannter Leidenschaft miteinander harmoniert. Ein Zauber, der uns allumfassend und füllend verwandelt, der scheinbar alle Sinne auf ein Tausendfaches erhöht, uns feinfühliger werden lässt, für all' die anderen Wunder, die es neben diesem größten noch gibt. In dieser Nacht wurde mir klar, wie es um mich bestellt ist, dass ich schon lange nicht mehr Herr über mich selber bin, sondern, verzeihe diesen albernen Ausdruck, nichts weiter als ein Genießer der Verfallenheit. Ein Liebender eben.

Dies war also die Nacht der Erkenntnis, die sich wie ein leuchtender Schatten über mir ausbreitete. Immer und immer wieder zehrte ich an den Bildern meiner Erinnerung, stellte mir vor, wie Ninette nun dort auf ihrem weich gepolsterten Stuhle vor ihrem Sekretär saß, wie sie ihre Waden massierte, zum Federhalter griff, ihren allabendlichen Brief schrieb, wie sie mich verzauberte. Doch gleichwohl in dem immer wiederkehrenden Moment, in dem ich von tiefer Glückseligkeit hätte befallen werden können, brach die Dunkelheit ihres Zimmers wie ein nasser Schauer über mich ein, welcher mich auf den Boden der tristen Realität dieser traurigen Nacht zurückholte. Diese Nacht, mein Freund, diese Nacht war ich das erste Mal wirklich alleine. Wo war Ninette? Wie ich bereits schrieb, die Nacht schien kein Ende zu nehmen, und doch spürte ich am erwachenden Morgen bereits die drohende Gefahr der aufgehenden Sonne. Nicht einmal an Nahrung konnte ich denken. Doch war es ohnehin zu spät. Verlangen bedingt Unverlangen. Weder ein Hungergefühl noch der Wunsch einer Ersatzbefriedigung kamen in mir auf. Es war mir, als hätte Ninette dank ihrer Abwesenheit etwas von mir mitgenommen. Wo immer sie auch war, mein Verlangen nach Blut und vermeintlicher Nähe nach einer fremden Person war erloschen. Es war nicht einmal einen Gedanken wert. Selbst mein Körper schwieg und immunisierte sich gegen den Trieb einer Nahrungsaufnahme. Alles was hier mit mir an diesem Ort vor dem Hause verblieb, war der Wunsch, sie zu sehen, sie zu riechen, sie genießen zu dürfen. Doch dieser Wunsch sollte sich nicht erfüllen. So spürte ich den inneren Schmerz, den mir der Verlust dieser Stunden bereite, ebenso jedoch den Schmerz, der vom nahenden Tage ausging. Eilig nun suchte ich mein Versteck auf. Ohne Nahrung, ohne Ninette, alleine mit meiner Sehnsucht und dem Verlangen nach ihrer Nähe.

Der Verzicht auf Blut in jener Nacht ließ mich erschöpft einschlafen. Wohl spürte ich nicht einmal, wie ausgemergelt und kraftlos ich war, doch gab es für mich keinen Zweifel daran, dass nur Ninette selbst in der Lage gewesen wäre, mir jene Kraft zurückzugeben, welche ich sonst nur durch den lebenserhaltenden Trank bekomme. So ließ ich meine Erschöpfung zu. Vielleicht wollte ich es nicht einmal anders.

Das nächste Erwachen nun war von zweierlei Schmerz geprägt. Der Schmerz des Nahrungsverzichtes, aber vor allen Dingen der Schmerz der Ungewissheit. Oh ja, lieber Serge, Ungewissheit kann sehr wohl Schmerzen bereiten. Gleichwohl, da tief in mir ein Funke Hoffnung schlummerte, Ninette doch wenigstens in dieser Nacht wiederzusehen, schmerzte mich die Furcht davor, erneut auf ihre Wärme verzichten zu müssen. Anders aber als bei körperlichen Schmerzen verleiht diese Art eine Kraft, die es ermöglicht, sich über alles andere hinwegzusetzen. So siehst du also erneut, was ich über Melancholie und Hoffnung geschrieben habe. Du wirst dir denken können, wie eilig mein hiesiger Aufbruch vonstatten ging, wie schnell und kraftvoll ich durch die Nacht eilte, um mich vor Ninettes Fenster einzufinden. Natürlich war mir bewusst, dass ich zu früh dort sein würde, doch hielt ich mir vor Augen, dass Ninette in der letzten Nacht bereits die Regelmäßigkeit durchbrochen hatte. Was also sollte dagegen sprechen, dass sie in dieser Nacht ihre Räume gar nicht verließe? So wird aus Regelmäßigkeit eine Art Zufall, die alle Wahrscheinlichkeiten offen lässt. Ein Chaos, welches sich aus dem Moment heraus entwickeln kann. Bedenke nur, in welchem Moment ich Ninette auf dem Place de la Concorde entdeckte. Früher nun, als an allen anderen Abenden zuvor, bezog ich meinen Platz vor Ninettes Hause. Es war kein Licht zu sehen und weder ein Zeichen noch der in mich selbst hinein projizierte Duft jenes lieblichen Engels ließ darauf schließen, dass sie zu Hause sein würde. Dennoch, trotz meiner geschwächten Fähigkeiten, die ich erst mittels Blut wieder erlangen konnte, harrte ich aus. So zwang ich mich, nicht den einfachsten körperlichen Bedürfnissen zu verfallen. Oh ja, lieber Freund, denn auch dies ist eine Erkenntnis, die ich nun gewonnen habe. Die Seele und der Geist gehen stets und ständig vor dem Körper. Was denn nützt uns ein starker gesunder Körper, wenn sich unser Geist, sich unser Innerstes schon längst verloren hat? So harrte ich aus, etwas versteckt hinter einer Häuserecke, um mich nicht bloß zu stellen, sollte Ninette nach Hause kommen. So vergingen die Stunden, kriechend schleppend, doch von wechselhaften Gefühlen durchsät, die mich stets aufs Neue hoffen und verzweifeln ließen. Fast schon kam es mir so vor, als nahte erneut der Morgen, als ich mit einem Male ihren leichten Gang vernahm. Doch schneller noch als der Rhythmus ihrer Schritte ereilte mich die zauberhafte Wolke ihres Geruches. Lieber Serge, ich brauchte sie nicht einmal mehr sehen, um zu wissen, dass sie nun jeden Augenblick um die Ecke kommen würde, um die Schwelle zu ihrer Wohnung zu betreten. Und so war es auch. Welches Licht doch in dieser Nacht für mich erstrahlte. Meine Sonne, mein Stern und mein Engel. Unbeschadet, so leicht und sanft wie immer, die Mundwinkel zu einem leichten Lächeln angehoben, wenngleich ihre Augen auf eine überwältigende Müdigkeit hinwiesen. Mag sein, dass es noch von letzter Nacht rührte. Wo auch immer sie diese zugebracht hatte. Welches Geschenk mir Ninette in dieser Nacht doch machte. Lange noch blieb ich vor ihrem Fenster; ungewöhnlich lange. Offenbar wollte ich nachholen, was ich in der vorhergegangenen Nacht versäumt hatte, doch tauchte auch ich mit dem letzten Glimmen ihrer Kerze in die Nacht hinein. Ich brauchte Nahrung. Denn nun spürte ich, was ich meinem Körper zugemutet hatte. Weniger das Verlagen stand in diesem Augenblick im Vordergrund. Nein, dieses Mal war es Hunger. Das Sammeln von Kräften. Ohne große Überlegungen begab ich mich in jener Nacht ins Quartier Latin, wo ich, ohne eine Auswahl zu treffen, schnell ein geeignetes Opfer fand. Einen Clochard. Ich hatte keine Ansprüche in diesen Stunden. Vielmehr versank ich im wohligen Gefühl des Glücks, über Ninettes unbeschadete Rückkehr. Mehr wollte und konnte ich dieser Nacht nicht abverlangen. Aber noch weiter, denn auch die nächsten Nächte reichte mir Ninettes Nähe aus, um nicht meinen Anfällen von Leidenschaft zu erliegen. Die folgenden Nächte sollten mein Denken in eine andere Richtung lenken. Was nämlich hatte ich dir jüngst geschrieben? Die Vertrautheit birgt die Geheimnisse. So wollte ich nun herausfinden, welche nächtlichen Wege meine Sonne allabendlich verrichtet, wohl wissend aber über die Tatsache, dass ich einen Gegner habe. Den Tag, lieber Freund. Sicher, die Tage werden kürzer und jede Nacht bereichert mein Wirken um einige Minuten, aber diese Zeit reicht nicht aus. Wer weiß schon, wann Ninette das Haus verlässt? Alles was ich weiß, ist, wann sie nach Hause kommt und wie sie ihre letzten Minuten vor dem Zubettgehen verbringt. Eines Nachts aber, lieber Serge, eines Nachts aber schlug das Schicksal auf so glückliche Art und Weise erneut vor mir ein. So berichtete ich dir zwar, dass mein unbändiges Verlangen nach einer Ersatzbefriedigung nahezu stillgelegt war, dennoch zog mich der Durst immer wieder in jene Viertel, die ich zuvor auf unregelmäßige Art und Weise besucht hatte. Im ungetakteten Tonus war ich mal hier und mal dort, so dass mein Wirkungskreis nahezu unberechenbar und unkalkulierbar wurde. Ja, lieber Serge, selbst St. Denis hatte ich bereits zu meinem Wirkungskreis gemacht. Eines Nachts aber, und wie immer kam ich gerade von Ninette, eines Nachts aber fand ich mich erneut im Montmartre ein. Die Nacht war kalt und feucht, so dass es schwierig war, ein geeignetes Opfer für mich zu finden. Dennoch kommen mir Witterungsverhältnisse dieser Art sehr entgegen, sofern ich erst einmal eines gefunden habe. Die Wahrscheinlichkeit entdeckt zu werden, sinkt so um ein Vielfaches. Auch in dieser Nacht hatte ich nunmehr ein Opfer gefunden. Es war eine Prostituierte, noch sehr jung aber scheinbar bereits sehr verlebt. Auch wenn mich hin und wieder so etwas wie ein schlechtes Gewissen beschleicht, so weiß ich doch, dass ich das Blut brauche. Würde ich drauf verzichten, wer wohl hätte ein schlechtes Gewissen mir gegenüber? So nährte ich mich an jenem frischen Blut und hatte gerade noch einen einigermaßen klaren Blick auf die breite und am Tage sehr belebte Avenue, an welcher sich ein Künstlerlokal und ein Bordell neben dem nächsten reiht. Plötzlich aber durchzuckte mich ein warmer Blitz, ein Schlag der Wärme und Zärtlichkeit, wie ich ihn bislang nur in Ninettes Nähe verspürt habe. Während meine Zähne noch im Halse jenes Mädchens verharrten, stierte ich auf ein handgemaltes Plakat. Ein Plakat, mein Freund, so sehr mich der Zufall verwöhnte, mit Ninette. Ohne Frage und ganz außer Zweifel, hier mitten im Montmartre-Viertel stieß ich auf Ninette. Wenn ich nur in Worte fassen könnte, wie irritiert, überrascht, ja, sogar erschrocken ich war. Sollte dies Zufall sein? Zügig ließ ich ab von meinem Opfer, ließ das Mädchen entgegen meiner Manier einfach auf der nassen Straße liegen und bewegte mich langsam auf jenes Plakat zu. Nein, groß war es nicht, aber groß genug, um von mir erkannt zu werden. Kaum war ich der Überraschung erlegen und hatte mich ein wenig erholt, stand ich nach meinem Empfinden wohl Stunden vor ihrem Antlitz. Ihre Augen, so trefflich erkannt, ihre Gestalt, die nur zum Teil mit einem leichten Kleid bedeckt war, ihre seidene Haut, ja, sogar die kleine Narbe auf ihrer Schulter wie ihr Leberfleck auf dem rechten Oberschenkel waren deutlich zu erkennen. Nein, Serge, dies konnte kein Zufall sein. Wie lange ich letzten Endes wirklich vor dem Plakat stand, weiß ich selbst nicht mehr genau zu sagen, doch dauerte es etliche Zeit, bis ich unterhalb ihrer engelsgleichen Gestalt den Schriftzug eines Tanzlokals und stadtbekannten Bordells wiedererkannte. Ninette als Reklamefigur für ein Bordell? Kaum nun war ich hinter ein weiteres Geheimnis Ninettes gekommen, nämlich, dass sie Modell für einen Maler stand, so tat sich vor mir nun eine unendliche Anzahl neuer Geheimnisse auf. Oh ja, so ist das mit den Geheimnissen, lieber Freund, wären sie nicht so tief und unergründlich, so wären sie wohl keine. Fasziniert und überwältigt stand ich vor dem Plakat, dessen eigenartiger Stil mich an keinen bisher gekannten erinnerte, jedoch das Gefühl in mir hervor rief, dass jener Maler es verstehen musste, in die Seele der Menschen zu schauen, und das Ergebnis in die Seele der Betrachter zu brennen. Wie sollte ich es anders ausdrücken? Lag es vielleicht nur an Ninette, die mich hier in so reinem warmen Licht von oben herab anschaute? Lag es an der Art, wie jener Maler Ninette darzustellen vermochte? Doch nun, lieber Freund, nahm eine neue Welle Besitz von mir. Jetzt nämlich erst ereilte mich jener großartige Hintergrund, welchen mir dieses nächtliche Geschenk der Straße in Wirklichkeit bescherte. Würde es mir nämlich gelingen, jenen Maler ausfindig zu machen, so ergäben sich für mich ungeahnte Möglichkeiten, Ninette in ihrer Eigenart als meine Daseinsfunktion, ja, als meine Berechtigung, als meinem Inhalt näher zu kommen, mehr und mehr über sie zu erfahren. Nun, mein Freund, jener Maler ist niemand anderes als jener bereits erwähnte Henry. Verzaubert und im Glückes Freudenreich taumelnd, suchte ich nun eine Möglichkeit, mit eben diesem, auf seine Weise vom Glück gepriesenen Künstler, Kontakt aufzunehmen. Wo sollte ich ihn finden? Doch noch ehe ich mir diese Frage beantworten konnte, - was denn wusste ich mehr, als seinen Namen, der bescheiden in einer unteren Ecke des Plakates angebracht war? -, drängte mich der nahende Tag erneut zurück in mein Versteck. Wie überwältigt ich war vom Glück. Ob es Vorfreude war oder der Genuss einer gewonnenen Schlacht, lieber Serge, ich weiß es nicht. In diesem Augenblick und an diesem Abend hatte ich das Gefühl, mein Herz schlagen zu spüren. Doch so sehr ich mich in jener Gunst weidete, so sehr ich in jenem Bad der Glückseligkeit badete, so schnell schlief ich ein. So tief und so rein. An jenem Tag erblühten selbst in meinen Träumen die schönsten Blumen in farbenvoller und freudiger Pracht. Scheinbar träumte ich alles, was ich über all die Jahrhunderte in der Dunkelheit vergessen hatte. Oh ja, lieber Freund, selbst Schmetterlinge umkreisten meine Seele und streiften mich hier und da zärtlich mit ihren Flügeln. Welches Geschenk, welches erneute Wunder mir da widerfuhr.

Ob du mich auslachen wirst, lieber Freund? Sicherlich stellst du dir die Frage, was es für Überlegungen geben muss, um den Maler ausfindig zu machen, wenn man doch weiß, für wen dieses Plakat erstellt worden ist. Nun, in den Wogen dieses Wunders war ich offensichtlich so vom Zauber verblendet, dass mir nun selbst die einfachste und so nahe liegende Methode nicht bewusst geworden ist. Am nächsten Abend jedoch, die Sonne war gerade versunken, erwachte ich mit der Lösung dieses einfachen Rätsels. Natürlich sollte mich das Bordell zum Maler führen. Und dieser in Ninettes Leben, in ihre Welt der Gewohnheiten und Eigenheiten. Der Schlüssel führt zur Tür, hinter welcher sich ein weiterer Schlüssel verbirgt. So nun schließlich machte ich mich noch am selbigen Abend auf den Weg in das Bordell. Ich wusste über die Zeit, die ich hatte. Sollte Ninette ausgerechnet an diesem Abend früher zu Hause erscheinen, oder ihre Wohnung entgegen ihrer Gepflogenheiten gar nicht verlassen, so würde es mich sicherlich schmerzlich treffen, andererseits würde mir der Kontakt zu Henry langfristig ein viel größeres Glücksmoment bescheren. Ach, was heißt Moment. Vielleicht sogar einen dauerhaften Kontakt zu Ninette, in welchem Henry den Pol zwischen uns beiden darstellen könnte. So wollte ich mich annähern. Weiß Gott, welches Ergebnis ich mir davon versprach oder auch heute noch verspreche. Ob ich Ninette jemals gegenüber stehen werde? Und wenn ja, Serge, wie sollte oder wird es weitergehen? Doch will und kann ich nicht anders, als mich meinem Verlangen zu beugen. Es spielt keine Rolle, welche Einwände die Vernunft in dieser Hinsicht einzuwenden ersucht. Geht es um Gefühle, so spielt der Verstand keine Rolle. Jetzt nämlich wird er erst zu dem, was er eigentlich ist: Ein Werkzeug.

Ja, lieber Serge, der Verstand ist nichts weiter als ein Werkzeug. Gefühle aber sind der Kompass, sie sind der Führer, der die Richtung allen Wirkens bestimmt. Kein Gefühl der Angst ist unberechtigt. Ebenso wenig wie das Gefühl von Sympathie oder Liebe. Jedes Gefühl in mir, aber auch in dir und in allen anderen, hat seinen Kern, der die Wahrheit birgt. Soll der Verstand den Weg zu diesem Kern finden, so wird er diesen auch sortieren, in Ordnung bringen. Stellen wir ihn nicht über unser Empfinden sondern lassen ihn unseren Wünschen entsprechend wirken. Wie mächtig doch unser Gefühl ist, zeigt uns auch hier wieder die Bedeutung von Melancholie und Hoffnung. Soll der Verstand sagen, was er will, der Kern als solches ist weitaus mächtiger, als das Werkzeug, mit dem wir die Straßen und Plätze unseres Handlungsspielraumes bearbeiten. So also tauchte ich ab in jene Strudel meiner Freude und meines inneren Zwanges, und begab mich zeitig zum besagten Bordell im Montmartre. Ich kannte dieses Freudenhaus, welches ebenfalls ein Tanzlokal beherbergt, zwar nur von außen, doch war es mir dank seiner Popularität nicht unbekannt geblieben. Vor dem Bordell, ebenfalls an jener Straße gelegen, in welcher ich Ninettes Plakat so schicksalsträchtig erblicken konnte, sah ich bereits von Weitem einige Herren in schwarzen Anzügen mit Zylindern. Unter ihnen einige andere mit weißen Hemden und schwarzen Westen. Dieses schienen mir von Weitem die Einlasser zu sein. Du weißt, wie es sich mit Wesen meiner Art verhält, nicht wahr?

Doch hatte ich keine Zweifel daran, dass man mich nicht in das Haus bitten würde. So gesellte ich mich zu eben jener Menschentraube und wurde nicht enttäuscht.

Es dauerte nicht einmal eine Minute, bis mich einer der Türsteher aufforderte, das Lokal zu betreten. Und so sollte es sein. Ehe ich mich versah, stand ich nun in jenem großen Saal des Bordells, welches mehr als gut besucht war. Das dunkle rote Licht, die schweren dunklen Möbel und die reich verzierten Polster erinnerten eher an ein Schloss, als an ein Freudenhaus. Nicht zuletzt vielleicht auch aus diesem Grund gehört diese Lokalität zu den exquisiten in Paris. Sicherlich aber auch aufgrund der hier tätigen Dirnen, die allesamt jung und hübsch waren. Doch ich war aus einem anderen Grunde hier, als mich in der einfachsten Art von Lust zu suhlen. Eilig huschten meine Blicke durch den großen Saal, bis ich die ebenfalls schwere Theke entdeckte. Hinter dieser nun stand eine etwas ältere Dame in fast schon plumpen Dessous. Entweder ist sie ein Relikt aus den Anfängen dieses Bordells, oder sie ist die Chefin selbst. Wie dem auch sei, ihrem Alter und Aussehen nach zu schließen, wusste sie jedenfalls, an wen ich mich wenden könnte. Ohne Scheu also trat ich an sie heran. Kurz und knapp eröffnete ich das Wort, noch ehe sie mich wie einen ihrer Kunden ansprach. Ohne große Umschweife nun fragte ich nach Henry. Obwohl sie mich zunächst etwas erstaunt anschaute und mich fragte, welchen Henry ich meine, wusste sie sehr wohl, von wem ich sprach, als ich den Plakatmaler erwähnte. Nun aber, lieber Serge, nun aber überraschte sie mich mit ihrer Antwort. Während ich mich in der Hoffnung wiegte, über sie die Adresse Henrys herauszubekommen, erwiderte sie mit ihrer verrauchten Stimme, dass es momentan unmöglich sei, ihn zu besuchen. Schließlich wüsste hier jeder, dass er nachts seine Sitzungen abhielt. Sitzungen? Ich fragte nach, um was für Sitzungen es sich handelte. Doch die Antwort fiel einfacher aus, als ich erwartet hätte. Natürlich, Serge. Henry ist Maler. Er wird malen.

Noch einmal unterbrach ich nun die doch recht beschäftigte Wirtin hinter der Theke. Meine Frage, wo ich Henry denn außerhalb seiner Sitzungen erreichen würde, wurde mit einer ebenso knappen Antwort erwidert. „Hier natürlich". Serge, nun endlich begriff ich, was mir die in die Jahre gekommene

Dirne schon zu Anfang zu sagen versuchte. Natürlich, ich Narr: Henry wohnt hier im Haus. Ja, lieber Freund, Henry sollte seine Wohnung oder sein Zimmer hier in den Räumlichkeiten des Bordells haben. Trunken von der Einfachheit jener Antwort auf meine Frage, vergewisserte ich mich erneut bei jener Person mit der rauchigen Stimme. Weißt du, lieber Freund, auch wenn es ihr scheinbar schon unangenehm war, auf meine nicht gerade umsatzfördernden Fragen zu reagieren, so konnte ich anhand ihrer Reaktion sicher sein. Hier wohnte Henry. Eben genau hier in jenem Lokal, welches mit dem reizendstem Geschöpf aller Weiten und Zeiten auf Henrys Plakaten wirbt. So nah, lieber Serge, so nah bin ich Ninette gekommen, auch wenn ich nicht weiß, ob es noch einen anderen Zusammenhang zwischen ihr und dieser Lokalität gibt. Doch selbst wenn. So in ihrer Nähe, in ihren Spuren versunken, spielt es überhaupt keine Rolle. Was auch würde es bringen? Bewusst werdend über diesen so kurzen und einfachen Schritt, den ich nun auf jenen wunderbaren Engel zugemacht hatte, wandte ich mich erneut an die Bardame, die nunmehr ihr Gesicht verzog. Meine Frage, ob es möglich sei, Henry in seinen Stuben aufzusuchen, wurde verneint. Natürlich. Hatte sie mir doch bereits gesagt, dass Henry eine, wie sie es nannte, Sitzung hatte. Er würde also malen. Wann aber würde ich ihn erreichen, Serge?

In diesem Moment beschloss ich, nicht eher Ruhe zu geben, bis es mir endlich möglich wäre, Henry anzutreffen. Einen dieser Versuche nun unternahm ich gestern erneut. Gestern nämlich, - du erinnerst dich? Ich hatte dir geschrieben, ich würde nun zu Henry gehen -, wollte ich es ein weiteres Mal versuchen. Doch ebenso wie vorgestern, eben nach jener frohen Kunde über Henrys Aufenthalt und Wohnort, kam ich ungelegen. Etwas irritiert bin ich wohl, ob dieser Maler nur bei Nacht tätig ist, doch so muss ich ihm eingestehen, dass wohl jeder seinen eigenen Rhythmus hat. Selbst ich, der sich über Jahre hinweg gegen Rhythmen gesträubt hat. Letzten Endes doch folgte ich der Musik, deiner Musik, lieber Freund, die nicht nur von ihrer Endlichkeit lebt, sondern ebenso von ihrem Rhythmus. Wie sollte man ein Wesen beschreiben, dass uns jeden Tag auf ein Neues fremd erscheint? Weit von mir aber weise ich den Vergleich von Rhythmus und Gewohnheiten. So sehr man beides miteinander verwechseln kann, so sehr anonym doch kann die Gewohnheit auf uns wirken. Gewohnheit führt zum Stillstand, lieber Freund, die Kontinuität innerhalb der Rhythmen lässt unzählige Möglichkeiten einer Weiterentwicklung zu. Doch was hole ich soweit aus. Es geht um Ninette, es geht um mich und es geht um den Pol Henry, der es sich zur Eigenart gemacht hat, nachts zu malen. Oh wie gern doch wäre ich in den letzten beiden Nächten in sein Zimmer gestürmt und hätte alles aus ihm raus gesogen, was er über Ninette zu berichten weiß. Ja, Henry ist mein Mittler. Auch wenn er noch nichts davon weiß. So gestalteten sich die beiden letzten Abende ebenso, wie meine Nächte zuvor. Nach meinen Bordellbesuchen, meinen Versuchen, endlich nun ein wenig tiefer in Ninettes Leben einzudringen, begab ich mich auf den Weg zu Ninettes Wohnung. Und wie zuvor kam sie, um mich einem zauberhaften Theaterstück gleich in eine andere Welt zu tränken, die ich mir schöner kaum vorstellen kann. Stets nachdem Ninette das Licht löschte, um sich ins Bett zu begeben, machte ich mich auf Nahrungssuche, um mich nun vor dem nahenden Sonnenaufgang ebenfalls in meinem sicheren Versteck zu verkriechen und voller Ungeduld die nächste Nacht abzuwarten. Heute nun werde ich einen dritten Versuch wagen, Henry zu besuchen.

Du weißt, wie sehr ich darauf brenne, dir von meinen weiteren Schritten und Gängen zu berichten.

*

07. Dezember

Verehrter Freund,

so habe ich doch gerade in den gestrigen Abendstunden erst eine solche Fülle an Zeilen an dich absetzen dürfen, dass ich schier über mich selbst überrascht bin, welch enormes Mitteilungsbedürfnis ich doch habe. Umso schöner jedoch, dass ich darauf bauen und vertrauen darf, mit welcher Anteilnahme du die Ereignisse rund um mein hiesiges Dasein begleitest. Sicherlich wirst du auf den weiteren Verlauf der Begebenheiten mit ebensolcher Neugierde brennen, wie ich just an jedem neuen Abend, den ich wieder erwache. So fühle ich mich so jung und frisch, so voller Tatendrang, nun, da ich Ninette ein solches Stückchen näher gekommen bin. Wie eine winterliche Blume, die meine Starre durchbrochen und mich aus der Lethargie der ewigen Gefangenschaft erlöst hat, blüht sie über meiner gesamten Existenz, blüht sie über meinem Sein und entfaltet auf so goldene und kostbare Weise die zarte Pracht ihrer schimmernden und doch so unaufdringlichen Blätter über meinem Haupt, nein, mein Freund, über meiner Seele. Gar scheint es mir, der Duft, welcher dem zerbrechlichen Kelch ihrer Haut, ihrer Gestalt entströmt, löst nunmehr die Dunkelheit ab, die mich in ihrer Eigenart, wie sie mich zu wecken vermag, stets und stetig an jene Gebundenheit an die Finsternis erinnert. Oh ja, denn nun erwache ich mit einem so freudig aufgestauten Temperament, dass ich es kaum erwarten kann, erneut den Weg durch die Nacht zu machen, um ihr nahe sein zu dürfen. Einerseits getrieben durch die Sucht meiner selbst nach ihrer Anwesenheit, andererseits das detektivische Spiel, sie Stück für Stück weiter kennenzulernen. Alles an ihr ist Faszination, alles. Jeder Zentimeter ihrer selbst, jede Pore, jede Wimper, das Kleinste wie das Größte, wie all jene zauberhaften Dinge, die selbst ich mit dem bloßen Auge nicht zu sehen vermag. So ist sie umgeben mit einer Aura, die wie die Sonne das Leben und das Sein erst ermöglicht. Oh ja, werter Freund, du weißt, wie ich mich fühlte, hoch über den Dächern von Paris. Ein Schwert des Lichtes, Excalibur, von Göttern geschmiedet. Wie weit doch hole ich aus, wie sehr doch muss es dir erscheinen, ich sei ein sentimentaler Schwärmer, doch was unterscheidet den selbst empfundenen und erlebten Bericht von den Worten eines Schwärmers? So lassen wir diese Frage offen, da ich weiß, nichts weiter auf Papier zu bringen als das, was ich erlebe. Innerhalb und außerhalb meines Körpers. Auch Gedanken und Worte der Schwärmerei haben ihren Ursprung und tragen so zu einem Bild der Wirklichkeit bei. Weiter noch, sie beleuchten die Wirklichkeit und verleihen ihr die Kraft, diese als so wunderbar empfinden zu können. Ebenso ergeht es mir. Doch, so weiß ich, muss man meine Zeilen nicht mit einer größeren Aufmerksamkeit lesen, als all die anderen Briefe, die ich dir in den vergangenen Jahren geschrieben habe. Man wird es erkennen. So oder so.

Und ich denke, wäre es mir vergönnt, mein eigenes Spiegelbild wahrzunehmen, so würde ich mich kaum wiedererkennen. Alles was ich sehen würde, könnte, und aus heutiger Sicht wohl auch wollte, wären die Zeilen und Bände, die meinen Augen entspringen würden. Glück lässt sich lesen. Als geschriebenes Wort ebenso wie im Glanz der Augen. Kannst du dich an die Stunden erinnern, da wir zwei des Nachts durch die Gossen zogen und die Augen der Menschen studierten? Wie gerne doch erinnere ich mich daran. Leid, Freude, Kummer und Glück. Wie tief doch haben wir den Menschen in die Seele schauen können. Auch wenn uns ihr Leben auf immer fremd geblieben ist, so konnten wir sicher sein, in diesem Augenblick einen Teil ihres Empfindens entdeckt zu haben. Oh ja, und heute habe ich keinen Zweifel daran, dass ich nicht eines einzigen Wortes bedürfte, wärest du hier bei mir. Du würdest mich lesen können, hier, tief aus dem Inneren meiner Seele, aus meinen Augen.

Doch nun zu dem, was du sicherlich längst erwartest. Nein, ich bedaure, mein lieber Serge, noch immer nicht ist es mir gelungen, Henry ungestört aufzusuchen. Warum auch nur unterliegt er dem selben Schicksal wie ich, nur des nächtens aktiv zu werden? Obgleich ich nunmehr zu den nicht-zahlenden Gästen des Bordells gehöre, im Gegenzug aber auch ebenso wenig eine Leistung erwarte oder entgegen nehme, so werde ich mittlerweile höflich gegrüßt. Selbst die Bardame mit der rauchigen Stimme zeigt mir gegenüber mittlerweile eine Art Sympathie. Ja, fast würde ich glauben, sie weiß von mir und meinen Beweggründen und zeugt schon fast ein wenig Mitleid mit mir, da es mir Nacht für Nacht missgönnt ist, Henry anzutreffen. So lächelte sie mich in der letzten Nacht gar an und begrüßte mich mit den Worten, es täte ihr sehr leid, aber sie wolle mit Henry reden, damit wir einen Termin am Tage ausmachen können. Was anderes hätte ich machen können, als dieses Angebot auszuschlagen? Dennoch erfreute es mich zutiefst, da mir auf diese Weise die Fremdheit genommen wurde, mit welcher ich mich bis dahin in einer Art seelischem Mantel gehüllt hatte. So schenkte sie mir mit nur wenigen Worten ein wenig mehr Freiheit. Sowohl in meiner Bewegung als auch in meinem Denken. Schließlich wieder verließ ich das Lokal, drehte einige Runden durch die nasse und mittlerweile etwas kältere Stadt, nährte mich am

Seine-Ufer an einem Obdachlosen, als ich mich erneut auf den Weg zu Ninettes Wohnung machen wollte. Doch etwas, lieber Freund, ja etwas hielt mich davon ab. Wer weiß, ob es Intuition war, vielleicht ein unterbewusster logischer Gedankengang, Zufall oder Schicksal. Woran es auch immer gelegen hat. Auf halber Strecke zu Ninette machte ich kehrt. Denn noch einmal wollte ich Henrys Viertel aufsuchen. Noch einmal, ohne jedoch die Absicht zu hegen, das Bordell zu betreten, wollte ich mich zu eben jenem Lokal begeben, und sei es nur aus dem Grunde, dass ich eine Möglichkeit finden würde, Henrys Räumlichkeiten von außen zu begutachten. Bislang blieben mir seine Räumlichkeiten fremd. Nein, lieber Serge, auch bin ich bis dahin nicht auf die Idee gekommen, dass auch er sicherlich Fenster haben wird, durch welche ich sein Handeln möglicherweise verfolgen konnte. Würde ich doch so minutengenau mitbekommen, wann es mir möglich wäre, ihn um eine Unterhaltung zu bitten.

Habe ich mich bislang doch immer der Nacht und somit dieser Möglichkeit beschnitten, einfach aus dem Grund, da ich schließlich zeitig vor Ninettes Hause auf jenen güldenen Lichtblick warten wollte, so hielt ich es nun für wichtiger, den Schritt nach vorne zu wagen, auch wenn ich Gefahr laufen würde, Ninette in dieser Nacht zu verpassen. Es schmerzte, eine Nacht ohne jene wunderbare Blume verbringen zu sollen, doch wusste ich nicht, was mich erwartet, so dass ich kaum in der Lage war, einen möglichen Verlust oder Gewinn zu identifizieren. Doch, mein teurer Freund, doch habe ich gewonnen. Mehr noch als ich es mir in meinen kühnsten Träumen ausgemalt hätte. So also beschloss ich, umzukehren. Und wie sich herausstellte, war der Weg zurück gerade eben jener Weg, von dem ich glaube, dass er mich ab sofort vorwärts bringen wird. Denn habe ich in dieser Nacht, in eben jener gestrigen, nicht nur weitere Minuten mit Ninette gewonnen, sondern ebenso die Gewissheit, sie fortan, zumindest in den Nächten, auf ihren Wegen beschützen zu können. Nun schon merke ich, wie sich meine Gesichtszüge in ein Lächeln verwandeln. Beinahe doch hätte ich dir geschrieben, dass du ja sicherlich weißt, wie gefährlich die Nächte in Paris derzeit sind: Der Blutsauger geht um. Doch so geht von diesem keine Gefahr aus. Im Gegenteil. Niemand Geringeres als genau dieser wird Ninette begleiten. Doch lasse mich erzählen, was mich so heiter und froh stimmen lässt und mich in einem Gefühl bestärkt, vom Schicksal begünstigt zu werden.

So nun also ging ich erneut zu jenem Bordell, hin und her gerissen in meiner Überlegung, ob ich es wahrlich über das Herz bringen würde, Ninette möglicherweise nicht mehr anzutreffen, wenn ich deutlich später als gewohnt ihr Haus aufsuchen würde, und wollte mich sogleich auf die Suche begeben, ob es mir möglich wäre, wenigstens von außen einen Blick auf Henry zu werfen, als sich die Türe des Bordells öffnete und Ninette das Lokal verließ. Serge, weißt du eigentlich wie sehr ein Herz schlagen kann, das in seiner Natur, in seinem ihm anvertrauten Handeln schon hunderte von Jahren tot ist? Wie der göttliche Funken aller nur erdenklichen Empfindungen schlug ihr Antlitz wie ein gewaltiger Donner in meine Brust. Meine Augen schienen sich binnen einer Sekunde gleich tausendfach zu weiten und zu verengen und fast schon wäre ich dem Denkversuch erlegen, meine Sinne spielten mir einen Streich. Ninette, hier, aus diesem Lokal tretend? Aber natürlich Serge, denn wieder einmal hatte ich mir selber bewiesen, wie einfältig und blind ich doch bin. Ninette musste unweigerlich mit diesem Lokal in Verbindung stehen. So war es ihr Körper, waren es ihre wunderbar leuchtenden Augen und ihr so zärtlich-sanft geschwungener Mund, die mir bereits von Henrys Wegweiser, eben über jenes Plakat, entgegen strahlten und mir den Weg hierhin zum Freudenhaus wiesen. Natürlich doch musste zwischen Ninette und diesem Hause eine Verbindung existieren. Sei es über Henry, der mit so elegantem und feinfühligen Pinselstrichen ihre Pracht und das Wunder ihrer Ausstrahlung zu Papier bringen konnte, oder über eine etwaige Tätigkeit Ninettes in diesem Hause. Auch wenn ich letzteres nicht zu hoffen wage, mir es nicht einmal vorstellen kann, so würde es meinen Empfindungen keinen Abbruch tun. Was denn gebührt es uns, über das Leben anderer zu urteilen? Vermeintliche Moral und abwegige Profilsucht, die zu leicht zu einer Beurteilung von Menschen führen kann. Wie denn sind Begriffe wie „leichte Mädchen" zu werten? Schon versucht man dem Anrüchigen eine gewisse humorvolle Deutung zuzuschreiben. Jeder verurteilt und doch würde es sie nicht geben, wenn es nicht ebenso, und wahrscheinlich sogar noch weitaus mehr als jene Gruppe der Prostituierten, Kunden gäbe.

Menschen, die sich ihrer bedienen, die, ja, und genau so weit möchte ich gehen, vielleicht nicht einmal mehr ohne sie könnten. Was glaubst du, Serge, welche Gruppe ist wohl schlimmer in ihrem Handeln? Jene, der man Unzucht und die Verwerflichkeit aller Moral nachsagt, oder jener, die sich so schweigend die Tarnkappe der Tugend überstülpt, um die Narben auf ihrer eigenen Politur im Unsichtbaren zu verwischen? So denke ich, man würde gut daran tun, in einem solchen Falle nicht zu urteilen. Sicherlich würde es mich schmerzen, dies aber wohl eher vor dem Hintergrund, da ich der Versuchung unterliege, zu glauben, Ninette selbst wäre in arger Not. So denke ich, die wenigsten Mädchen und Frauen dieser Branche haben diesen Weg gewählt, weil er ihnen Amüsement verspricht. Auch wenn es mich selbst manchmal irritiert, wie ich über Moral und ähnliches denke, - immerhin töte ich, lieber Freund -, so betrachte ich meine Art als naturgegeben. Ich kann und muss mich nun einmal so ernähren. Ebenso wie sich ein Raubtier von anderen Tieren ernährt. Auswüchse der Leidenschaft, wie sie mir seit jüngster Zeit selbst mehr als bekannt sind, werde und muss ich zwar aburteilen, doch ist und war es ein Bedürfnis. Mag sein, das Ratio mir einen Streich spielt, doch bin ich wie ich bin. In Tagen des Seelenfriedens doch töte ich um des Daseins Willens.

Da stand sie nun vor mir, mein Freund, so wahr, so wunderbar, in all ihrer blumigen und engelsgleichen Pracht, der kostbarste Schatz meines Keimes. Wie dumm ich nur bin, nicht eher auf eine direkte Parallele zu schließen. Obgleich ich mich zügig in Häuserecken versteckte, empfand ich ihre wunderbaren Augen als Zeichen der Freude, fast so, als würde auch sie meine Anwesenheit hier und zu dieser Stunde spüren. Ja, in der Tat drehten ihre Augen einige kurze Runden quer über die breite Straße, bevor sie nun so graziös wie eine Gazelle die Straße überquerte und sich auf den Heimweg machte. All meine Gedanken, was sie nun letzten Endes hier an dieses Haus binden würde, in welcher Beziehung sie zum Bordell oder zum Tanzlokal stand, waren verflogen. Verflogen, weil sie unwichtiger nicht sein konnten. Für mich und für die Situation. Diese Zeit, die mir fortan geschenkt werden könnte, sofern dieses Ninettes ständiges Ziel der Nacht wäre, sollte mich für alles entschädigen, was sich innerlich in mir sträuben könnte, würde ich daran denken, Ninette in den Armen eines Freiers zu wissen. Ja, denn vielmehr doch wäre es nun etwas wie Eifersucht, als Urteil über das Handeln von Dirnen. Ninette ist kein Bild, welches ich mir mache, sondern sie ist wahr. Und so wie sie ist, so möchte ich sie spüren, empfinden und fühlen. Denn alles, was ihr Sein beherrscht und beeinflusst, trägt auf seine Weise dazu bei, dass sie so ist, wie sie ist. Ich habe Zeit gewonnen. Wertvolle Zeit, vergleichbar einem unschätzbarem Schatze. Es ist doch seltsam, findest du nicht? So stelle dir einen Kaufmann vor, so reich, dass er im unergründlichen Reichtum baden kann. Und eben jener Kaufmann freut sich noch über ein klitzekleines Geschenk, welches so einfach ist, dass man es mit allem Gold und Geld dieser Welt nicht bezahlen kann. Denn genau so fühle ich mich. So liegt mir die Ewigkeit zu Füßen, alle Zeit der Welt, und doch ist sie nichts gegen jene Minuten, die ich nun mit Ninette gewonnen habe. Du siehst also, was ich gelernt habe. Es geht nicht um die Anzahl der Dinge, um die Masse oder um den materiellen Wert. Letzten Endes ist der Wert, den man auch den kleinsten Dingen beimessen kann, das Ausschlaggebende. Hier findet sich die Güte und der wahre Schatz. In der Wertschätzung jedes Einzelnen. In meinem Falle ist es die Zeit, die ich nun darauf verbringen kann, mit Ninette den Weg zu teilen. Immer einige Schritte hinter oder vor ihr, wenn auch unbemerkt, so doch immer mit ihr. Auf diese Weise hat sich eine Leere gefüllt, die Leere des Wartens vor ihrem Hause. Welch kostbares Geschenk, lieber Serge.

Natürlich bin ich ihr gefolgt, so wie ich es immer machen werde, sollte dieser Gang ihrem Rhythmus entsprechen. Wie warm und wohlig es mir war. Wir werden sehen, ob ich sie heute Nacht wieder dort antreffen werde. Und ist es auch nur eine Hoffnung meinerseits, so vertraue ich fest darauf. Zu viele Dinge doch, die dafür sprechen.

*

11. Januar

Mein treuer Serge,

Paris liegt tief verschneit unter einer weißen Decke. Seltsam ist es mir, da ich dir heute von einem Gefühl berichten darf, das in meiner sonst so leeren Haut fast schon in Vergessenheit geraten war: Kälte, lieber Serge, Kälte. Weiß der Himmel, wie lange ich dieses Gefühl nicht mehr verspüren konnte. Und es brach so plötzlich über mich hinein, so plötzlich, wie der Winter hier in Paris als solches. Oh ja, lieber Freund, ich bin erwacht, zum Leben erwacht. Ein Geschenk ist mir zuteil geworden und offenbar halte ich das Glück hold in meiner Hand. Was denn ist Leben? Was? Soll mir so mit der Gabe oder dem Schicksal, sehen wir es wie wir wollen, nicht auf herkömmliche Weise sterben zu können, die Empfindung, das Glück, die Wärme und die Kälte geraubt sein? Was ist Leben, lieber Serge? Was verstehst du darunter? Was ich und was all' die anderen unendlich vielen Menschen auf diesem Planeten? Oh ja, es ist ein Unterschied, ob ich bin oder ob ich lebe, doch macht es keinen Unterschied, wenn ich von den Dingen berichte oder schreibe, die ein Dasein lebenswert machen. Glück, lieber Freund, Glück und die Bereitschaft, Empfindungen zuzulassen. Einen Funken Hoffnung dabei, Serge, und wir sehen uns mitten im Leben. Es spielt keine Rolle, ob ein Herz schlägt oder in der Dunkelheit des ihm gehörigen Körpers schweigt und stumm wie brach da liegt. Nein, das hat nichts mit Leben zu tun, auch wenn mir jede Wissenschaft ins Worte fallen würde. Schaue dich um in dieser Welt. Wie viele Menschen, deren Herz schlägt, haben weder die Möglichkeit zu leben noch eine Ahnung davon, was Leben überhaupt ist. Nun verzeihe mir wohl, wenn es überheblich klingt, Worte über das Leben auf diese Weise zu Papier zu bringen, doch rede ich hier auch für all jene, die ihr Leben in ewigem Schmerz fristen müssen. Doch jenen müssen wir verzeihen, vor diese müssen wir schützend beide Hände halten, denn sie sind Opfer, verzweifelt und verloren in den Wirren des Fortschritts, wo sich das ursprünglich gemeinsame Leid des Lebens und des Liebens auf so sonderbare Weise schnell und schneller teilt und entzweit, um so Glück und Unglück zu schaffen. Welche Menschen ich aber anklagen möchte, sind jene, die sich im Glück und in der Lust des Daseins wiegen, dessen Herz jedoch längst zu einer Farce geworden ist. Oh ja, ich meine jene, die sich nicht ihren Empfindungen stellen, die trotz eines real vorhandenen Herzschlages biologisch leben, aber das Leben selbst verachten. Freude, Schmerz, Liebe, Sehnsucht, auch Wärme und Kälte, ja, all das sind Ausdrucksweisen des Körpers und des Geistes in ihrer Gemeinheit, in ihrer identischen Wurzel und ihres unteilbar verbundenen Schicksals, die zum Leben erwecken. Nicht der Herzschlag ist ausschlaggebend, sondern die Empfindungen des Herzens selbst. Jene Empfindungen, die uns klar und deutlich machen, wie einsam wir sind. Hier an den Grenzen der Sprache, hier wo sich das Gefühl von unserer eigenen Ausdruckskraft löst, rebellisch pocht und hämmert, hier wo jeder wirklich alleine ist, oh ja, hier spüren wir, ob wir leben oder sind. Wer lebt aber, der ist. Wer ist aber, muss nicht leben. Nun spüre ich die Kälte und so sehr ich mich auch bemühen mag, dir diese Empfindung zu beschreiben, so sehr bin ich konfrontiert mit meiner sprachlichen Lähmung. Was bedeutet es schon, Kälte oder Wärme zu messen? So bedeutungslos. Und doch urteilt die Menschheit danach, ob es kalt oder warm ist. Ja, und dies, obgleich niemand vom anderen weiß, ob er dieselbe Kälte empfindet. Wir suchen nach Normen und vergessen, die Empfindung wahrzunehmen. Vor diesem Hintergrund erscheint es mir fast merkwürdig, dass noch niemand auf den Gedanken gekommen ist, Liebe messbar zu machen. Du weißt, was ich sagen möchte, lieber Serge. Nun gestehe ich ein, mit Wärme und Kälte lässt sich umgehen, doch aber wie lässt sich die Wärme der Sehnsucht und der Liebe messen? Wie lässt sich die Kälte einer Umgebung messen, die durch den Menschen als solches ausgestrahlt wird? Gar nicht, lieber Freund, gar nicht. Und schon scheint es, als wäre die Sprache nichts weiter als ein Spiegel, der mir sehr wohl meine Empfindungen reflektiert, aber dank seiner Eigenschaft, einen Anteil des Lichtes zu absorbieren, das Wesentliche im Kern zurück behält. So freue dich mit mir, lieber Serge, dass ich den Winter empfinden und wahrnehmen kann. So zart wie die Flocken vom Himmel her hinunter wehen, das Land bedecken, so zart liegt Ninettes Schatten in Gedanken auf meinem toten Herz, das doch so voller Leben steckt.

Oh ja, Ninette. Seltsam, wie ordinär so oft doch Gedankengänge und die entsprechenden Taten sind. Ninette ist eine Sucht für mich, mein Quell und mein Elixier. Sie ist die Blume in der weiten Steppe meiner vermeintlichen Trostlosigkeit und je mehr mich der Wunsch drängt, sie nun endlich näher kennenlernen zu dürfen, umso mehr sträube ich mich innerlich davor, jene Wege zu beschreiten, die mich womöglich rascher ans Ziel führen würden, als ich es mir erhoffen könnte. Fast scheint es mir manchmal, als würde ich den Zeitpunkt selbst hinauszögern wollen. Vielleicht ist es die Furcht vor einer Enttäuschung? Vielleicht die Angst, am Ende alles zu verlieren, woran ich mich so hoffnungsvoll geklammert habe? Nein, lieber Serge, auch dieser Gedankengang wäre zu ordinär. Etwas anderes steckt in mir, das mich bislang davon abhielt, endlich nun endlich Henry aufzusuchen. Er ist die Nut, die Naht, die Ninette und mich beieinander hält, die uns schicksalsträchtig verbindet. Und so bewusst und klar mir diese Erkenntnis vor meinem inneren und so hell erleuchteten Auge erscheint, bislang habe ich es immer noch nicht über das Herz gebracht, ihn aufzusuchen. Ihn, der Ninette so nahe steht, der Nacht für Nacht mit ihr verbringt, der ihr so nahe ist und sie so gut kennt. Und das muss er wohl. So zart und lieblich wie sie ist, und ebenso zart und lieblich, wie dieser begnadete Maler in der Lage ist, sie darzustellen, ihr Antlitz auf die Leinwand zu bringen. Etwas Göttliches entströmt seinen Arbeiten. Sicherlich auch dürfte Ninette für ihn mehr sein als nur ein Modell. Inspiration, der göttliche Funke der Vollendung, die Form für Harmonie und Vorlage für alles Schöne dieser Welt. Was für ein Schwärmer ich doch bin. Schwärmer aber sind entgegen allen Vorurteilen alles andere als blind. Oh ja, sie sehen Dinge, die für andere verborgen bleiben. Der Ausdruck des Schwärmers ist auch hier lediglich der Versuch, Empfindungen in Worte zu fassen. Wie schwer dies aber ist, wie nahezu unmöglich, das habe ich bereits versucht zu beschreiben. Und dennoch gibt es Empfindungen, die stets und ständig danach trachten, den Körper, den Geist und das gesamte eigene Sein zu verlassen. Vielleicht um die Welt teilhaben zu lassen, vielleicht auch nur als Ventil, um den Herren jener Gedanken und Empfindungen vor einem Überlauf zu schützen. Warum auch immer. Betrachte ich mir Henrys Bilder, so würde ich blindlings mein Siegel unter eine Erklärung setzen, dass auch er ihr auf seine Weise verfallen ist. Er ist ein Schöpfer, Ninette aber ist die Schöpfung, die Krone der Vollendung. Sie ist das Meisterwerk, und Henrys Bilder, oh ja, für mich sind sie zu einem Teil des Himmels geworden. Ninette, der Engel, die Leinwand das Gewölbe und die Farben und zarten Pinselstriche das Gleichgewicht, die innere Harmonie der Seele. Denn eine Seele habe auch ich. Aber was schreibe ich?

Doch zurück zu meinem Irrweg, zu meinem Umweg, welcher mich Nacht für Nacht mit dem Glück von Ninettes Anwesenheit konfrontiert, mich im selben Atemzug und mit jedem Schritt wie jeder Minute, welcher ich ihr folge, oder in welcher ich durch das geschlossene Fenster an ihrem Sein teilhaben darf, auch von einer doch so greifbar größeren Nähe zu ihr fernhält. Ja, es ist sonderbar, wie sehr gerne sich der nächste Schritt, das unmittelbare Verlangen mit langfristigen Wünschen beißt. So habe ich es nicht geschafft, mich auch nur eine einzige Nacht von Ninette zu lösen, um endlich Henry aufzusuchen. Nicht einmal an den Weihnachtstagen, wo ich immerhin zwei ganze Nächte ohne ein Zeichen Ninettes auskommen musste. Nun frage mich nicht, ob sie zu Hause war oder verreist. Ich würde es dir ohnehin nicht beantworten können. Wie verschollen, ließ sie mich in den beiden regnerischen Nächten zurück, ohne Hinweis auf ihren Verbleib. Doch es war Weihnachten. Und spätestens nach ihrem ebenso plötzlichen Wieder-Auftauchen war es mir einerlei, dass ich sie so viele Stunden so schmerzlich vermissen musste. Es war Weihnachten. Hat Ninette gar eine Familie? Nun gut, auch dies eine Frage, die Henry mir beantworten könnte. So glaube mir, lieber Freund, Nacht für Nacht für Nacht ringe ich mit mir, nur dieses eine Mal das Opfer zu erbringen, Ninette nicht zu sehen, stattdessen Henry aufzusuchen, nämlich dann, wenn Ninette sein Atelier verlassen hat, um Ninette näher kennenzulernen. Jedes Mal aber, sobald Ninette das Bordell verlässt, sie die Augen aufschlägt, um sich an die Dunkelheit zu gewöhnen, jedes Mal wenn sie sich kurz vor der Türe noch einmal den Mantel richtet und sich mit der Hand durch die Haare streicht, verfalle ich ihr aufs Neue. Nicht ein einziges Mal habe ich es geschafft, Ninette laufen zu lassen, um eiligst Henry aufzusuchen. Ein Magnet, welcher mich willenlos erscheinen lässt, mich erbarmungslos anzieht und verführt, sie auch diese Nacht auf dem Heimweg zu begleiten. So verfallen bin ich ihr, so stark ist ihre Aura und ihre Wirkung auf mich. Und obgleich ich jede Minute mit ihr genieße, jedes Mal, wenn ich auf ein Neues mein sicheres Versteck vor dem Tage aufsuche, erfüllt mich die Leere, es auch diese Nacht versäumt zu haben, den mir doch so ähnlich erscheinendem Henry nicht besucht zu haben. Nicht einmal ins Bordell habe ich es geschafft. So fühle ich mich wie ein Raucher, der immer und immer wieder auf ein Neues lügt, diese eine Zigarette noch, und dann ist Schluss damit. Selbstbetrug. Das Nähere, und sei es auch noch so eine kleine Befriedigung, hält uns doch allzu gerne ab von dem einen großen Schritt, der womöglich mehr bewegt, als alle kleinen Schritte zusammen. Der kurzfristige Genuss, der uns vom vielleicht ewig Währenden abhält. Ewig während. Welche Wunde nun reiße ich mir selber ins Fleisch, lieber Serge? Die Nächte vergehen und verstreichen und was mache ich? Nichts. Ich lasse die Zeit verrinnen, gleich dem Wasser eines kurzweilig vorhandenen Baches in der Wüste. Ich erfreue mich an seinem Anblick, ohne aber nach dem Wasser zu greifen, welches die Existenz sichern könnte. Ich erfreue und ergötze mich an der Klarheit und seiner Frische und bemerke kaum noch, wie er langsam aber sicher versickert. So wie die Zeit. Es ist schrecklich, so zu denken. Wie grausam doch kann die Ewigkeit sein? Muss und soll ich mit ansehen, wie Ninette eines Tages zerfällt? Mich zurück lässt? Doch nun endlich aber wird es Zeit, nach dem Wasser zu greifen. Heute Nacht, lieber Serge, heute Nacht werde ich Henry besuchen.

*

12. Januar

Mein getreuer und lieber Freund,

was soll ich schreiben? Wo soll ich beginnen? Wo ist der Anfang und wo ist der Schluss meines überschwänglichen Bedürfnisses, dir mitzuteilen, was ich erlebte, was mir widerfuhr in letzter Nacht? Oh ja, ich kenne dich, lieber Freund, und so wie ich dich kenne, bin ich davon überzeugt, dass auch du mich kennst und ahnst, was für einen Brief ich mit solchen Worten beginne. Und so sicher wie ich mir in dieser Hinsicht bin, so sicher bin ich mir, du weißt längst, dass ich es nun endlich endlich geschafft habe, mich nur für eine Nacht von Ninette zu lösen, mich aus den Ketten ihrer schier unglaublichen Anziehungskraft zu befreien und meinen Weg von ihr zu trennen. Oh ja, lieber Freund, denn ebenso wie ich jede Nacht vor dem Bordell auf Ninette warte, auf dass sie endlich nach außen tritt, damit ich sie auch in dieser Nacht begleiten kann, so harrte ich auch in der letzten Nacht in der mir mittlerweile so vertrauten Mauernische auf der gegenüberliegenden Straßenseite aus. Dieses Mal aber, dieses Mal fühlte ich, als würde ich atmen, als nähme ich einen tiefen Zug der frischen, ja nahezu eisigen Luft, um meinem Körper durchfluten zu lassen mit Kraft und Willen, endlich Henry aufzusuchen. Wie sehr doch ich mit mir ringen musste, gegen anschwimmen musste, gegen Ninettes herrlichen Sog, gegen den Strudel ihres Bannes, dem ich doch so willenlos ergeben bin. Diese Nacht aber fühlte und spürte ich die Klarheit der Luft, die meine Vorstellungskraft zu Leben erwecken ließ, die mich schon fast in ihren Armen liegen sah, noch ehe ich den Schritt gewagt hatte. Immer und immer wieder war es mir, als klärte die frische Atemluft die Engstirnigkeit meines so unmittelbaren Bedürfnisses, Ninette nahe zu sein, so dass sich die Mittelmäßigkeit, die ich mit diesem Voyeurismus an den Tag legte, selbst so deutlich vor mir ausbreitete, dass ich fühlte, heute Nacht endlich nun das große Ziel angehen zu müssen. Ja, diese Nacht sollte es passieren. Die Bilder möglicher Entwicklungen strudelten durch meinen Körper, als würden sie selbst getragen werden durch die frische Brise, die mich durchflutete.

Eine Vorstellung zog durch meinen Kopf, eine Vorstellung, die sich im weiteren Verlauf der Nacht als wahr erweisen sollte. Die unweigerliche Distanz zu Ninette, so schmerzhaft es sein würde, sie würde eine ganz andere Dimension von Nähe aufbauen. Oh ja, das Bild, Ninette durch Distanz näher zu kommen, oh ja, genau dieses Bild trieb mich nach einigen Schritten, denen ich ihr folgte, zurück zum Bordell. Und merkwürdigerweise brauchte ich dieses Mal nicht eine Sekunde der Überlegung, ob ich es betreten sollte. Ich tat es einfach. Noch ehe ich den Schmerz verspürte, Ninette in dieser Nacht und für diese Nacht verloren zu haben, sie zu missen, trieb es mich zu jener älteren Wirtin mit der rauen Stimme. Noch bevor mich ihre Worte erreichten, Henry hätte womöglich jetzt gerade Zeit für mich, begrüßte ich sie mit eben jenen Worten, dass ich davon überzeugt sei, Henry wäre nun ansprechbar. Etwas irritiert, aber freundlich, deutete sie mit ihrer langen Zigarettenspitze auf die Treppe. Fast so, als hätte sie mich im Ganzen durchschaut, lächelte sie mich an, nahm einen kräftigen Zug an der Zigarette und forderte mich nun klar und deutlich auf, nun endlich nach oben zu gehen. Eigenartig wie vertraut sie mir war, diese alte Bardame. Mir schien es, als würde ich sie ewig kennen, ja, als würde sie mich ewig kennen, als stünde auf meiner Stirn geschrieben, was mich ausgerechnet in dieser Nacht so beflügelte. Statt zu fragen, was ich von Henry will, machte sie mir Mut. Ob so etwas durch die eigene Ausstrahlung kommt, lieber Serge? Warum sind einem die Menschen manchmal näher als an anderen Tagen oder in anderen Momenten? Diese unbeantwortete Frage im Sinn, begab ich mich also sogleich zur Treppe. Du kannst mir glauben, dass meine Erwartungshaltung mich fast in eine querele Situation gebracht hätte. So musste ich mich bremsen, um die Treppe nicht auf andere Art und Weise zu nehmen, als es für Menschen üblich ist. Eiligen Schrittes aber stieg ich nach oben, wo ich am Ende eines langen und rot tapezierten Ganges eine halb offene Türe entdeckte, die mich, eine Spalt weit geöffnet, mit ihrem heraus dringenden Lichtschein förmlich einlud, das Zimmer zu betreten. Etwas langsamer nun schritt ich auf die Türe zu. Was immer mich bremste, so möchte ich heute vermuten, es war der Wunsch, meine Freude und die aus mir heraus sprudelnde Glückseligkeit zu verbergen. Ob mir dies gelang, weiß ich nicht zu beantworten. Auch weiß ich nicht, ob ich es überhaupt beantworten möchte. Die Empfindungen wieder, weißt du?

Immer noch das Gefühl, die kalte und frische Brise im Körper zu tragen, klopfte ich an die Türe. Wären mein Herz und mein Puls nicht bereits vor hunderten von Jahren versiegt, so würde ich sagen, das Herz wäre Gefahr gelaufen, mir aus der Brust zu springen und das Blut in den Kopf zu schlagen, gleich einem Blitz, der soeben einen alten Baum entwurzelt. Freudig erregt, spannungsvoll geladen und voller Zwiespältigkeit, was meine

Hoffnung und meine Ängste anbelangt, stand ich nun vor der Türe, wie ein kleiner Schuljunge vor dem Büro des Direktors. Anders aber als die von mir erwarteten Worte, das Zimmer betreten zu dürfen, öffnete sich die Türe nun etwas weiter, ohne dass ich jedoch eine Person in dem Raum erkennen konnte. Wie angewurzelt blieb ich stehen, die Blicke suchend und fragend durch das Zimmer jagend, bis endlich hinter der Türe eine angenehme und bereits etwas älter wirkende Stimme die Ruhe durchbrach und mich zum Eintreten aufforderte. Zögernd, aber doch erleichtert darüber, die wohl schwersten Sekunden nun hinter mich gebracht zu haben, betrat ich den Raum und erkannte mit einem Blick über die Schulter die kleinwüchsige Gestalt eines schmächtigen Mannes, der offenbar jünger war, als seine Stimme wie auch sein Bart im ersten Augenblick verrieten. Vor mir hockend auf einem niedrigen Stuhl, an welchem ein bereits sehr abgewetzter Gehstock lehnte, sah ich nun auf dieses Männchen, das mit einem Pinsel in der Hand nun zu mir hochblickte und freundlich fragte, ob er mir etwas zu trinken anbieten könnte. Ich war äußerst irritiert, weshalb mir wohl auch erst sehr spät der Raum als solches auffiel, der über und über an allen Wänden mit so wunderbaren Bildern, die im übrigen fast allesamt Ninette darstellten, behangen und zugestellt war. Oh ja, dies musste Henry sein. Dies war seine Handschrift, die ich in seinen Farben und in seiner Linienführung erkennen konnte. Die sanfte und so herrlich anmutige Darstellung Ninettes lähmten meine Fähigkeit, auf seine Frage zu reagieren. Wie erstarrt stand ich da, ließ meine Blicke durch den Raum schweifen, schaute hin und wieder zu Henry - ich war mir sicher, dass er es sein musste - hinunter, um im selben Augenblick wieder die wundervolle Pracht dieser Meisterwerke aufzusaugen. Wie von fern, durch eine dicke Nebelwand hindurch, hörte ich nun erneut seine Stimme, die mir freundlich, aber auch deutlich lauter, etwas zu trinken anbot. Stockend stand ich da, lehnte nur mit einem Handwink, vielleicht etwas unhöflich wirkend, ab und hob leicht die Arme, fast so, als wäre es an mir, ihm diesen Zauber, der doch aus ihm selbst heraus entstanden ist, zu präsentieren. Trotz meiner Geste nichts zu trinken, rückte der kleine Mann, vielleicht höchstens 1,50 m groß, mit dem abgewetzten Gehstock einen zweiten Stuhl heran. Seiner Aufforderung Platz zu nehmen folgte ich, allerdings immer noch schweigend. Eine seltsame und sonderbare Stimmung schwebte hier in diesem nicht gerade großen Zimmer. Es war so unaufgeräumt, das Licht war grell, und doch fühlte ich so etwas wie Göttlichkeit auf Erden. Der Tempel meiner Sehnsucht, verziert mit unzähligen wunderbaren Gemälden von Ninette, meiner Göttin. Oh ja, ich war im Paradies und so merkwürdig es dir erscheinen mag, Henry spürte wohl, wie warm mir zumute war. Er saß nur da, schaute mich hin und wieder an, um anschließend wieder meinen Blicken zu folgen, die einfach nicht zur Ruhe kamen. Man hätte meinen können, er liest meine Gedanken, und er gönne mir dieses himmlische Gefühl von Frieden, welches mich durchströmte. Auch dauerte es lange, bis ich selbst die Ironie dieser Situation erkannte. Er kannte mich nicht, er wusste nichts über mich, doch ließ er mich gewähren, wie ein Großvater, der sich selbst in größter Freude wiegt, sofern er seinen Enkel im größten kindlichen Glück erlebt. Minutenlang schweigend, labte ich mich in dieser herrlichen Welt, in dieser Nähe zu Ninette, in ihrer vertrauten Umgebung, in diesem Schloss der Herrlichkeiten, bis ich schließlich durch das Klirren von Glas fast wie aus einem Koma erwachte. Henry hatte bemerkt, dass mich das Geräusch der gläsernen und mit Wein gefüllten Karaffe zu neuem Bewusstsein erweckt hatte. Und noch während er sich etwas von jenem Wein in ein kleines einfaches Glas einschenkte, fragte er mich erneut höflich, ob ich nicht nun doch etwas zu trinken wünsche. Nun endlich erst schien ich meine Stimme wiedergefunden zu haben. Die Augen immer noch durch den Raum gleiten lassend, dankte ich nun und lehnte sein freundliches Angebot ab. Er nahm es mir nicht übel. Im Gegenteil, fast schien es, als würden wir uns Ewigkeiten kennen und er auch dieses Geheimnis meiner selbst bereits längst kennen. Ohne hinzugucken setzte er nun die Karaffe ab und stellte sie auf den Boden vor seinem Stuhl.

„ Ich sehe Sie entzückt", hörte ich ihn sagen, „ auch wenn Sie bislang noch kaum einen Ton gesagt haben. Gestatten Sie mir, mich bei Ihnen für Ihre Komplimente zu bedanken?"

Ich schaute zu ihm auf. In der Tat. Henry musste meine Gedanken lesen können. Woher sonst hätte er meine Empfindungen so trefflich deuten können? Ich war überwältigt, hingerissen, fand mich auf der hübschesten Wiese des Paradieses wieder. So vertraut, so warm, so gütlich, Serge, und wieder einmal stoße ich an die Grenzen meiner Ausdruckskraft, wieder einmal - oder sollte ich schreiben, endlich? Wieder einmal stellte ich fest, dass die Weiten der Schönheit und diese existentiellen Möglichkeiten weit über die reine und oberflächliche Wahrnehmung hinaus gehen. Muss man so lange weilen auf dieser Welt, wie ich es tue, um ein solches Wunder zu erleben? Sollte dies mein Sinn und mein Zweck sein? Nein, unmöglich. Wäre es so, wie wäre es um Henry bestellt? Was macht ihn zu dem was er ist? Ganz sicher nicht die Unsterblichkeit. Oder sollte ich mich irren? Der Rest der Nacht verflog nahezu wie im Traum. Der Schmerz, Ninette diesen Abend nicht begleitet zu haben, die Vorstellung, ihr nicht durch das Fenster zuzuschauen, stattdessen hier bei einem mir doch vollkommen fremden Mann in einem Bordellzimmer zu sitzen, nichts von dem war mehr da. Es war und ist mir nach wie vor, als sei ich Ninette in dieser Nacht noch weitaus näher gekommen und gewesen, als in allen Nächten zuvor. Oh ja, lieber Serge, hier inmitten ihrer Bilder, hier spürte ich den Wind ihrer Gedanken, hier hörte ich das Rauschen der Wellen ihrer Seele, die sich so seicht und sachte an den Ufern meiner Vorstellungskraft brachen. Noch ehe ich mich versah, noch ohne großartig weitere Worte gewechselt zu haben, stellte ich glücklicherweise noch rechtzeitig fest, dass der Morgen nahte. Diese Nacht hatte ich erneut ohne Nahrung zugebracht, doch, lieber Freund, ich war so satt, so gütlich gesättigt, so himmlisch erfüllt, dass es mir nicht im Geringsten schadete. Verlangen bedingt Unverlangen. In dieser Nacht erhörte ich einen Ton, der aus der Mitte meines eigen Seins entsprang, einen Ton, der darauf wartet, sich in einem Ganzen wiederzufinden. Wenn irgendwann einmal ein Lied meiner selbst begonnen hat, dann in dem Augenblick, als ich Ninette begegnete. In dieser Nacht aber, hier da ich Henrys Stube betrat, in diesem Moment aber erhörte ich den Ton, der aus dem wagen Lied eine Komposition machen würde. Nunmehr, da ich den Morgen vernahm, war es an mir, mich zu beeilen. Auf meine kurze knappe Frage, ob ich in der nächsten Nacht wiederkommen dürfte, nickte Henry nur selbstzufrieden. Ich weiß nicht, ob es ihm nach den Worten meiner Hochachtung, meines Lobes dürstet, oder ob er einfach weiß, wie fasziniert ich bin. Jedenfalls stand er nun auf, nahm meine Hand in die beiden seinigen und sprach nun klar und deutlich seine Einladung aus. „Selbstverständlich. Ich würde mich sogar sehr freuen." So verabschiedeten wir uns. Nun harre ich aus, warte darauf, dass die Sonne versiegt und fiebere dem Moment entgegen, da ich mich erneut zu Henry begeben kann.

*

22. Februar

Dir, lieber Serge,

ich weiß, ich weiß und hoffe innigst, du vergibst mir, dass ich dich nunmehr solange auf Neuigkeiten von mir habe warten lassen, dass ich dich mit meinen letzten Zeilen sicherlich auf den Höhepunkt deiner Neugierde getrieben habe, ohne dich der Spannung zu entledigen, welche du sicherlich in deiner treuen Anteilnahme mir gegenüber aufgestaut hast. So verzeihe mir, dass ich mir nunmehr so viele Wochen Zeit gelassen habe, meine Ausführungen und mein Erlebtes - welche Ironie, leben, doch dazu habe ich dir bereits meine Gedanken offenbart - mit dir zu teilen. Aber die Zeit, lieber Serge, die Zeit, wahrlich das Einzige, was ein Untoter, ein Zeitloser im Überfluss hat, nur um des Opfer des Tageslichtes wegen. Die Zeit raubt mir die Gelegenheiten. Die Nächte wurden und werden nunmehr nicht mehr alleine nur durch die verlängerten Sonnenstunden kürzer, nein, werter Freund, die Nächte sind erfüllt mit Taten. Mit meinen Taten. Mein Lied erklingt, ich gehe Wege, finde einen Rhythmus in den mir verbleibenden Stunden und empfange Nacht für Nacht mehr und mehr Geschenke, die meinen Geist, meine Sinne und meine Lust am Sein erhellen. Oh ja, lieber Freund, denn in der Tat bin ich viel unterwegs, habe Aufgaben und Wege zu erledigen, die mich irgendwohin führen, dessen Ziel ich selbst zwar nicht kenne, welchem ich aber freudig und gespannt entgegenschreite. Sicherlich ebenso gespannt, wie du auf meine Zeilen warten musstest. Nun, da sie vor dir liegen, sollst du erfahren, was mir widerfuhr, was sich getan hat, welches Glück Ninette mir bereitet und wie wertvoll Henry mir geworden ist. Doch mehr noch, denn etwas Weiteres ist zurückgekehrt, gleichwohl, als sei meine Leidenschaft aus einem Dornröschenschlaf erwacht. Mein Hunger und mein Durst sind auf ein Neues entflammt, was sich denen, jene durch mich Begünstigten, sicherlich kaum als Begünstigung darstellt, diesen aber auf ihre Weise einen Sinn gibt. Einen ganz besonderen Sinn. Um es in Spitzen zu formulieren, so sehe ich jene Geschöpfe, die mich nunmehr nähren, als Lebensretter an, lieber Freund. Du erinnerst dich an meine anfänglichen Gelüste, damals, als ich Ninette das erste Mal sah? Auch die Tage und Wochen danach waren geprägt von einem Verlangen, dem ich kaum mehr Herr wurde. Heute, lieber Serge, heute lebe ich auf ein Neues in dieser Leidenschaft. Du hast Recht, wenn du nunmehr errätst, dass ich mich bei der Wahl meiner Opfer auf junge Mädchen spezialisiert habe. Welch Ekel mich doch anfänglich noch befiel, wie schauderbar und selbstverachtend ich meinen eigenen Taten gegenüberstand. Doch aber, lieber guter Freund, doch aber spielen Ansichtsweisen solch moralischer Verwurzelungen nicht die geringste Rolle mehr für mich. So fühle ich mich heute auf so sonderbare Weise erfüllt, so gut und wohl, ja, so sortiert in den einst so verwirrten Gedankengängen. Mir scheint, den Ausweg aus einem Labyrinth gefunden zu haben, welches ich niemals freiwillig betreten habe, welches mir zum heutigen Zeitpunkt auch nicht mehr das geringste Unbehagen bereiten könnte. So bin ich der felsenfesten Überzeugung, eine Art von Furcht oder Angst nur ein einziges Male auf so intensive Art empfinden zu können. Je länger diese Angst anhält, je intensiver sie ist, umso geringer doch ist die Wahrscheinlichkeit, dass wir sie noch einmal so durchlaufen. Man ist ihr vertraut geworden und einmal besiegt, wiegt man sich stets in der Sicherheit, dieselbe Situation auch beim nächsten Mal zu meistern. Die Angst ist wie ein Vogel, einmal besiegt, sind seine Federn gestutzt. So mag er schreien, flattern und versuchen, uns mit der Spitze seines Schnabels oder den Krallen seiner Greifer zu verletzen, er ist bei Weitem nicht mehr jener gefürchtete Gegner, dem wir einst gegenüberstanden. An der richtigen Stelle gepackt, spornt er im Extremfall vielleicht sogar eher dazu an, ihn zu bemitleiden. Doch aber wie komme ich auf diesen Gedanken, lieber Serge? So lasse es mich dir erklären. Du wirst dich gut erinnern können an die Tage, als ich versuchte, meine Leidenschaft Ninette gegenüber mit einem Ersatz zu befriedigen. Damals wie heute war und ist es mir bewusst, dass es keine Ersatzbefriedigung für mein Verlangen gibt. Nein, alleine die Vorstellung, ein Mensch wie Ninette würde ein zweites Mal die in mir verankerte Häuslichkeit meiner Existenz betreten, ist in meinen Augen mehr als absurd. Auf diese Weise werde ich mein Verlangen kaum dauerhaft besänftigen oder beruhigen können, doch aber, so weiß ich heute, gelingt es mir auf diese Weise, zwei Dinge zu erhalten, die mir mehr als wichtig sind, die mich und meinen Daseinstrieb anspornen, die meine Gedanken, die ich damals auf dem Dach über dem Place de la Concorde hatte, für mich in meiner heutigen Verfassung in eine Sprache hüllen, die ich selbst nicht mehr verstehe. Ninette, alleine Ninette und ihr göttlicher Funke, der mich selbst zum Leben erweckt hat, machen es möglich, dass sich meine Sicht der Dinge auf so gütliche Weise verändert haben, auf das es mir möglich ist, einfach zu sein, wie ich bin. Ich bin ein Vampir, lieber Serge, ein Vampir, der dazu verdammt ist, sich vom Blute zu nähren. Warum also sollte man mich anklagen? Meine Opfer unterliegen der reinen Willkür von Zeit und Raum. Jeder könnte das nächste Opfer sein, doch aber, ebenso könnte jeder ein Leben führen, ohne auch nur jemals mit mir und meinem Bedürfnis nach Nahrung konfrontiert zu werden. Jeder? Nein, nicht jeder, lieber Serge. Ich bin ein Löwe, ein Raubtier, das sich vom Leben nährt, das seine Beute auswählt nach dem Zeitpunkt, der es mir abfordert, mein Verlangen zu stillen. Nun aber jagen auch Löwen nicht alle Beutetiere. Ob sie in jenem Maße auswählen, wie ich es preferiere, wage ich zwar zu bezweifeln, dennoch gleicht der Sinn einander. Mehr aber noch, denn der Sinn der von mir Auserwählten, macht sie selbst zu etwas ganz Besonderem. Sie nähren mich, ja, aber ob dies alleinig Anlass geben sollte, stolz darauf zu sein, für mich zu sterben, sei dahingestellt, denn würde ich diese Frage selbst beantworten, würde ich mich selbst als arrogant und überheblich bewerten, aber, lieber Freund, und dies ist das Entscheidende, sie sterben als Helden. Als Helden, die das ihrige Leben für das von Ninette lassen, damit sie weiter ist und sein kann. Für sich und für mich. Nun wieder klingt es egoistisch, doch aber, so wissen wir heute, unterliegt ein jedes Wesen, dessen Seele sich in einem einigermaßen Gleichgewicht befindet, dem Trieb des Überlebens. Warum also sollte nicht auch ich überleben? Ninette hingegen schenke ich das Leben, indem ich nicht meinem Verlangen nachgebe, sie zu einem Wesen wie mir zu machen, von ihr zu kosten, ihre Wärme und den hellen Schein ihrer Zartheit in mich aufzusaugen. Es gleicht einer so wechselhaften Schicksalslinie, dass ich ohne sie nicht mehr sein kann, obwohl ich keine größere Sehnsucht in mir trage, als den Wunsch, sie für mich zu gewinnen. So oder so. Mein Verlangen nach Ninette also schürt ein Bedürfnis, dessen Druck ich selbst nicht gewachsen bin. Also gebe ich ihm nach, schenke Ninette auf diese Weise das Leben, welches sie führen kann, und erhalte mich selbst am Sein. Es ist Zufall, wen ich erwähle, sofern das Opfer nur hübsch ist, und ich mich auch nur für wenige Sekunden der Illusion hingeben darf, Ninette selbst in den Armen zu halten. Meine Opfer erhalten sie, und sie erhalten mich, sind ehrwürdige Helden, und haben mit Sicherheit das Recht auf ewige Dankbarkeit. Opfer für das Göttliche, doch aber bin ich nicht das erste Wesen, welches sich Ehrerbietungen dieser Art hingegeben hat. Warum also sollte ich mich selbst anklagen? Warum aber sollten mich die Menschen anklagen? Ich nehme Leben um selbst existieren zu können und ich erhalte das Schöne, schenke einem Wunder Tag für Tag die Zeit, um diese Welt und meinen Geist so sachte zu verzaubern. Ich kann mir nicht einmal vorstellen, dass es auch nur einen einzigen Menschen geben kann auf diesem Planeten, welcher Ninettes Zauber widerstehen könnte. Nicht einen, lieber Serge.

So, nun aber will ich dir berichten, warum Henry so wertvoll für mich geworden ist. Einen eleganteren Übergang zu ihm hätte ich auch gar nicht finden können, jetzt, da ich weiß, dass auch er Ninette längst erlegen ist. Ich berichtete dir von unserer ersten Begegnung, von dieser seltsam wunderbaren Atmosphäre in jenem bescheidenen Bordellzimmer, von dem ich heute weiß, dass es nicht nur Atelier, sondern gleichsam auch die Wohnstube dieses kleinwüchsigen aber doch so großartigen Malers ist. Serge, wenn du seine Bilder sehen würdest, wenn es dir möglich wäre, seine Bilder mit denen von Gott, dem Schöpfer und Ebenbild der Realität, zu vergleichen, sicherlich hättest du nicht den geringsten Zweifel daran, mir zustimmen zu müssen, wenn ich ihn als Chronist der Schönheit betiteln würde. Die Art, wie er mit Licht umgeht, wie er es versteht, den Moment, das wirklich

Einzigartige, weil niemals mehr Wiederkehrende oder Unwiederholbare, in seinen Bildern festzuhalten. Ja, es scheint mir, als wäre die Welt ein Theater und Henry der Bühnenbildner, als wäre er jener Teil der Natur, der dafür verantwortlich ist, uns immer wieder die schönsten Momente im Dasein eines jeden in Erinnerung zu rufen, nein, besser, sie in dieser zu halten. Doch aber, so stellte ich fest, ist auch Henry nur ein Mann. Nachdem er mich nun also für die folgende Nacht, nach meinem ersten Besuch bei ihm, eingeladen hatte, hatte ich die größte Mühe, am folgenden Tag nicht in das offene Sonnenlicht zu laufen. So gespannt, so ungeduldig, so voller Erwartung und getrieben durch selbst auferlegte Aufgaben für die kommende Nacht, hatte ich kaum die Möglichkeit, lange zu schlafen. Als aber endlich die große schwere Sonne verglüht war, eilte ich zügigst in einen kleinen Ort außerhalb Paris', um meinen nunmehr doch so gewaltigen Hunger zu stillen. Es war, als schrie mein Körper nach dem Ausgleich des Verzichts. Mein Gott, wie wohl ich mich in meinem Innersten fühlte, und ebenso wie meine Seele so prall gefüllt war mit der Herrlichkeit, die mich in der Nacht zuvor heimgesucht hatte, ebenso schrie nun mein Körper nach dieser Herrlichkeit, dessen Ruf ich natürlich folgte. Auch wenn ich in dieser Nacht noch nicht wusste, dass jenes junge Ding, das ich auserkoren hatte, eine Heldin für mich werden sollte, so spürte ich doch auch in diesem Moment bereits, dass ich nun mehr in mich aufnehme, als das reine Blut, als Nahrung. Was genau und wie detailliert, nunmehr habe ich es dir ja bereits erläutert, sollte ich allerdings erst in den nächsten Tagen erfahren. Dies sollte mir erst später bewusst werden, nachdem ich die Zeit und die Ruhe gefunden hatte, mich in dieser sanften Weichheit meines seelischen Kissens zu räkeln. Gesättigt und gestärkt, so märchenhaft eingedeckt von wärmsten Erwartungen, eilte ich nun nach Paris zurück, um mich in dieser mir so vertrauten Häuserecke auf die Lauer zu stellen, so lange, bis Ninette endlich das Bordell verlassen hatte und mit ihrem Glanz die Dunkelheit der Nacht durchbrach. Nun frage mich nicht, lieber Freund, worauf ich mich mehr freute. Ob auf Ninette, deren Antlitz den schönsten Diamanten auf dieser Welt wie einen lächerlichen grauen Stein erscheinen lässt, oder auf Henry, jenem Maler, der es so exzellent versteht, die Grenzen der Sprachen mit Pinsel,

Farbe und seinem, ja ich möchte fast sagen, magischen Blick für das Wesentliche zu sprengen, und die Sprache mit all ihren Wörtern, samt ihren Möglichkeiten der Poesie, wie einen erbärmlichen Stotterer hinzustellen. Ich wusste es nicht, lieber Serge, und ich weiß es auch heute noch nicht. Denn, und dies ist in der Tat alles andere als Einbildung, beide bringen mich dem näher, was ich mir so ersehne: Ninette selbst. Ninette, die mich einhüllt und mit sich trägt in ihrer Glocke des ewigen Lichtes, deren Wärme, Duft und Gestalt mir in den Tiefen meiner Sehnsucht ein Zuhause gegeben hat, die es, ohne eigenes Wissen, versteht, nur durch ihre Erscheinung alle Fragezeichen am Ende all meiner Fragen auszuradieren, die jeden Gedankengang an Sinnfragen mitreißt im Strom ihrer Ausstrahlung und nichts Geringeres als der lebendig gewordene Sinn all meiner Empfindungen und Wahrnehmungsfähigkeiten geworden ist. Was für eine Blüte, was für eine Knospe und welch wunderbaren zarten Kelch sie doch trägt. Umgeben mit dem feinsten Staub tiefster Träume, die mich heimsuchen, um festzustellen, dass es das Wahre und das Große gibt, dass es einen Sinn macht, aus Liebe zu vergehen. Doch auch Henry, den ich nur dann aufsuchen kann, wenn Ninette das Bordell bereits verlassen hat. Es ist so seltsam, dass ich kaum einen Mangel verspüre, obwohl ich wieder eine Nacht auf Ninette verzichte. Hier bei Henry, hier in seiner Stube, die noch so blumig und weich nach ihr riecht, hier, wo sie gerade eben vor wenigen Minuten noch Modell gestanden hat, in all ihrer Pracht, ihrer Schönheit und ihrem Glanze. Hier wo die Wände, mit ihrem Antlitz geschmückt, davon zeugen, dass es einen Tempel für mich gibt, einen Altar, auf welchem ich mich selber opfern würde, sollte sie aus den Bildern beginnen mit mir zu sprechen. Ich musste zu Henry und Ninette der Nacht und ihrem Alleinsein überlassen, doch tröstete ich mich damit, dass sie niemals alleine sein würde. Sollte Liebe tatsächlich ein unsichtbares Band sein, welches es versteht, zwei Wesen von einander abhängig zu machen, so würde sie spüren, dass sie nicht eine Sekunde mehr alleine war, seit jenem Augenblick, da ich sie vom Dach über dem Place de la Concorde erblickt hatte. Nein, sie war nicht alleine, und sollte sie dennoch so empfinden, dann nur aus meiner Unfähigkeit heraus, ihr die selben Geschenke zuteil werden zu lassen, wie sie mir zuteil werden lässt. Auch mag eine mangelnde Wahrnehmung dafür sprechen, dass sie mich nicht in sich spürt. Sie weiß nicht einmal, dass es mich gibt, geschweige denn, dass sie mich auf ihren Flügeln durch das Dasein trägt. Ninette war und ist zu meinem Inhalt geworden, aus dem ich nur schöpfen kann, wenn ich mich auf ihre Spuren begebe, zu Henry, der aus diesem kleinen Bordellzimmer mitten im Montmartre einen Himmel für mich erschaffen hat. Einen Himmel gleich so, als hätte er mich erwartet, als spräche er aus einem Mund, der über allem steht, der in der Lage ist, die Gedanken der durch ihn geschaffenen Geschöpfe zu lesen und mir nunmehr die Gnade erweist, mir die größten Wünsche zu erfüllen. Doch aber, so war mir auch in dieser Nacht klar, ich war noch nicht da, wo ich hin wollte. Aber ich war auf dem Weg. Der Himmel hatte sich geöffnet, und er hat mich eingeladen, mich auch in dieser Nacht zu empfangen. So also folgte ich Ninette noch wenige Meter, schnappte nach ihrer Atemluft und begab mich sogleich ins Bordell, wo mich die ältere Dame hinter der Theke, man nennt sie übrigens, wie ich heute weiß, La Gouloue, bereits erwartete. Kaum da ich zur Türe hinein schritt, empfing sie mich mit einem Wink, und wild bewegenden Lippen, die mir sagten, Henry würde mich bereits erwarten. Dabei zeigte sie mit ihrem Finger wild die Treppe hinauf, so dass es keinen weiteren Umweg an der Theke für mich bedurfte. Eilig beschritt ich den mir aus der letzten Nacht bereits bekannten Weg die Treppe hinauf, durch den langen Flur bis hin vor die schwere hohe Holztüre, hinter welcher ich mein Paradies gefunden habe. Vorsichtig klopfte ich an und, als hätte Henry bereits gespürt, dass ich just in diesem Augenblick vor der Türe stand, drang bereits seine Aufforderung nach draußen, ich solle das Zimmer betreten. Seltsam, da ich nicht einmal die Zeit gefunden hatte, die zum Anklopfen geballte Faust zu öffnen, geschweige denn abzusetzen. Wieder durchzuckte mich der Gedanke, Henry wäre in der Lage, meine Gedanken zu lesen. Voller Spannung nun betrat ich sein Zimmer, wobei ich mir selbst die Frage stellte, warum Henry, ohne mich zu kennen, mich in der vergangenen Nacht auf ein Neues zu sich eingeladen hatte. Hatten wir doch kaum ein Wort miteinander gewechselt. Henry reinigte und sortierte gerade seine Pinsel und außer, dass er nun nicht auf seinem Stuhl saß, schien sich in dem Raum von gestern auf heute nicht viel verändert zu haben. Vielleicht auch war ich nur nicht in der Lage, eine Veränderung wahrzunehmen, denn alles was ich verspürte, war Ninettes Nähe, die mich von allen Seiten her anschaute, deren zärtlicher Duft noch den Raum erfüllte und deren Wärme noch aus den hohen Wänden strahlte, deren Putz vielerorts bereits herunter gebrochen war. Henry machte mir mit einer kurzen Handbewegung deutlich, dass er jeden Moment Zeit für mich haben würde. Ich war ihm dankbar, da ich auf diese Weise noch Zeit fand, mich in diesem meinem Paradies zu entspannen, einzukehren und die überwältigen Eindrücke, die dieser himmlische Platz auf mich machte, zu bündeln und hinter der Fassade meines Selbstbewusstseins zu verstecken. Schneller jedoch als ich erwartet hatte, drehte sich Henry nun zu mir um, um mich, beide Hände entgegen reichend, zu begrüßen. Erstaunt und fast ein wenig erschrocken über mich selber - oder erschrak ich vor seiner Herzlichkeit, deren unverkennbaren Stoß ich in meiner Brust verspürte? - erwiderte ich seine Geste und legte meine Hände in die seinigen. Wie fühlte ich mich, liebster Serge? Wie ein Sohn, der sich dank einer solchen Geste erneut in die Obhut seines Vaters begibt? Wie ein unruhig Schlafender, der sich in die Kissen der Vertrautheit bettet? Henry jedenfalls drückte meine Hände und zeigte nun mit einer wortlosen Geste auf eben jenen Stuhl, auf welchem ich bereits in der vergangenen Nacht Platz genommen hatte. Die Vorstellung, dass noch bis vor wenigen Minuten Ninette hier auf diesem Stuhl gesessen haben könnte, ließ meine Sinne auf ein Neues rotieren, doch beruhigte ich mich schnell. Der Stuhl stand noch genau so dort, wie in der letzten Nacht. Es wäre unwahrscheinlich, aber, so machte ich mir ebenfalls klar, es wäre kein Ersatz für eine wahre Berührung mit Ninette. Es war nur ein Stuhl, obgleich auch er ein Teil des Himmels war.

Aber sie war da. Klar und deutlich spürte ich ihren Geist, der in diesem Raum umher trieb, der mich mit dem Hauch des Glücks berührte und mich mit einem Mut beflügelte, dessen Verlust ich mir niemals zuvor je hätte erdenken können. Oh ja, lieber Serge, ich, der Vampir, der Blutsauger von Paris, der Unsterbliche war auf Mut angewiesen, während ich einem Menschen gegenüber saß, der nicht einmal ansatzweise über die Fähigkeiten verfügt, welche mir offen stehen. Ninette ist der wahre Vampir von uns beiden, sie saugt mich aus, doch schenkt auch sie mir erst das ewige Leben. Ewiges Leben, lieber Freund, ewiges Leben ist nur dann sinnvoll, wenn man Liebe erfährt, wenn du weißt, was ich damit zum Ausdruck bringen möchte. Ewiges Leben in all seinen umfassenden Facetten erzwingt die Erinnerung, erzwingt das unsterbliche Gefühl, ganz gleich, ob der Körper längst steif und starr unter der Erde liegt. Ewiges Leben ist etwas Immaterielles, es ist der Geist, der uns mit einer Kraft segnet, weit über die Grenzen der Wissenschaften hinaus zu existieren. Hier erst spürte ich, was ewiges Leben wirklich bedeutet. Was aber war ich bis zu diesem Tag, als ich Ninette begegnete? Ja, die Ewigkeit lag und liegt mir weiterhin zu Füßen, das Leben aber in mir war längst erloschen. Das Licht meiner Seelenkerzen war längst verglimmt und wie der schwache und schlappe Docht hing ich nun im Leuchter, stets in der Illusion, nach wie vor zu scheinen. Bis nun zu dem Moment, da ich das Morgenrot nach mir rufen hörte. Doch dann wiederum geschah etwas Sonderbares. Empfindest du es nicht auch als sonderbar, dass ich nunmehr seit so langer Zeit auf Erden weile, und mir just in dem Moment, in welchem ich beschließe mich nun ein für alle Male aus den Klauen der Zeit zu befreien, ein Engel neuen Atem einhaucht, mein Licht auf ein Neues entzündet? Ewiges Leben ist körperlos, es schwebt und herrscht über uns, eben genau so, wie Ninettes Geist in diesem Zimmer des Malers meine Sinne, meinen Verstand und meine Kraft beflügelten. Und niemand Geringeres als Henry selbst trägt dazu bei, ihren Geist zum nächtlichen Treffen zu dritt einzuladen. So nahm ich Platz auf diesem Stuhl, der im Laufe aller Nächte, die noch folgen sollten, zu meinem werden sollte. Hier war mein Platz, und dies im wörtlichsten Sinne des Wortes. Henry, der immer noch mit einem weißen und mit zahlreichen Farbflecken versehenen Kittel vor mir stand, fuhr sich nunmehr auf elegante Weise durch den Bart um mir sogleich einen Schluck aus jener Karaffe anzubieten, deren Inhalt ich ja bereits in der Nacht zuvor als Wein identifiziert hatte. Auch ließ der Geruch, der von Henry selbst ausströmte, die Vermutung zu, dass er selbst dem Alkohol nicht abgeneigt war, was sich jedoch aus seinem Verhalten heraus niemals hätte vermuten lassen. Henry ist klein, ein dunkler und zum Teil zerfranster Vollbart ziert sein Gesicht und aus den wenigen Schritten, die er an diesem Abend machte, war deutlich zu erkennen, dass er Probleme beim Gehen hat. Aber Henry ist mehr als nur die oberflächliche Beschreibung einer dir noch sehr fremden Person, lieber Serge. Also will ich dich mit ihm vertraut machen, obgleich es sehr lange dauerte, bis wir wirklich etwas über uns, in unserer gegenseitigen Rolle des Fremden, erfuhren. Wäre ich in der Lage zu beschreiben, wie ich mich an diesem Abend Henry gegenüber fühlte, so würde ich sagen, er hätte um einiges größer sein müssen als ich. Seine doch recht streng wirkenden Gesichtszüge werden in gewisser Hinsicht zierlich durch eine ganz eigenartige Schelmenhaftigkeit entschärft, sein Gehfehler durch seine Eleganz und Quirligkeit fast ins Unsichtbare verrückt und seine geringe Körpergröße durch die innere Größe, die er zu besitzen scheint, aufgehoben. Denn in der Tat scheint Henry ein aufrichtiger Mensch zu sein. Ehrlich zu sich und seinen Empfindungen gegenüber. Mir bliebe wahrlich kein anderer Erklärungsansatz, wie er es sonst fertig bringen würde, die Wahrheit und seine Schönheit auf so lichtbringende Art auf die Leinwand zu zaubern. Nein, davon bin ich überzeugt, kein Mensch, der sich selbst gegenüber blind in Erscheinung tritt, würde die Herrlichkeit so erkennen und anschließend zum Ausdruck bringen, wie Henrys Bilder, welche sich mir hier ganz ohne Stolz an diesem Flecken Eden präsentierten. Nun saß ich dort, und nachdem Henry sich nun den Kittel ausgezogen hatte - zum Vorschein kam ein bereits mehr als verwaschener graubrauner Anzug, der in meinen Augen hätte älter sein müssen als dieser begnadete Maler selbst - setzte auch er sich nun und stellte seinen alten abgewetzten Gehstock, ohne den er zwar gehen kann, dessen Hilfe er jedoch gerne in Anspruch zu nehmen scheint, neben sich an den Stuhl. Ich war verwundert, dass er auch nun nicht die Gelegenheit nutzte, mich nach meinem Namen zu fragen, geschweige denn nach dem Grund, warum ich ihn nun bereits zum zweiten Male aufgesucht hatte. Doch aber brannte natürlich auch mir die Frage auf der Zunge, warum er mich in der letzten Nacht auf so kurze, präzise und fast wortkarge Weise eingeladen hatte, ihn in dieser Nacht auf ein Neues zu besuchen. Eh ich jedoch diese Frage stellen konnte, ergriff er nun schließlich das Wort, wenn auch anders, als ich erwartet hatte.

„Sie lieben die Kunst, nicht wahr?"

Ich war peinlich berührt, da ich mir bislang stets ein anderes Bild von Kunst gemacht hatte. Was war und was ist Kunst, lieber Serge? Ist Kunst etwas eigenes, etwas, was vom Künstler selbst erschaffen wird? Ist es gar künstlich? Aber nein, lieber Serge, es gibt nichts wirklich Künstliches auf dieser Welt. Alles, was die Menschheit jemals geglaubt hat, erfunden und erschaffen zu haben, existiert auf seine Art bereits in der Natur. Etwas Neues zu schaffen, ja, das ist dem Menschen nicht vergönnt, aber die unsichtbaren Geheimnisse der Natur zu lüften und diese zu offenbaren, dies ist der wahre Kern der Kunst. Nun siehe dir das Erschaffene der Menschheit an. Nicht ein Teil davon, nicht eine Idee davon stammt von ihm selber. Es gibt nur das Lüften von Geheimnissen. Die einzige Alternative, welche sich bieten würde, wäre die Imitation des Vorhandenen. Schauen wir uns nur um in der Natur - wir werden nichts vom Menschen Geschaffenes erblicken, was es nicht schon in irgendeiner Form gibt. Wie nun sollte ich auf Henrys Frage antworten? Ihn als Imitator hinstellen? Oder als Entdecker? War mir doch bereits bei meinem vorherigen Besuch bewusst geworden, dass er ein Schöpfer ist. Denn das ist er. Er imitiert nicht, obgleich seine Bilder die Realität darstellen, er erfindet nicht, da es unschwer zu erkennen ist, dass es Ninette - und auch die anderen Menschen auf seinen Bildern - gibt. Man muss sie nur anschauen, wie sie sind. Und dennoch erschafft er. Er schafft es, den Himmel auf die Erde zu holen, Nähe zu Ninette zu gewinnen, sie hier in den Raum zu holen. Ja, Henry ist ein Schöpfer, ein Erschaffer, der etwas zustande bringt, was so in all der Zeit meines Daseins noch nicht da gewesen ist, was niemals zuvor meiner Natur entsprach, was doch soeben erst erblüht ist. Wie die Evolution, das Göttliche, das sich aus seinem Keim heraus verwandelt. Doch aber hätte ich ihm in diesen nächtlichen Stunden wirklich sagen sollen, dass es nicht seine Kunst ist, die ich liebe, sondern seine Fähigkeit, die Welt, die Natur, das Sein und das Wesen der Dinge zu verändern? Nein, auch wenn ich der Überzeugung bin, dass es so ist, und er es sicherlich als Kompliment aufgefasst hätte. So also verstellte ich mich, beschränkte mich auf die Einfachheit meiner Antwort und brachte nicht mehr und nicht weniger als ein schlichtes ‚Ja' hervor. Wenn diese Welt, die er erschaffen hat, in seinen Augen Kunst ist, so konnte ich ohne Bedenken zustimmen, dass ich Kunst liebe. Dass ich seine Kunst liebe.

Henry wiederum schien erfreut über meine Antwort, die er doch etwas eitel mit einem leichten und verschmitzten Lächeln zur Kenntnis kam. Fast ein wenig selbstbestätigend nun fuhr er mit den Worten fort, dass die Kunst seine Familie geworden ist und er sich ein Leben ohne diese nicht mehr vorstellen könnte. Sollte Henry sich nicht bewusst darüber sein, dass er es geschafft hat, den Erdball zu verändern, oder, nein, besser noch, dass auch er seinem paradiesischem Wirken längst erlegen ist? Ich gab ihm zu verstehen, wie sehr mich seine Bilder berühren, die in mir, über die Augen hinaus, sämtliche Sinne zu einer einzigen großen Empfindung bündeln, die sich wie Puzzleteile in die vorhandenen Lücken meines Bewusstseins fügten und die Linie meiner Ewigkeit, meiner niemals enden wollenden Linie zu einem Kreise bogen, in welchem ich nun wie auf Federn gebettet das Treiben um mich herum wahrnehmen und genießen kann. Bei Weitem holte ich nicht derartig aus, wusste ich doch um die Gefahr, ihn mit meiner überschwänglichen Begeisterung zu erschrecken. Dennoch machte ich deutlich, dass seine Bilder mehr für mich sind, als eben nur Bilder. Und wieder lächelte Henry auf seine schelmenhafte Art. Es war ein Kompliment an ihn, und ich war froh, dass er bereit war, dieses zu empfangen. Oft doch ist es so, dass Künstler dazu neigen, sich hinter ihren eigenen Fähigkeiten zu verstecken, immer auf der Suche nach einer noch präziseren Darstellung, nach Perfektion. Henry hingegen machte nicht den Ansatz, das von ihm Geschaffene herunter zu spielen, geschweige denn, mich mit falscher Bescheidenheit zu überrollen, die doch oft nur den Sinn verfolgt, noch mehr Lob und Komplimente an das Tageslicht zu fördern. Henry wusste über sein Können, ohne jedoch in Selbstgefallen zu versinken. Wie ich schon schrieb. Ich halte Henry für aufrichtig - auch und vor allen Dingen sich selbst gegenüber. Mit dem Fortschreiten der Nacht wechselten wir immer mehr kurze Worte, die uns miteinander vertraut machten. So erfuhr ich beispielsweise den Namen der älteren Dame hier im Bordell, erfuhr, dass sie La Gouloue genannt wird und lange Zeit als beliebteste Tänzerin hier in Paris gefeiert wurde. Seltsamerweise aber muss mir ihr Ruf und ihr Erfolg verborgen geblieben sein, auch wenn ich mich vage zu erinnern vermutete, ihr Gesicht, welches ich mir nun jünger vorstellen durfte, vielleicht doch schon einmal gesehen zu haben. Vielleicht auf einem Plakat, welches sicherlich eben auch aus Henrys schöpferischer Hingabe heraus entstanden ist. Aber nein, wäre es mir sonst nicht aufgefallen? Doch mag ich diesen Gedanken gar nicht in Abrede stellen. La Gouloue, die mir doch nunmehr freundlich gegenübertritt - sicherlich war auch sie in jungen Jahren verführerisch und anmutig, aber, und so möchte ich es betrachten, war diese Welt Henrys auf einem Planeten erschaffen, der mir nicht zugänglich war. Erst mit Ninette habe ich jenes Universum gefunden, welches ich heute freudetaumelnd entdecke und durchschreite. Wir kamen auf diese einst so erfolgreiche Tänzerin, deren Karriere hier in diesem Tanzlokal begann, und deren Karriere hier in diesem Bordell endete, nachdem ich ein Bild von ihr entdeckt hatte, welches ungerahmt an Henrys kleinem und unaufgeräumten Tisch lehnte. Dieser Abend war nun schließlich der Beginn meiner immer wiederkehrenden Besuche bei Henry, die ich bis zum heutigen Tage fast jede Nacht fortführe. Doch nun aber, mein lieber und getreuer Freund, nun aber wird es auf ein Neues Zeit für mich. Wie ich dir schon schrieb, die Nächte werden kürzer, während meine Aktivitäten zugenommen haben. Bald aber schon will ich erneut zur Feder greifen und dir von meinem hellem Stern am Horizont und von Henry berichten. Viel, was es zu schreiben und zu erzählen gibt, und nichts, was ich dir vorenthalten möchte.

So wiege dich in der Gewissheit schon in Kürze, Neues aus meiner Welt lesen zu können. Die Nacht bricht an, und meine Sinne und Bedürfnisse zwingen mich, sie zu erobern und zu einem Teil meiner Geschichte zu machen.

*

07. März

Mein lieber getreuer Serge,

endlich nun ist der Frühling in der Stadt eingekehrt, obgleich ich sagen muss, dass die Nächte nun rascher und rascher verfliegen, die Sonne den Himmel langsam aber sicher für sich zurück erobert und mir das Spektrum meines Wirkens täglich Minute um Minute verkürzt. Dennoch empfange ich den Frühling, der mich in meinem Empfinden bestätigt, dass es den eisigen Winter - obgleich dieser Winter bei Weitem nicht der kälteste war, den ich „erlebt" habe - bedarf, um die Neuheit der Dinge, fast als betreten sie das erste Mal diese Welt, zu ermöglichen. Erst die Vernichtung, das Verkommen und Verglühen schafft den Raum für Neues, für die Frische und den zarten Einzug jugendlicher Heerscharen, die nunmehr auch Paris erobern. So werde ich in den frühen Morgenstunden bereits von Singvögeln begleitet, die zum Teile bereits den Weg aus dem Süden hierhin zurückgefunden haben. Wie ein Orchester der Freude begleiten sie mich nun an jedem Morgen, da es für mich Zeit wird, mich vor dem Tage zu schützen. Ein Ständchen der Freude, lieber Freund, der mir von himmlischen Sängern erbracht wird, um die Nächte, die mich mit so seligen Glücksgefühlen erfüllen, auszuläuten, wohl scheinend, als dass sie mich für den Verlust des Tageslichtes, vor der Nichtteilnahme an Ninettes Leben, entschädigen möchten. Kleine Freunde in großen Stunden, lieber Serge, fast ein wenig wie du, der mich kennt und mich so liebenswert begleitet durch die Meere der Zeit, die sich endlich ein wenig beruhigt haben. Denn genauso empfinde ich, als segle ich in fremden Wässern, ohne mich jedoch fürchten zu müssen, da ich die Frische eines nahendes Eilandes bereits zu riechen vermag. So lasse die ersten Boten des Frühlings, jene kleinen singenden Freunde, die Möwen sein, die sich stets in Ufernähe aufhalten. Doch aber will ich nicht ausschweifen und dich nicht im Unklaren lassen über mein Erlebtes. Denn wieder gibt es viel zu berichten und wieder will ich die Zeit bis zum Sonnenuntergang nutzen, dir zu schreiben, was mir widerfahren und wie es mir ergangen ist.

So will ich sogleich damit beginnen, dir von Henry, von Ninette und von mir zu berichten. Meine Nächte gestalten sich in übliche Wege, von denen jeder für sich einen so wundervollen Sinn ergibt. Sobald die Sonne hinter dem Horizont verschwunden ist, eile ich durch die Vororte von Paris, manchmal auch durch einige Stadtteile, welche allerdings fernab von jenem Viertel meiner neuen Heimat liegen, oh ja, denn schließlich muss ich mich hüten, Ninette selbst durch den „Blutsauger von Paris" zu verschrecken, ihr Furcht einzuflößen, welche sie letzten Endes noch davon abhalten könnte, Henry in seinem Atelier aufzusuchen, um mich an der Köstlichkeit meiner Leidenschaft zu laben, und mich so mittels der wohl sinnlichsten Methode zu ernähren. Denn, so magst du zum Schmunzeln neigen, habe ich im Laufe der vergangenen Wochen und der sich in mir stetig weiter aufbauenden Leidenschaft und meiner Liebe zu Ninette die Verführung meiner Opfer zu einer Wissenschaft gemacht, die es mir erlaubte, das Resultat, nämlich mich zumindest kurzweilig in Ninettes Wärme wissen zu können, zu perfektionieren. Oh ja, du hast richtig gelesen, lieber teurer Freund, meine Opfer sind weitaus mehr als Opfer, auch sind sie nicht mehr nur Helden, nein, sie sind dank meiner Vorstellungskraft in der Lage, sich für die letzten Minuten in ihrem Leben in das Wertvollste und Edelste, in die sanfte Gestalt des gütigsten Engels zu verwandeln. Ja, lieber Serge, meinen Opfern begegne ich mit Charme, meinen Biss selbst habe ich auserkoren, jeweils für sich der sanfteste und zärtlichste Kuss, den ich Ninette spenden kann, zu sein. Das Blut wiederum, der wärmste und zauberhafteste Trunk und meine sanften Berührungen, nein, Serge, das ist bei Weitem kein Todesurteil für Helden mehr, denn jede für sich, wie sie in meinen Armen stirbt, geht in mich über und wird über meine Sehnsucht nach Ninette ein Teil ihrer Geschichte. Keine von ihnen ist oder war so vollkommen wie Ninette, ich aber schenke ihnen die Vollkommenheit, ich bin ihre Jahreszeit, die es ermöglicht, sich von einer Raupe in einen Schmetterling zu verwandeln, wenngleich ihr Flug nur ein sehr kurzer ist. Ja, ich scheue nicht einmal mehr davor zurück, ihnen zu sagen, wie sehr ich sie begehre. Anfänglich noch starrte ich immer noch in so angsterfüllte Gesichter, doch wurde ich mit jedem Male sanfter und zärtlicher, wurde vom Blutsauger zum charmanten Verführer, der ihnen, sei es auch nur für diesen letzten Moment in ihrem Leben, das göttliche Wesen Ninettes einhaucht. Nicht ich bin derjenige, der nimmt, sie selbst erhalten, lieber Freund. Ich schenke ihnen ein Stück Ewigkeit, indem ich sie dieses einzige Mal nur zum vollkommensten Geschöpf aller Weiten und Zeiten mache: zu Ninette. Halte mich nicht für naiv, mein geliebter Freund, ich weiß sehr wohl, dass sie es nicht sind und niemals zuvor waren, dennoch verleibe ich es ihnen ein. Auf keine schönere Art und Weise habe ich je zuvor meinen Durst und meinen Hunger stillen können, obgleich es nur eine einzige Möglichkeit gibt, dieses Gefühl des Glückes zu steigern, nämlich durch Ninette selbst. Aus meinen früher so zügigen Schlucken ist ein Festmahl geworden, welches nunmehr tausendfach mehr Sinne anspricht, als den Gaumen alleine. So ertaste ich sie, spüre ihren Leib, ihre Haut, ich rieche den süßen Duft, der ihren Poren entweicht und fühle ihre Lippen auf den meinigen. Welch wundervolles Gefühl es doch auch für sie sein muss. Nicht eine einzige mehr von ihnen schaut mich angsterfüllt an, nein, nein, vielmehr scheinen sie mich förmlich anzuflehen, sie zu dem zu machen, was sie nie zuvor waren. Zu dem, was nur dank Ninettes phantastischer Zauberkraft möglich wird. Ich bin kein Mörder, lieber Freund, und ich bin bei Weitem mehr, als ein durstiger Vampir, ich werde zu ihrem Liebhaber, zur sinnlichsten Erfüllung, die sie sich vorstellen können. Wenn auch nur dieses eine Mal. Nun sage mir, kann es einen schöneren Tod geben, als eben jenen, in Form eines Wunders in der Nacht zu vergehen und eins zu werden mit den Sternen?

Gestärkt und gesättigt schließlich führen mich meine Wege stets über den Umweg an Ninettes Haus vorbei Richtung Montmartre. Warum ich nun an Ninettes Haus vorbei eile, nun, lieber Freund, vielleicht hoffe ich stets aufs Neue, Ninette wäre vielleicht zu Hause, würde vielleicht später erst Henry aufsuchen, auf dass ich sie so noch erblicken kann. Vielleicht ist es auch nur ein melancholischer Spaziergang, der mich daran vorbei führt, um stets ein kleines bisschen mehr ihrer Welt in mir tragen zu können. Wie dem auch sei, es ist mein Weg geworden, mein Weg, der mich durch Ninettes wundervolles Königreich führt. Hier sind ihre Stationen, hier ist sie zu Hause, und selbst die Wege, die sie geht, tragen ihre Handschrift. Auf diese Weise löse ich Ninette aus diesem Dasein hinaus, mache sie allgegenwärtig, doch aber - nein, Serge, nicht ich mache sie allgegenwärtig, auf diese Weise wird sie selbst allgegenwärtig. Jeder Pflasterstein hier auf den Straßen, die mich von ihrer Wohnung in jenes irdische Paradies, zu Henry, führen, ist Zeuge und Begleiter ihres Daseins. Womöglich sogar hat auch jeder Pflasterstein bereits eine Berührung ihrerseits genießen dürfen.

Dies sind die Straßen und Wege ihrer Existenz, dies sind die Wände, die sie umgeben, die bereits so zahlreiche Blicke von meinem Engel empfangen haben, und, so würde ich fast meinen, es zu verspüren vermögen, sie absorbieren, aufsaugen, wodurch sie mit ihrer Anwesenheit auf immer beseelt sind. Jede Laterne, jede Türe und jedes Fenster, ja, alles hier auf diesem Weg von ihrer Wohnung zu Henry, alles hier auf diesem Weg ist erfüllt mit ihrer Gegenwart. Selbst die Luft, lieber Freund, die durch die hohen Gassen und weiten Straßen weht, scheint ihren Duft zu tragen und ihre Melodie zu spielen, die mir sanft in den Ohren liegt und mir von einem Leben über den Wolken und hinter den Grenzen der Oberflächlichkeit erzählt. Ich bin umgeben von Freunden, von stillen Zeugen und Begleitern, umgeben von Dingen, die mich in ihrer Bescheidenheit, vielleicht niemals von Ninette so in diesem Maße wahrgenommen zu werden, teilhaben lassen an ihren Gängen und den Minuten, die sie hier verweilt, die sie benötigt, diese Wege zu gehen. Eben wie jener alte Stuhl, wie mein Stuhl in Henrys Zimmer, ist auch dies hier alles ein Teil des Himmels, ein Teil ihrer Komposition. Hier auf diesen Wegen, hier lausche ich ihrem Lied, zu welchem jede, für fremde Augen noch so unwesentliche Kleinigkeit ihren Teil beiträgt, wie die Instrumente eines Orchesters, das von niemand Geringerem als von Ninette selbst dirigiert wird. So behutsam, so leidenschaftlich, so sinnlich, wie sie den Taktstock schwingt, wie sie selbst ihre Komposition veredelt, wie sie es versteht, die Säle des phantastischsten Opernhauses der Welt, nämlich dem Dasein als solches, zum Schweigen zu bringen, da alles sich darauf besinnt, jeden einzelnen Ton der aus ihrer selbst entsprungenen Meistermelodie zu empfangen, um ihn mit sich zu tragen in seinem Herzen, gleichwohl ob es noch schlägt oder bereits verstummt ist. Sie ist die Hymne der Muse, und selbst wenn ich annehmen würde, sie wisse etwas über ihre so herrlich anmutige Begabung, nein, falsch, über ihre perfekte Inszenierung, so würde ich nicht eine Sekunde daran zweifeln, dass sie auch dieses Wissen mit Würde und ohne falschen Stolz, in ihrer feinfühligen Bescheidenheit ertragen würde, ohne einem überschwänglichen Genuss, ohne den Allüren des Erfolges zu verfallen. Dies nämlich ist ein Teil jener Kuppel, unter welcher sie ihr Licht trägt, welches jedem ihrer

Schritte vorauseilt, welches neben den Wellen des Lichtes die feinsten Puder verstreut, die uns zu den Geheimnissen unserer Träume führen. Ninette ist ein Wunder, sie ist die Reinheit der Schöpfung, sie ist das Geheimnis und die Lösung zugleich. Und Henry ist ihr Übersetzer. Er ist der Poet, der es versteht, den Glanz ihrer Aura in einem Moment festzuhalten, der uns jedoch die Fährten in die Unendlichkeit offenbart. Jedes Bild von ihr, jedes Ebenbild Ninettes, geschaffen aus Henry Genialität heraus, ist wie eine Offenbarung der Schöpfungsgeschichte und der Apokalypse zugleich, vor denen wir uns nunmehr niemals mehr fürchten müssen. Die Vertreibung aus dem Paradies, oh nein, wir existieren im Paradies, und lediglich unsere verloren gegangene Fähigkeit, die Dinge wahrzunehmen, den Flügelschlag des himmlischen Engels zu vernehmen, der uns manchmal so fremd und manchmal dann doch wieder so vertraut begegnet, so ist es für mich Ninette, weckt in uns die Vorstellung, das Paradies verloren zu haben. Mit dieser Wahrnehmung aber beginnt die Weite der Zeit, die erfüllter nicht sein könnte. Hier beginnt die wahre Ewigkeit, welche die Apokalypse zu einem unterhaltsamen Theaterstück degradiert. Ja, lieber Serge, die Apokalypse wird wohl nur der wirklich in all seinen prophezeiten Auswirkungen zu spüren bekommen, der es nicht verstanden hat, die Wurzeln des Paradieses in sich selber zu entdecken. Das Paradies - es ist die Liebe, guter Freund, und die wahre große Liebe braucht sich vor keiner Form eines vermeintlichen Unterganges der Welten zu fürchten. Diese Liebe ist bestimmt für die Ewigkeit. Sie ist die Ewigkeit.

Doch aber zurück nun zu meinen Wegen, zu meinen Nächten, die ich nunmehr so süß und köstlich genießen darf. So also schreite ich gestärkt und gesättigt auf den Pfaden meiner Göttin in Richtung Bordell, wo ich mich nach wie vor in der mir schon so oft besuchten Nische vor den Blicken der Bordellbesucher, aber auch anderen einfach nur vorüber schreitenden Passanten, verstecke. Nun, ich habe keine Angst entdeckt zu werden, denn weiß ich sehr wohl, dass es zwischen meinem Äußeren und dem Äußeren der „Lebenden" keinen erkennbaren Unterschied gibt, doch finde ich hier Ruhe und Entspannung, auch wenn ich einen kleinen Verlust zu beklagen habe, für den ich aber nach einiger Zeit des Wartens tausendfach entschädigt werde. Hier von diesem Fleck aus, von hier aus nämlich hatte ich über Wochen hinweg nicht nur einen famosen Blick auf den Eingang des Bordells, nein, sondern ebenso auf das Plakat Ninettes, welches mich so zärtlich schweigend aber doch zwingend auffordernd zu Henry und somit zu Ninettes Himmelreich führte. Mit dem Schnee und dem Regen aber wurde es mit der Zeit immer schwächer zu erkennen, das Papier zerfiel und die dahinter angebrachte Pappe, welche das Plakat schließlich mit einem Draht an der Laterne hielt, zeigte deutliche Risse. Noch ehe also das Plakat das Unerkenntliche und Unschöne annehmen konnte, war es eines Nachts verschwunden. Du wirst dir denken können, dass es mich zunächst tief betrübte, doch aber nun heute muss ich jener Person, die sich erbarmt hat, Ninettes Antlitz vor der witterungsbedingten und kompletten Entstellung zu schützen, dankbar sein. Ein solches Ende hat Ninette nicht verdient. Denn auch ihre Bilder tragen ihre Handschrift und den funkenschimmernden Glanz ihres Wesens in sich. Einzig und allein gebannt durch die Kraft Henrys, durch die Magie seines Wahrnehmungs- und Ausdrucksvermögens, welche er wie mit der geballten Kraft eines Donnerschlages, nur lautlos, auf Leinwand und Papier fesselt, um sie dort auf eines neues zum Leben zu erwecken, die Vollendung zu beflügeln und ihrem wahren Kern, ihrem Geist die Freiheit zu schenken. Natürlich war es ein Verlust, auf Ninettes Anblick verzichten zu müssen, doch aber ist somit ihrer Würde und Grazie entsprochen worden. Ninettes Bilder sind nicht dazu bestimmt zu vermodern. So harre ich aus, warte, beschaue und bewundere das nächtliche Treiben, ja, lieber Serge, und ich lerne die Menschen kennen. Das Tanzlokal, eben jenes Bordell, lebt von zweierlei Gruppen Menschen, welche jedoch allesamt eines gemeinsam haben: Jeder einzelne Gast scheint gut betucht zu sein. Doch aber habe ich Unterschiede festgestellt. Das Publikum, gleich aus welchem Grunde sie dieses Etablissement betreten, besteht aus Stammgästen, die regelmäßig, manche von ihnen sogar zweimal in der Woche, hier einkehren, die zweite Gruppe, und diese ist sicherlich die größere, sind Gäste dieser Stadt, Besucher, Auswärtige, die sich auf Reisen begeben haben und dem Ruf, welcher diesem Lokal weit über die Grenzen Frankreichs hinaus eilt, folgen. Es ist gut besucht, das Lokal. Erstaunlich auch, wie viele Frauen sich hier einfinden. Und so harre ich aus, studiere die Menschen und spüre Nacht für Nacht, wie mein totes Herz mit jeder vergangenen Minute anfängt, sich mit einem Rhythmus zu füllen. Denn jede Minute die vergeht, ist ein Stückchen unendlicher Strecke, welche die Zeit zurücklegt, um Ninette aus der Türe treten zu lassen, um nun endlich die Nacht im hellsten Sommerglanze erblühen zu lassen. Also warte ich bis ich erneut die Erfüllung meiner Jahrhunderte andauernden Leere vor mir stehen sehe. Ihr Duft, den ich seit ihrem Hause bereits vernehme, beginnt nun zu tanzen, wie Elfen, die mit funkelnden Wunderkerzen um meine Nase herum tanzen, die mir Spaß machen, die mich, mein Herz und meine Seele zum lachen bringen. Kaum da Ninette das Bordell verlassen hat und auf ihre übliche und liebliche Art kurz vor der Türe verweilt, während ihre Blicke über die Straße gleiten, beginnt mein Herz in all seiner, dem Leben verschriebenen Kraft, an zu schlagen, erblüht über mir die Sonne, die den Horizont meines Daseins von einer Dreidimensionalen auf eine Zweidimensionale zusammenstaucht und alles, alles was auf dieser Plattform des Planeten möglich ist, hier auf die Straße zaubert, als befände ich mich in einem Amphitheater des Allmächtigen, versunken im Genuss des mir Dargebotenen, der Komprimierung aller Schönheiten und Sinnerfüllungen, die ein Wesen sich nur wünschen kann. Meine Sucht und mein Verlangen nach Ninette sind kaum mehr zu überbieten, und so schätze ich mich froh, bereits jeweils zuvor wenigstens ein lebhaftes Abbild ihrer selbst, in mich aufgenommen zu haben. Andernfalls wohl wäre es mir wohl kaum möglich, ihren Reizen zu widerstehen. Ganz gleich, wie belebt die Straße hier vor dieser gut besuchten Lokalität auch sein würde, denn bin ich mir sicher, auch hier wie von Sinnen Schritte zu unternehmen, die mich jeder Vorsicht und jeder möglichen Tarnung entreißen und in die blanken Klauen der Entlarvung jagen würden. Ebenso wie auf dem Place de la Concorde eben in jener Nacht, da ich mich eiligst die Wand hinunter hangelte, ohne die zahlreichen Menschen wahrzunehmen, die mich doch hätten entdecken können. Glaube mir, lieber Serge, würde ich nicht felsenfest daran glauben, Ninette auch in der nächsten Nacht und in der darauf folgenden Nacht, sprich auch noch in Zukunft hier bewundern, bestaunen und vergöttern zu können, so würde mein Trieb mit mir durchgehen. Doch dann aber wäre es mir egal, würde ich nur an mögliche Folgen für mich denken. Ninette allerdings hätte ich verloren, und somit meinen Sinn. Also hoffe ich, sie auch noch in vielen vielen anderen Nächten ein Stück weit begleiten zu können. Denn eben dieses mache ich nunmehr. Nein, nein, ich folge ihr wahrlich nicht den gesamten Weg zurück zu ihrer Wohnung, nutze jedoch die Zeit, die ich ausmachen konnte, welche Henry nach dem Malen selbst benötigt, sich selbst zu sortieren und seine Werkzeuge in Ordnung zu bringen, den Kittel auszuziehen, die Pinsel zu reinigen und schließlich die Karaffe, die er stets in seiner Nähe positioniert, erneut mit Wein zu füllen. Du siehst wie sehr ich meine Nächte mit dem Sinnvollen, sich ineinander Übergreifendem fülle, wie sehr ich mich mit der Perfektion auseinandersetze. Die Zeit mit Sinn zu füllen, führt mich doch schließlich zu dem Gedanken, dass sie nichts weiter als ein eigener Raum ist. Ein Raum mit Wänden, mit Boden und einer Decke, in sich geschlossen und doch betretbar. Die Unendlichkeit dieser Zeit aber, ihr zweites Gesicht, sie vernichtet diesen Raum. Diese nämlich ist Schuld an jeglichem Fehlen von Sinn. Zeit nämlich muss überschaubar bleiben, gleich einem Raum. Nur so lässt sich aufräumen, nur so lässt sich sortieren, nur so können wir uns selbst erfüllen und die Schönheit der uns wichtigen Dinge, ob sie groß oder klein sind, genießen. Die Endlichkeit der Dinge, die natürlichen Wände dieses Raumes „Zeit" machen die Dinge zu dem, was sie sind. Ich nun erfülle meine Zeit mit Dingen und Handlungen, die mir einen Sinn geben. Mit Ninette. So also folge ich ihr, genau eben für jene Minuten, die Henry braucht. Dann aber kehre ich, wenn auch stets auf ein Neues wehmütig, Ninette dem Rest der Nacht und dem folgenden Tage zu überlassen, zum Bordell zurück, wo Henry schon auf mich wartet. Gerne noch aber würde ich dir nun noch mehr davon erzählen und schreiben, was ich erlebte und wie es mir ergangen ist, gerne auch würde ich dir nun noch mehr über Henry, über sein Schaffen und Wirken und unsere gewechselten Worte schreiben, doch aber erneut drängt die Zeit, lieber Serge. So verzage nicht, dass ich scheinbar mitten im Brief aufhöre, weiter zu schreiben, sondern tröste dich bitte mit dem Gedanken, dass du sicherlich bald schon mehr erfahren wirst. Denn glaube mir, auch mir brennt es in den Fingern, dir mehr zu schreiben. Doch aber hier stoße ich an die Endlichkeit der Zeit, die mir mit dem Sonnenuntergang nunmehr zu verstehen gibt, dass ich den ihrigen Raum nicht weiter mit den Zeilen an dich füllen kann. So übe dich in Geduld, denn du wirst sehen, dass die nächsten Zeilen an dich nicht lange auf sich warten lassen.

*

09. März

Mein lieber und teurer Freund,

nun, wie du siehst, stehe ich zu meinem Wort, und möchte erneut die Stunden bis zum Sonnenuntergang dazu nutzen, dir von mir und meinem Dasein zu berichten, dich teilhaben zu lassen an all' den wunderbaren und so melancholisch-hoffnungsvollen Stunden, Tagen, Wochen und Monaten, die ich hier in Paris verlebe. So ist es noch nicht lange her, da ich dir beschrieb, wie erfüllt und sinnvoll sich die Zeit meines nächtlichen Treibens darstellt, welche Offenbarung Ninette für mich ist und wie wichtig Henry für mich und meine Träume geworden ist. Auch weiß ich sicherlich, dass du vermissen musstest, in meinen letzten Zeilen etwas über Henry zu lesen, der doch nach wie vor den Dreh- und Angelpunkt zwischen Ninette und mir darstellt, der dir auch sicherlich eben genau aus diesem Grunde Fragen aufwirft, die sich unweigerlich stellen müssen. So also möchte ich damit nicht zurückhaltend sein, und dir Antworten liefern auf deine Fragen, von denen ich weiß, dass diese nunmehr ungelöst deine Begleiter sind. So also möchte ich dir schreiben von Henry, von seinem Tun und davon, warum ich Ninette noch nicht persönlich kennenlernen konnte oder wollte. Denn, und in diesem Punkte schließlich bin ich mir mehr als sicher, wirst du dich fragen, wie ich es bisher verstanden habe, nicht Ninettes Aufmerksamkeit zu gewinnen. Es klingt paradox, doch schien mir bislang noch nicht der richtige Zeitpunkt gekommen zu sein. Aber ich erkannte sehr früh bereits die Gefahr, ihre Aufmerksamkeit zu gewinnen und in ihren Augen kein Fremder und kein Unbekannter zu bleiben. Denn so teilen wir uns doch nahezu die Nächte mit einer Person und mit einem Raum: Mit Henry und seinem paradiesischen Flecken, den wir

Atelier und Wohnung nennen. Natürlich liegt und lag es nahe, dass Henry eines Tages unweigerlich von mir erzählen würde, ebenso wie er sich mit mir über seine Modelle unterhalten würde, gäbe ich nur einen einzigen Wink in diese Richtung. Nun wirst du erstaunt sein, dass ich, wo ich doch aus Ninettes Grunde bei Henry verweile - mittlerweile ist er selbst bereits Grund genug, ihn immer wieder aufzusuchen - noch keinen Ansatz gewagt und unternommen habe, ihn in seinem Wissen und in meinem Durst nach diesem auszuwringen, um alles über Ninette aus ihm heraus zu pressen. Wie ich bereits schrieb, lieber Serge, so schien mir bislang kein geeigneter Augenblick. War es anfänglich meine Vorsicht, die mich davor bewahrte, Henry auf direkte Weise auf Ninette anzusprechen, so machte ich im Laufe der gemeinsamen Nächte mit ihm eine Strategie daraus. Wer oder was bin ich denn in Ninettes Augen, lieber Freund? Ein Niemand, ein Nichts, ein unbekanntes fremdes Wesen, dass kaum die Neugierde weckt, welches nicht minder ein Irgendwer, ein Jemand ist, wie jeder andere auch. Ich aber will mehr sein als ein Jemand. Ninette ist meine Passion, also kann und darf ich es nicht wagen, mich selbst zu degradieren, sondern muss und sollte alles daran setzen, ihre Gunst zu gewinnen. Anfänglich noch hatte ich Bedenken, war zum Teile beherrscht von Selbstzweifeln, ob es überhaupt gut wäre, Ninette jemals noch näher zu kommen, sie noch besser kennenzulernen, doch wenigstens im letzten Punkte weiß ich, dass ich ohne ein Mehr von ihr auf Dauer nicht auskommen werde. Also bat ich Henry bereits in der zweiten Nacht, niemandem auf der Welt etwas über mich zu erzählen. Selbstverständlich weckte ich seine Neugier, die ich ihm auch bis zum heutigen Tage nicht gänzlich genommen habe. So einfach meine Antwort auch ausfiel, so wirkungsvoll jedenfalls war und ist sie bis heute. Niemand würde einer angesehenen Persönlichkeit den Wunsch ausschlagen, ihn in Anonymität zu belassen, niemand mit einem Funken von Verständnis würde einen Prominenten den Klauen der Öffentlichkeit ausliefern, und das schon gar nicht, wenn einem dieser Jemand sympathisch ist, und dieser eine Jemand vielleicht sogar zum eigenen Vorteil werden könnte. Denn genau so muss sich meine Person in Henrys Augen derzeit darstellen. Nach seiner Einladung, ihn eine weitere Nacht zu besuchen, da doch wusste ich, dass ich ihm nicht gänzlich unsympathisch sein konnte. Also machte ich mir jene Vermutung zunutze, was sich bis heute bewährt hat. So „leben" Ninette und ich gemeinsam und nebenher in einer Welt, teilen uns diesen großartigen Menschen Henry, den ich sicherlich als Freund bezeichnen kann und von welchem ich glaube, dass er selbst ein freundschaftliches Verhältnis zu Ninette haben muss, wir „leben" und existieren in den selben Nächten, am selben Ort mit der selben Person, und dennoch liegt zwischen uns eine unsichtbare Welt, die nur durch wenige Minuten und Henrys Schweigen voneinander getrennt sind. So verhält es sich mit der Zeit und der Vertrautheit, mit dem Vertrauen, von welchem ich weiß, dass Henry es nicht missbraucht. Doch aber darf ich mir in diesem Punkte ebenfalls sicher sein. Denn Henry ist schweigsam. Auch wenn sein Spitzname, welchen man ihm hier im Bordell gegeben hat - La Gouloue ist in dieser Hinsicht etwas gesprächiger, weshalb ich ihr zwar mit Sympathie begegne, welche außer Frage ehrlich gemeint ist, aber doch vorsichtiger bin, was Ninette anbelangt - zunächst nicht darauf schließen lassen würde. Oder welches Bild würdest du von einem Menschen bekommen, den man auf etwas belächelnde Art und Weise nur „Kaffeekännchen" nennt? Ein seltsamer Name für einen so großartigen Maler, wie ich finde, zumal ich bis zum heutigen Zeitpunkt nicht weiß, warum er diesen Namen trägt. Auch scheue ich mich ein wenig, Henry selbst darauf anzusprechen. Auch wenn er mir nahe steht und er mir als Freund sicherlich Fehler verzeihen würde, so möchte ich verhindern, ihm zu Nahe zu treten. Denn wie gesagt, auch wenn seitens jener La Gouloue wahrzunehmen ist, dass auch sie Henry mag, so halte ich sie für ein wenig derbe, für grober, was sicherlich auch ein Resultat ihrer Arbeit ist. So möchte ich nicht in Abrede stellen, dass ihre Tätigkeit sicher nicht immer nur angenehm ist und sie sicherlich ein starkes Rückgrat und forsche Redegewandtheit braucht, um sich allzu aufdringliche Kunden vom Leibe zu halten und sich gegen diese durchzusetzen. Dennoch halte ich eine gewisse Distanz zu ihr und bemühe mich stets darum, das Bild, welches ich im Laufe der letzten Wochen aufgebaut habe, nunmehr zu wahren. Eines Nachts nämlich fragte sie mich, was mich wohl fast jede Nacht zu Henry, zum „Kaffeekännchen", treiben würde. Glücklicherweise aber war ich bereits in der Situation, dass ich ohne Bedenken von einer Freundschaft und einem gesteigerten Interesse an seiner Arbeit reden konnte. Wie es bis heute scheint, vermutet sie keinen anderen Hintergrund. Auch dies ist ein Resultat der Zeit. Dinge die nur allzu oft wiederkehren, die einen Rhythmus in sich tragen, bekommen ihre eigene Melodie und irgendwann werden sie zu etwas Ganzem, dessen Sinn man nicht zu hinterfragen braucht. Mögen sich in diesem Sinn auch noch so viele Irrtümer verbergen, so ist es ein Bild, dass nur schwer zu kippen oder anders zu deuten ist. Ein täglich wiederkehrender Gang ist nur zu Anfang ein Geheimnis und obgleich man den Sinn und Zweck nicht kennt, so lastet auf ihm eine Erklärung, die in sich schlüssig ist. So also auch bei jener La Gouloue, die scheinbar nicht einmal mehr ihre eigene Tätigkeit hinterfragt. Denn, und davon zeugen ihre Bilder, die Henry in der Vergangenheit gemalt hat, sie hat die Sternstunden ihres Lebens bereits hinter sich gelassen. Aus der gefeierten Tänzerin wurde die Dame hinter der Theke. Mag es anfänglich noch fremd für sie selbst gewesen sein, so ist es heute eine Selbstverständlichkeit, die sie vielleicht nur noch manchmal in den frühen Morgenstunden, in den Zeiten, wo sie mit sich und ihren Gedanken alleine ist, in Frage stellt. Wenn überhaupt. So siehst du also, dass auch meine Welt größer geworden ist, sich mit Leben füllt und bewegt. Eine Welt, die Ninette mir zu Füßen gelegt hat und die mir Antworten offenbart, noch ehe ich eine entsprechende Frage formulieren muss. Vielleicht auch war es dieser Mangel an wesentlichen Fragen, die mich damals in das Morgenrot führen sollten, vielleicht. Eher aber glaube ich, dass es der Ruf Ninettes war, welche die Zügel des Schicksals, meines Schicksals unweigerlich in ihre sanften und mir in Gedanken so weich scheinende Hände genommen hat, gar als ob sie mich kennt, als ob sie von meiner Liebe und meinem Verlangen zu ihr weiß, um mir durch ihre Vertrautheit, durch ihre Wege, durch ihren Lebenswandel und ihr ganzes Sein einen Sinn einzuflößen, den ich niemals zuvor hatte. Sie hat es verstanden, aus zwei getrennten Wegen einen gemeinsamen zu schmieden. Ihrer nämlich ist meiner, auch wenn ich nicht daran denken mag, was wohl dann geschehen wird, wenn sie am Ende des Weges angelangt ist. Doch möchte ich keine Gedanken daran verlieren. Meine Welt der Gegenwart ist Ninette. Ich bin ihr Kind und sie meine Geliebte. Und sie ist mein Heute. Henry hingegen ist mein Verbündeter, und so trage ich alleine würdevoll das Schild des Wissenden, wie auch du, der als Einziger weiß von mir, von meiner Leidenschaft und meinen Gängen. So denn, lieber Freund, mehr nun möchte ich nicht berichten, da ich mich aufmachen möchte, um abzutauchen in eine weitere wundervolle Nacht. Ich möchte wagen zu hoffen, dass sie erneut eine solche Fülle an Wundern für mich bereit hält, von denen ich dir berichten mag. Die Nacht ist das Parkett meines Tanzsaales, den ich nun endlich mit anderen teilen kann. Also bitte ich zum Tanze.

*

01. April

Mein liebster Freund,

und wieder ein Brief, und wieder Nachrichten, die mir vorkommen, als stammten sie direkt aus meinen Träumen, weil sie unwirklich erscheinen. Ja, lieber Serge, das Dasein als Traum zu erfassen, und sich in diesem fallen lassen zu können, dies ist eine Lektion, die ich nunmehr endlich begriffen habe. Die Dinge zwischen Anfang und Ende als Geschenk zu betrachten, obgleich ich mir eines möglichen Endes bewusst werden muss, ist so zauberhaft, so überstrahlt vom herrlichsten Licht, dass es bisweilen schwer ist, nicht überzulaufen vor Freude, um sich so die Besinnung zu nehmen. Denn wahrlich muss ich noch besonnen sein, wenn es auch Nachrichten gibt, die mich aufs Stärkste hoffen lassen, Ninette bald näher zu kommen. Was sich nunmehr in meinen Augen als weitere gütliche Fügung des Schicksals darstellt, begann doch zunächst mit einem Tief für mich. Es war eine Nacht wie jede andere, seither sind sieben Nächte verstrichen, da ich meine gewohnten Gänge absolvierte, jedoch überrascht wurde, während ich vor dem Bordell auf Ninette wartete. Aufgrund meiner ständigen Anwesenheit ist mir ihr Rhythmus natürlich nicht verborgen geblieben, und würde ich über eine Uhr verfügen - was aber will ein Zeitloser mit einer Uhr? - so wäre es mir möglich gewesen, diese nach Ninettes

Erscheinen zu stellen. Diese Nacht aber war anders, nicht nur, dass sie milder und lauer war, dass es schien, als ob die Vögel bereits früher damit begannen, die Welt mit ihren süßen Liedern zu verzaubern, nein, diese Nacht war anders, verändert und nicht nur wie ein weiterer Bote des innehaltenden Frühlings, der noch viel mehr verspricht, als er derzeit zu bieten hat. Diese Nacht war sonderbar geprägt von meiner Unruhe, die sich einstellte, als ich bemerkte, dass Ninette das Bordell nicht verlassen würde. Die Zeit verstrich und mit jeder Minute, die verging, spürte ich, wie sich die Sekunden verlängerten, zunächst nur verdoppelten, schließlich aber doch scheinbar ein Vielfaches ihrer Natürlichkeit andauerten. Bald schon schien mir, die Nacht würde kein Ende finden und ich spürte, wie sich die Unruhe in mir aufstaute, die Ungewissheit dieser Nacht, die mir so befremdlich erschien, die mir im klaren Mondlicht ein seltsames Himmelblau präsentierte, ein Loch in die Sinne fraß, so dass es mir kaum mehr möglich war, noch etwas anderes wahrzunehmen, als jene Türe des Bordells, aus welcher doch endlich einmal Ninette treten musste. Der Radius meines Sehfeldes wurde beschnitten und all' das, was ich sonst noch links und rechts des von mir anvisierten Blickpunktes wahrnehmen kann, war wie mit einem schwarzen und tiefsamtenen Tuch behangen. So starrte ich auf die Türe und noch ehe mir eine wirklich plausible Erklärung einfiel, warum Ninette nicht heraustrat - ich stellte mir nicht einmal die Aufgabe, darüber nachzudenken, ob Henry diese Nacht etwas länger brauchen würde, um seine Kunst zu vollenden - verrannte ich mich in die Idee und in die Angst, etwas Schreckliches könnte ihr zugestoßen sein. Ich weiß sehr wohl, dass du nun über mich lachen wirst, doch lieber Serge, sei gewiss, dass mir selbst die Gedanken an den Blutsauger von Paris durch den Kopf gingen, obgleich ich selbst dieses Ungetüm bin. Doch aber, und ich glaube, dies ist nicht einmal selten, doch aber war meine eigene Phantasie sehr wohl in der Lage, mich für einen Moment außerhalb meines Körpers, meiner leblosen Hülle zu empfinden. Warum also sollte ich Zweifel daran hegen, nicht körperlos meinen innigsten Wünschen und Trieben, meiner gewaltigen Leidenschaft nachgegangen zu sein, fast so, als gäbe es ein Wesen außerhalb meiner selbst, welches sich verflüchtigt, um endlich das zu erreichen, worum ich das Schicksal und die

Zeit bitte? So starrte ich auf die Türe, es müssen Ewigkeiten gewesen sein, bis ich nicht mehr umhin kam, mir Gewissheit zu verschaffen. Oh ja, lieber Serge, ich war von Sinnen, lief Gefahr, jede vorsichtige Annäherung an Ninette und jeden bisher bewerkstelligten Schritt mit diesem einen zunichte zu machen, doch quälte mich die Ungewissheit auf so enorme Weise, dass mir wahrlich nichts anderes blieb, als ihr nachzugeben. Also stürzte ich aus meinem Versteck und lief förmlich in das Bordell hinein. Selbst die Gouloue war überrascht über meinen zügigen Einmarsch, deren Anblick mich aber sogleich etwas beruhigte. Seltsam, aber an diesem Augenblick hatte ich ein wenig das Gefühl, nach Hause gekommen zu sein, während jene Bardame eine vertraute Person, gleich einer lieben und älteren Verwandten von mir, zu sein schien. Vergleiche es mit einem Buben, der nach Hause eilt, von Angst und anderen Jungen getrieben, die Schelte im Kopf haben, und nun mit einem Male so etwas wie Sicherheit empfindet. Denn genau so, lieber Serge, genau so empfand ich diesen Moment, fast so, als hätte ich meine Unruhe und meine Angst vor der Türe gelassen. Was ich allerdings mit hinein genommen habe, war meine Ungewissheit. Während ich noch versuchte, meine Sinne und Gedanken zu sortieren, die doch kurz zuvor noch wie ein reißender Fluss durch meinen Kopf jagten, zeigte die Gouloue mit einem Lächeln auf die Treppe, was ich unweigerlich als Aufforderung verstand, Henry meinen nächtlichen Besuch abzustatten. Da ich nach wie vor keine Ahnung davon hatte, ob Ninette noch bei ihm war, was angesichts der Aufforderung der Gouloue allerdings unwahrscheinlich war, zögerte ich kurz, entschloss mich aber dennoch, mich ins erste Stockwerk zu begeben. Sollte ich an der Türe hören, dass Ninette noch im Raume ist, könnte ich immer noch umdrehen und in der Bar warten. Aber dem war nicht so. Im Gegenteil. Nicht nur, dass ich aus dem Raum heraus selbst keinen Laut vernahm, auch der Flur von der Treppe zu Henrys Zimmer schien auf sonderbare Weise verstummt zu sein.

Wieder zögerte ich kurz, wartete einen Augenblick, um erneut zu Besinnung zu kommen, um so die Gefahr auszuschließen, meine bisherigen Erfolge zunichte zu machen, klopfte dann jedoch vorsichtig an. Wie ich es von Henry gewohnt bin, erschallte sofort seine Einladung, das Zimmer zu betreten. So öffnete ich die Türe, hin und her getrieben von der nun ausgelösten Furcht, meine Hoffnungen zunichte zu machen. Doch dem sollte nicht so sein. Denn im Gegenteil, lieber Freund, auch wenn Ninette diese Nacht verschollen war und mir ihr Verbleib bis hierhin ungewiss blieb, so sollte es eine Wendung geben, welche die Trichteröffnung meiner Hoffnung auf ein Vielfaches zu weiten vermochte. Henry also stand alleine im Zimmer, sein Blick war mir zugewandt, während er mir zur Begrüßung mit einem Glas Wein zuprostete. Schnell erkannte ich, dass er diese Nacht nicht gemalt hatte, was darin begründet war, dass, wie ich später erfuhr, Ninette gar nicht erschienen war. Im Gegensatz zu meiner Befürchtung aber teilte Henry mir mit, dass sein Modell aufgrund einer familiären Angelegenheit für wenigstens zehn Tage in Lyon verweilen müsse, was ihn nun in seiner Arbeit unterbricht. Auch wenn er Ninettes Namen nicht in den Mund nahm, so zeigte er bei diesen Worten auf ein bislang nicht vollendetes Bild, bei dessen Betrachtung ein warmer Schauer meine kalten leeren Blutbahnen durchströmte. In der Tat, Henry schaffte es mit jedem neuen Bild, welches er von Ninette malte, sie noch schöner, noch liebreizender, noch sanfter und göttlicher darzustellen, auch wenn ich jedes Mal auf ein Neues versucht war zu glauben, dass es nahezu unmöglich wäre, ihre Göttlichkeit noch präziser und detaillierter zum Ausdruck zu bringen. Doch Henry brachte es fertig, und dies selbst in seinen unvollendeten Arbeiten. Dies war das erste Mal, dass Henry und ich über Ninette sprachen, auch wenn es noch oberflächlich und namenlos geschah. Unser gemeinsames Augenmerk war nun auf ihr Antlitz gerichtet, auf ihr Bild, eben genau so, wie sie ist. Doch aber erschrak ich natürlich bei seinen Worten, Ninette wenigstens für zehn Tage missen zu müssen, und dies ganz ohne eine Ahnung, ob sie jemals wiederkommen würde. Was macht Ninette in Lyon? In welcher familiären Angelegenheit ist sie unterwegs? Der schlimmste Gedanke aber, den ich hegen musste, war in der Tat der, sie würde nicht heimkehren, hier zurück nach Paris, hier wo ich mit ihr mein Dasein teile. Geneigt zu fragen, was Henrys Modell in Lyon machen würde, bezwang ich mich selbst und verstummte, noch ehe ich diese Frage stellen konnte. Ihr Verlust, ja, alleine das Wissen, sie missen zu müssen, riss mir ein Loch in das Herz, das nunmehr fürchterlich begann zu bluten. Henry hingegen schob mir meinen Stuhl zu, den er so platzierte, dass wir nun beide zwangsläufig dieses unfertige und neue Bild von Ninette betrachten mussten. Oh, Serge, wenn du wüsstest, wie göttlich Henry sie darzustellen vermag. Und je mehr ich mich in diesem Augenblick von ihrer Schönheit, ihrer paradiesischen Herkunft überfluten ließ, umso größer wurde das Loch in meiner Brust. Wie jede Nacht bot mir Henry auch dieses Mal etwas Wein aus seiner Karaffe an, und wie immer lehnte ich auch in dieser Nacht dankend ab. Schließlich setzte er sich neben mich und schaute ebenso schweigend wie ich auf die Krönung der Schöpfung, auf Ninette, die trotz ihrer Abwesenheit das Zimmer beherrschte. So harrten wir aus, viele endlos scheinende Minuten, bis Henry mir zum ersten Mal Ninettes Namen offenbarte. „Dies ist Ninette", so seine Worte, „ist sie nicht ein Engel?"

Oh ja, lieber Serge, ich wusste es, ich wusste es längst, Henry war ihr erlegen, ebenso wie ich ihr erlegen war. So schauten wir weiter wortlos auf Ninettes Abbild, während Henry sich zum wiederholten Male Wein nachschenkte. Die Luft und die Stimmung im Raum war mehr als gespannt, so dass ich fürchten musste, meine Gedanken an die kommenden zehn Nächte ohne Ninette würden mich in den Wahnsinn treiben, weshalb ich die Gelegenheit nutzte, mich dahingehend abzulenken und Henry auf seine Vorliebe für roten Wein anzusprechen. In dieser Nacht auch bemerkte ich das erste Mal eine Wirkung und eine gewisse Veränderung, welcher der Wein in Henry hervorrief. Dennoch antwortete er mir auf meine Frage, die er damit abtat, dass ich mir keine Sorgen über seinen Alkoholgenuss machen bräuchte. Seine Körpergröße sei es schließlich, die ihn so nah am Boden halte, dass man einen tiefen Sturz nicht zu befürchten hätte. Eine seltsame Art von Humor, die ihn jedoch aufbaute und vielleicht für alles entschädigte, was ihm seine Körpergröße bis zum heutigen Tage angetan hatte. Denn davon schließlich darf ich überzeugt sein, dass Henry im Stillen ebenso wie jeder andere auch, die quälenden Geheimnisse mit sich herumträgt. Ich bin unsterblich, Henry ist kleinwüchsig und jeder von uns trägt diese seine ureigenste Last durch sein Dasein. Sie ist unser Begleiter, und somit wohl auch an allem beteiligt, ein bisschen Ursache für alles das, was aus uns heraus geschieht. Henrys

Kleinwüchsigkeit schließlich könnte der Grund für seine Genialität sein. Doch ebenso auch können Laster die Ursache dafür sein, sich selbst zu blockieren, in Frage zu stellen, sich der Welt zu entziehen, gleichwohl ob diese Welt aus Tagen und Nächten oder nur aus Nächten besteht. Nun hatte ich das Gefühl, einen Gegenpol zu mir gefunden zu haben, jemand der mir beweist, dass nichts ohne Grund ist, dass wir die Dinge nur wahrnehmen müssen, wie sie sind, um daraus unsere Kraft zu schöpfen. Ich habe die Kraft der Unsterblichkeit, welcher die Menschheit so entgegen fiebert, um der Natur eben jenes Geheimnis zu entlocken. Heute aber, lieber Freund, heute aber weiß ich, warum mir soviel Zeit geschenkt wird. Wie sonst hätte ich Ninette begegnen können?

Auch wenn diese Nacht von überwiegend betretenem Schweigen geprägt war, so gebar Henry in dieser Nacht eine Idee, die mich ein Stück weit in das Leben der Sterblichen zurück führen sollte. Ich spürte seine Unruhe, die in mir das Gefühl erzeugte, Henry selbst sei seiner Schaffungskraft erlegen. Ebenso wie er den Alkohol braucht, und daran habe ich keinen Zweifel mehr, braucht er die Malerei. Und in dieser Nacht eben machte er mir deutlich, dass er mich brauchen würde. Also schlug ich ein, in seinen Vorschlag, mich porträtieren zu lassen, über dessen Konsequenz ich mir jedoch erst später bewusst geworden bin. Oh, lieber Serge, weißt du wie es ist, ein Dasein zu führen, in denen die Spiegel leerer nicht sein können, in denen das Wasser sich weigert, dein Ebenbild zu reflektieren, in denen diese moderne Methode der Fotografie, Menschen mit Licht zu zeichnen, eine neue große Gefahr darstellt, weil man auf der Hut sein muss, nicht ertappt zu werden? Henry nun erlöst mich aus dieser Welt und ich habe Grund, ihm mehr als dankbar zu sein. Er sprengt die Ketten, welche die Naturgesetze um Wesen meiner Art gespannt haben. Ein Wesen ohne Gesicht, lieber Freund, das doch war es, was ich selber war. Henry nun offenbart mir seine Kraft der Schöpfung, denn mit jenem Bild, obgleich ich es noch nicht gesehen habe - ja, ich bat ihn darum, mir sein Werk erst zu zeigen, wenn es fertig ist - bin ich auferstanden aus dem Nichts, in das Licht des Greifbaren. So und auf diese Weise will ich mich betrachten, über mich urteilen, ob ich einen guten Geschmack habe, ob ich mir sympathisch bin, ob ich auch nur einen Funken von der Ausstrahlung habe, derer es benötigt, um Ninette zu beeindrucken. Henry schafft eine Welt, in der ich existieren kann. Diese Nacht noch, so hoffe ich innigst, wird Henry an meinem Abbild arbeiten. Dann aber darf ich mich kennenlernen und mich aus der Anonymität meiner selbst befreien; dann darf ich versuchen zu begreifen, wie die Welt der Sterblichen mich sieht. Serge, nun weißt du wohl, warum ich dieser Nacht so dankbar bin.

Nun denn, so wirst du dennoch erstaunt sein, warum ich mich in diesen Zeilen mehr meiner eigenen Person widme als der von Ninette. Es schmerzt, lieber Serge, es schmerzt ihre Abwesenheit zu ertragen, dennoch bin ich voller Hoffnung, sie in drei Nächten wieder zu sehen. So will ich hoffen, sie findet den Weg zu mir zurück, zurück nach Paris, zurück in die Welt, die sie erschaffen hat und nun in ihrer Hand liegt. Die Gedanken an sie begleiten mich unentwegt, doch aber stützt mein Mut und meine Hoffnung, ihr und mir bald gegenüber zu stehen, mein Vertrauen in die Nächte, die vor uns liegen. So weiß ich um deine Anteilnahme an meiner Hoffnung. Doch nun lasse es dir gut ergehen, mein lieber Freund, auf dass ich dir baldigst mehr berichte.

*

14. April

Mein geliebter Freund,

der Horizont hat sich aufgetan und mich meinem einzigen großen Wunder erneut ein Stück näher gebracht. Wie Heerscharen der edelsten Engel, die aus der klaffenden Wunde des Himmels aus der Dunkelheit in das hellste Lichte stürzten, auf mich zuflogen, um mich zu greifen und mitzunehmen in die Zeit der Herrlichkeit, ist das Glück über mich hereingebrochen. Es war mir fast so, als spürte ich den Schlag ihrer Flügel, die mir einen milden warmen Wind ins Gesicht jagten, dass ich nunmehr das erste Mal seit Jahrhunderten selbst betrachten konnte. Nun schon wirst du wissen und ahnen wovon ich dir schreiben möchte, doch aber halte dir einen gehörigen Teil deiner Aufmerksamkeit und

Vorfreude zurück. Du wirst sehen, dass du auch im weiteren Verlauf meiner Zeilen großen Grund hast, dich mit mir freuen zu dürfen. Doch aber damit will ich mich noch zurückhalten. Nicht weil es minder interessant für dich ist, nein, viel mehr ist es die Pointe, der Wendepunkt, der mich aus den Fesseln der Anonymität führt, der mir Wege erschließt, die mich mitten in die wunderschönste und fruchtbarste Landschaft der Welt führen könnte. Doch aber nun endlich zum Punkt. Ja, lieber Serge, lieber treuer Freund, der du mich besser kennst, als jedes andere Wesen, ja lieber Serge, nun endlich habe ich mir selbst gegenüber gestanden, ja, endlich nun habe ich mich selbst gesehen. Du erinnerst dich an meinen letzten Brief, da ich dir schrieb, Henry würde mich porträtieren wollen. Nun, wie soll ich schreiben, doch aber lieber Serge, die Ketten meiner Unfähigkeit, mir jemals selbst gegenüber zu stehen sind gesprengt, ich bin befreit aus dem gemeinsamen Joch mit all denjenigen, die ohne ein Bild über ihrer selbst doch stets in einem Käfig der Dunkelheit hausen und vergessen haben, dass auch sie sind, dass ihr Körper nicht nur aus einem unsichtbaren Gase besteht, sondern ein Wesen darstellt, das ebenso, wie jedes andere auch, gesegnet ist mit einem Mund, mit Augen, mit Ohren, mit einer Stirn, mit den Zeichen der Zeit, die sich in den Gesichtszügen abzeichnen, dass sie beschaffen sind aus Haut und Fleisch und Knochen, die ein jedes Wesen formen. Ja lieber Serge, ich habe einem Wesen gegenübergestanden, dem ich selbst so fremd geworden bin, dass ich vergaß, wie es aussieht. Denn, und dies wirst du schon erahnt haben, denn das Bild meiner selbst ist nunmehr vollbracht. Henry nun hat mir ein Geschenk gemacht. Ein Geschenk, das mich im Inneren meiner Seele betroffen und glücklich gemacht hat, welches mir mehr als nur geholfen hat, mich selbst zu erkennen. Ich bin, lieber Serge, ich bin und erkenne mich selbst. Die Spannung und Erwartung, die sich in mir während der Sitzungen bei Henry aufgestaut hatten, sind der Selbsterkenntnis gewichen, obgleich ich lügen müsste, würde ich schreiben, dass ich nicht selbst arge Zweifel hatte, das Bild jemals sehen zu wollen. Wer war ich denn, lieber Serge? Ein Niemand, ein Gesichtsloser, ein Schatten, der selbst keinen Schatten warf, eine Materie, die jede Form von Licht ablehnte, der nunmehr aber wiederbelebt wurde. Oh ja, mein Freund, als hätte Henry von mir und meinem Los, durch die Zeit zu treiben, gewusst, begannen wir gleich in der zweiten Nacht, nachdem er mir seine Idee, mich zu porträtieren, unterbreitet hatte, mit den Sitzungen. Henry legte Hand an mich und hat mich neu erschaffen, während er gleichzeitig ruhig auf mich einsprach, mir die Hemmungen nahm, die ich ihm gegenüber seltsamerweise nie zum Ausdruck gebracht habe, und mich im Lichter- und Farbenmeer seiner Empfindung und Sichtweise meiner Person verewigte, ein Abbild von mir zauberte, das mich herauslöst aus der Welt der Dunkelheiten und mich wie einen jungen starken Baum inmitten des Lebens und unter seiner eigenen Sonne pflanzte. Denn wahrlich, lieber Freund, trotz der nächtlichen Sitzungen bekommt man bei der Betrachtung jenes Bildes das Gefühl, es sei am hellsten Tag des Jahres entstanden. Merkwürdig mit welchem Augenmerk ich in der letzten Nacht das Bild betrachtete, welches Henry mir präsentierte; als wäre es mein Sohn, der just in diesem Augenblick nach einer langen und schweren Geburt auf die Welt gekommen war. Aber eben genauso war mein erster Eindruck. Ich, neugeboren, habe das Licht der Welt erblickt. Erst der zweite Blick auf das Bild fiel schließlich auf die abgebildete Person, die außer Frage ich selbst bin. Oh ja, Serge, ich erkannte mich wieder, auch wenn mich das Gefühl beschlich, den Kampf gegen die Zeit verloren zu haben. Nein, ich bin nicht gealtert, auch meine Haare sind nicht gewachsen und nicht einmal der Ansatz eines Bartwuchses ist in meinem Gesicht zu sehen. Meine Augen sind immer noch dieselben tiefbraunen Augen, auch wenn sie auf diesem Bild zu funkeln scheinen, fast so, als würde ich jeden Augenblick die Offenbarung Ninettes' Schönheit empfangen können. Aber so denke ich, dass mich genau diese Hoffnung so lange still auf dem Stuhle sitzen ließ. Hier bin ich nun, lieber Serge, ein junger Mann, dem man den fehlenden Puls und die Stummheit des Herzschlages nicht ansieht. So bin ich weder blass, noch alt, meine Haut ist rosig, meine Schultern kräftig, meine Stirn ist hoch, und tatsächlich scheine ich bei allerbester Gesundheit zu sein. Doch damit nicht genug, denn wie ich dir bereits andeutete, erfüllte dieses Bild von mir den zauberhaftesten Zweck, den ich mir bis hierhin hätte vorstellen können. Nachdem Henry mir mein Ebenbild präsentierte, war nunmehr auch die letzte Nacht verflogen, in welcher wir - ja, ich schreibe ganz bewusst von Henry und mir - auf Ninette verzichten mussten. Henry selbst wusste und weiß bis heute nicht, wer oder was mich zu ihm führte, zumindest merkt man ihm nichts an, dennoch war Ninette in den vergangenen Nächten, da wir soviel Zeit miteinander verbringen konnten, gegenwärtiger in unseren Worten als je zuvor. Henry vergöttert sie und ich, mein lieber Freund, ich weiß, wie er sich fühlen muss. Denn außer Frage, so glaube ich gar, dass er, von dem ich heute weiß, dass auch er in Ninette verliebt ist, es bei Weitem schwerer hat als ich. Ja, Serge, denn davon bin ich überzeugt, ohne überheblich oder arrogant klingen zu wollen. Henry kennt Ninette in- und auswendig, er kennt sie so, wie sie das Licht der Welt erblickte, den ganzen grandiosen Anblick ihrer Schönheit, er kennt ihre Details, ihre Schwächen, er hat den Klang ihrer Stimme vernommen und sicherlich bindet beide mehr aneinander, als eine oberflächliche Modell-Maler-Beziehung. Ninette ist Henrys Muse, sie ist seine Inspiration und seine Bilder nichts weiter als die Schöpfungsgeschichte, die Ninette nur dank ihrer Anwesenheit zu schreiben vermag. Denn so nahe sie sich sind, so nackt Ninette vor ihm steht, so strahlend sie ihm als Modell in die Augen sieht, um ihm somit auch den letzten Lichtreflex in ihren Augen zu schenken, den er wiederum für das jeweils neue entstehende und perfekte Bild verwenden kann, so fern doch ist er ihr. Wenn die Vertrautheit beweist, dass eine Liebe einseitig ist, so bleibt der Trauernde doch stets in einer Welt gefangen, die ihn hoffen und bangen lässt, die ihn durchschüttelt wie ein Schiff seine Passagiere im stärksten Sturm kurz vor der rettenden Hafeneinfahrt. Ein weiterer Schritt auf Ninette zu wäre womöglich das Ende ihrer Beziehung, ein Schritt zurück aber würde Henry dank seiner Verfallenheit nicht überleben. Vielleicht ist auch dies der Grund für seine Genusssucht, für seinen immer wiederkehrenden Griff zur Karaffe. Vielleicht ist auch dies der Grund, warum er mir stets aufs Neue von seinem Wein anbietet, weil er wohl spürt, dass wir in der selben misslichen Lage sind. Doch aber bin ich im Vorteil, lieber Freund. Ninette und ich haben uns noch nicht miteinander vertraut machen können, wie also sollte ich die Chancen abwerten, die sich mir erst noch erschließen? Nun aber fort, liebster Serge, denn in der folgenden Nacht, nachdem mein

Portrait nunmehr meiner Seele ein Gesicht geschenkt hatte, löste meine Hoffnung ihr Versprechen ein, Ninette zurück nach Paris zu holen. Ja, Serge, die zehn Tage waren verstrichen und Ninette war daheim, hier, wo wir sie so sehnlichst erwartet hatten. Natürlich hatte ich Vorsorge betrieben und Henry darüber in Kenntnis gesetzt, in der nächsten Nacht nicht kommen zu können. Auf diese Weise hatte ich für den Fall ihrer Rückkehr in zweifacher Weise das Glück für mich gepachtet. Zum Einen bedarf es keiner Erklärung, warum ich nicht kommen würde, schließlich war seit dieser Nacht die mir so wohlbekannte Hausecke vor dem Bordell meine vorübergehende Herberge, andererseits wollte und musste ich mich nach so langer Zeit des Verzichtes an ihr laben. Oh ja, ich wollte ihr folgen, vom Bordell nach Hause, um dort vor ihrem Fenster zu verweilen, um teilzuhaben an ihrem Glanz, an ihrem Schein, an den Strahlen die von ihr, von meiner Sonne ausgingen. Alles also, was ich machen musste, war warten und hoffen, ob Ninette zurückkehren würde. Und sie tat es. So also eilte ich nach Sonnenuntergang hinaus nach St. Denis, speiste eilig und schnell, kaum die Tropfen wirklich verspürend, leidenschaftslos, da die Erwartung und Hoffnung mich in eine derartige Eile versetzte, dass ich kaum erkannte, welche Dirne mich in dieser Nacht mit ihrem Blute beglückte. Seltsam doch aber fast schäme ich mich heute ein wenig dafür, sie einfach als anonyme Person betrachtet und genossen zu haben. Doch aber, lieber Freund, bei aller Leidenschaft zu Ninette und bei all meinen Streifzügen durch die Nacht, das Notwendige mit dem Moment eines illusionären Glückes, ja, mit eben jenen wilden Auswüchsen meiner nicht enden wollenden Phantasie zu verbinden, in dieser Nacht konnte ich mich keinem Ersatz hingeben. Also trank ich, eilig, zügig, kaum mehr in dem Bewusstsein, warum ich jenes Blut eigentlich brauchte. Alles was ich sah in meinem Kopfe, war Ninette, alles was ich roch, war ihr eigener süßer und herrlicher Duft und alles was ich verspürte war ihre Wärme, von welcher ich hoffte, dass sie doch endlich in dieser Nacht wie ein warmer weicher Mantel über meine Seele fällt, diese einhüllt und mir die Gewissheit schenkt, auf etwas hoffen zu dürfen, was ich selbst noch nicht sehe. Die Phantasie, lieber Freund, welch listige Streiche sie uns doch spielen kann, wie unendlich ihre Welt ist, wie klein und wie groß die Dinge werden, haben sie sich im Geiste erst mal geformt. Ja, die Phantasie ist der wahre Herrscher über das Sein der Denkenden, sie erst ermöglicht es uns, Dinge zu sehen, die noch nicht vollbracht sind, sie ist der göttliche Bote von dem, was morgen schon möglich sein kann. Wie oft ist man selbst so sprachlos, während die Bilder seiner eigenen Sinne bereits das Buch zu Ende geschrieben haben. So scheint es mir, als beschreite die Phantasie Wege, denen wir erst langsam folgen, die wir selbst erst dann bemerken, wenn eine Richtung unweigerlich nicht mehr zu verleugnen ist. So doch erging und ergeht es auch mir, seitdem ich Ninette das erste Mal sah, so schnell, binnen weniger Sekunden - waren es überhaupt Sekunden, oder gar nur Bruchteile?

Ich wich ab von meinem Vorhaben. Bald schon war die aufgehende Sonne am morgendlichen Horizont über den Dächern des Place de la Concorde ein unwesentlicher Lichterball, dem ich letzten Endes nun doch zu entrinnen habe. Bis dahin aber war die Sonne alles für mich. Dann aber, lieber Serge, dann aber tauchte Ninette auf, und unweigerlich spürte ich in mir, wie sich etwas bewegte, wie sich etwas veränderte. Das Gefühl. Angestoßen durch den Reiz und die Aura meiner neuen Sonne, die ich nunmehr in der Welt der Lebenden wiederfinde, bewegte sich meine Phantasie, als paare sich die Hoffnung mit den Bildern eines möglichen Morgen, einer möglichen Zukunft, um sich sogleich gegen die Feinde meines Selbsterhaltungstriebes, nämlich der Verzweiflung und der Trostlosigkeit meines Seins, zu verbünden. Ein kurzer knapper Kampf, von dem ich heute zu hoffen wage, dass ich vielleicht mehr als nur diese eine Schlacht gewonnen habe. Serge, ob meine Phantasie damals bereits wusste, dass ich Ninette wiedersehen werde, dass ich ihr näher komme, als ich es mir jemals ausgemalt hätte? War dort die Phantasie der Quelle der Hoffnung entsprungen und hat einen Weg in die Zukunft gezeigt, welchen meine Augen nicht sahen? Der tiefste Sinn steckt wohl in uns selbst, nicht wahr, lieber Serge? So mag es sein, wie es mag, da der Kern meines Daseins nicht von dieser Frage bestimmt ist, sondern von Ninette, die so plötzlich auftauchte und Wege enthüllte, die es niemals zuvor für mich gab.

So also verweilte ich nur kurz in St. Denis, stillte meinen Durst und missachtete die potenzielle Befriedigung, da eine viel größere Art von Befriedigung auf mich wartete, und begab mich noch früher als gewohnt zurück nach Paris. Hin und her gerissen von dem Gedanken, Ninette nun endlich wiedersehen zu können, haderte ich mit mir, ob es einen Versuch wert sei, zunächst vor ihrem Haus Ausschau zu halten - so hätte ich sie schon gleich bis Henry begleiten können - oder ob ich mich gleich auf direktem Wege zum Bordell begeben sollte, um mich dort in meiner Hausnische auf die Lauer zu legen. Ohne wirklich eine Antwort auf diese Frage gefunden zu haben, fand ich mich in jener Nacht vor Ninettes Haus wieder und, obgleich ihre Räume dunkel waren, so spürte ich ihre Anwesenheit. Ja, lieber Freund, ich spürte, dass Ninette in Paris war und vielleicht nur wenige Minuten vor meinem Auftauchen, und wenn es auch Stunden waren, dieses Haus betreten und wahrscheinlich auch wieder verlassen hatte. Ihr Duft, mein treuer Serge, ihr Duft erfüllte die Nacht und verzauberte meine Hoffnung zunächst in einen unbestimmte Ahnung, schließlich in Gewissheit. Wie eine Wolke lag ihr Geist über meinen Sinnen und alles was ich zu tun hatte, war ihrem Duft zu folgen, der mich direkt zum Bordell führte.

Sie war gekommen, lieber Serge, sie hatte sich zu Henry begeben. Vorbei war die Furcht, sie nicht wiederzusehen, vorbei war das Warten auf einen Stern, der versteckt in den Fernen des Universums nicht zu sehen war, vorbei waren die Ungewissheit und Zweifel. Die Nacht hatte mich ebenso wieder, wie der feuchte Straßenbelag, wie meine Hausnische, wie jene Türe des Bordells, die ich mit meinen Blicken fixierte, fast so, als wäre es mein Ziel, diese mit der Kraft meiner Blicke aus den Angeln zu sprengen. So harrte ich aus, starrte auf die Türe, bemerkte nicht einmal die Stunden die verflogen, geschweige denn, dass ich die Schatten der Gäste erkannte, die das Lokal betraten oder wieder verließen. Welche wundersamen Veränderungen der Verlust der Liebe mit sich bringen kann oder gar zwangsläufig mit sich bringt. Es gab keine Kleinigkeiten mehr in dieser Nacht. Alles was ich wahrnahm, war die Nacht als solches, die Bewegung der Türe, da ich mit jedem Öffnen hoffte, Ninette würde hinaus auf die Straße treten und meine eigenen Sinne überwältigen, die sich wie die Blätter einer Pflanze nach dem Licht, nach der Sonne reckten. So verflog die Zeit und mit dem Verrinnen der Stunden mein Vertauen in mich selbst, meine Hoffnung, da das Warten und die angespannte Erwartung an meinen Empfindungen und Sinnen zerrten. Es war bereits später geworden als üblich und fast schon hätte ich befürchten können, der Morgen selbst bricht früher über mich hinein als Ninettes Erscheinung, bis endlich endlich die Türe aufging und Ninette, meine Ninette, mein Engel und meine Göttin, die Szenerie betrat. Serge, wie sollte ich beschreiben können, was ich fühlte? Alles in mir begann zu vibrieren, gleich einem Schwarm Ameisen, die durch meine leeren Blutbahnen jagen, wie ein Vulkanausbruch übermannte mich ihr Antlitz. Wie macht Ninette es nur, lieber Freund? Wie schafft sie es nur, all meine Sinne auf derartige Art und Weise zu bündeln, zu konzentrieren, meinen Geist und Verstand zu beherrschen und jedes Mal um ein Tausendfaches schöner geworden zu sein? Nun stand sie dort, schaute sich wie jedes Mal zunächst auf der Straße um und begab sich nach einigen tiefen Atemzügen auf den Heimweg. Wie tanzend nun folgte ich ihr, rannte ihr voraus, ging neben ihr, ohne dass sie es jedoch bemerken könnte und genoss sie, einfach so wie sie war, einfach anwesend. Ich hatte Ninette wieder und Ninette hatte mich wieder. Der Weg zu ihr nach Hause glich einem Weg, den ein Kronprinz beschreitet, eben an jenem Tage, an dem er selbst zum König gekrönt wird. So erhaben, so frei, so geschmückt und behangen mit Perlen in Form der Sterne, die so gülden vom Himmel prangten. Das Mondlicht selbst glich dem gewaltigsten Kronleuchter, wie man ihn sicherlich wirklich nur in den edelsten Palästen findet, das Himmelszelt einer Bordüre aus tiefem schwarzem Samt, das dank der Überstrahlungen des Meeres dieser unzähligen Perlensterne in den verschiedensten Farben glänzte, und selbst die Luft schien erfüllt zu sein von unzähligen freudiger geladener Gäste, die jenem großen Ereignis nun beiwohnen wollten. Und so, versunken im Gefühl der Glückseligkeit, beschritt Ninette nun mit mir den Weg zum Thron. Ein Gang wie auf Wolken, lieber Freund, auf dem weichsten Stoff, den man sich wohl vorstellen kann. So gelangten wir zu ihrem Haus, wo die Wirklichkeit mich erneut einholte. All das Auf und Ab meiner Gefühle fand hier ein jähes Ende, eben in jenem Augenblick, da die Haustüre hinter ihr ins Schloss fiel.

Denn wieder fand ich mich draußen auf der kalten nassen Straße wieder. Auch ihr Erscheinen im hell erleuchteten Raum, den ich von hier aus ja so wunderbar einblicken kann, so liebreizend sie ist, auch ihr Erscheinen in jenem Raum, vermochte nicht mein kümmerliches Bewusstsein zu bändigen, dass ich Ninette immer noch so fern war. Dennoch, natürlich erfreute ich mich an ihrem Anblick, genoss ihre samtweiche Haut und fuhr in Gedanken über ihre langen zarten Beine, über den Rücken, bis ich begann, zärtlich ihre Wangen zu streicheln und ihr durch die Haare zu fahren. Würde mich ihr Anblick nicht so fesseln, lieber Freund, so gerne doch hätte ich in diesem Augenblick die Augen geschlossen und meiner Phantasie freien Lauf gelassen. Doch aber, was schrieb ich dir soeben noch über die Phantasie? So schließlich aber begann schon bald die Zeit, mich an mein Los zu erinnern. Diese Nacht hatte ich Henry nicht besucht, weshalb die Hoffnung auf ein wenig mehr Nähe zu Ninette sich vom hellsten Schein zum trübseligsten Grau verwandelte. Hoffnung und Glaube, ja, bestimmt haben diese Eigenschaften die Kraft, alles zu ermöglichen, doch so lange man sich dieses nicht selbst beweist, gibt es eine Kraft im Körper, leblos oder nicht, die alles nur Erdenkliche daran setzt, uns am Guten zu hindern und nicht an dieses zu glauben. Somit bekommt Hoffnung ein zerstörerisches Element, das uns prompt aus unseren Träumen reißt und vernichtender ist als jede Form von Gewalt. Oh ja, Hoffnung kann zerstörerisch sein, schlimmer als alle Urgewalten, wenn sie sich nur auf ein Individuum bezieht. Ebenso fühlte ich mich in dieser Nacht. Nun, da das eingetroffen war, was ich mir so erhofft hatte, nämlich Ninettes Rückkehr, war der Schmerz ihrer Ferne größer als je zuvor. Doch aber sollte mich die kommende Nacht für jene Zerrissenheit, für jenes Gefühl unbeschreiblicher Leere und Depression um ein Vielfaches entschädigen, die Trauer und den Schmerz dieser Nacht ausradieren, fast so, als wäre ich für eine Nacht nur in den Körper eines Fremden versunken, dessen Empfindungen ich nun am eigenen Leibe ertragen musste. Und so nun bin ich an jenem Punkt angelangt, von welchem ich bereits eingangs schrieb. Den Grund der größten Freude, nämlich, mein lieber Freund, lieferte mir Henry in der folgenden Nacht. Auch wenn ich zunächst geneigt war, mich darüber zu ärgern, dass ich ihn nicht bereits in der vorhergegangen Nacht aufgesucht hatte, machte er mir ein Geschenk, welches alle Hoffnung greifbar erscheinen lässt, so dass ihre wahre Kraft auf ein Neues in mir erblühte. Denn so folgte ich in der nächsten Nacht meinem eingestellten Rhythmus. Auch wenn mein Opfer auch in dieser Nacht nicht den Sinn erhielt, den ich ihnen eigentlich beimessen möchte, so folgte ich der Regelmäßigkeit meiner Wege, nahm bereits vor dem Bordell Abschied von Ninette und begab mich nach einigen wenigen gemeinsamen Schritten zurück ins Bordell, um Henry aufzusuchen. Du wirst dir denken können, dass die Neugierde in mir brannte, ob er Neues über Ninette zu berichten wusste, beziehungsweise, ob ihm etwas zu entlocken wäre. Oben im Bordell, auf Henrys Zimmer angekommen, begrüßte er mich etwas verhaltender, als ich es gewohnt war. Es überraschte mich, da ich schließlich davon ausgegangen war, auch er würde sich über Ninettes Rückkehr freuen. Es gibt keinen Zweifel daran, dass er sich freute, aber es gab auch Grund zur Beunruhigung und Traurigkeit. Mit Ninettes Auftreten nämlich wurde Henry selbst in seine Wirklichkeit zurückgeholt und, so klar wie mir mein Vorteil ihm gegenüber bereits länger bewusst war, nun auch war er ihm bewusst geworden. Ja, lieber Serge, denn solltest du nun mutmaßen, dass ich mir eine ehrliche Annäherung an Ninette ausmale, so lacht das Glück weit über mir und macht mir Mut, genau dieses glauben zu können. Nun stand mein Bild im Atelier, und so lag es nahe, dass Ninette dieses Bild auffallen musste. Doch nicht nur das, nein, denn wie mir Henry in dieser Nacht berichtete, hält sie mich, vor allen Dingen aber den Ausdruck meiner Augen, für außerordentlich interessant. Mein Gott, lieber Serge, kannst du dir nun vorstellen, warum ich dich bat, deine Vorfreude bis hierhin zurückzuhalten? Es ist mir, als hätte Gott mir in der weiten Steppe des vermeintlichen Paradieses, das in Wirklichkeit nichts weiter war, als öde trockene Landschaft, Eva geschenkt, mit deren Schicksal das meinige nunmehr auf sonderliche Weise verflochten ist. Ich bin, lieber Freund, ich habe ein Gesicht, ich habe eine Ausstrahlung und ich habe Ninettes Aufmerksamkeit gewonnen. Ein Geschenk, welches ich nur Henry selbst zu verdanken habe. Doch aber liegt seither ein neuer trüber Schatten über meinem Gewissen. Henry. Doch dazu aber, treuer Weggefährte, dazu aber möchte ich dir ausführlicher schreiben, als es die letzten

Minuten vor dem nahenden Sonnenuntergang zulassen.
So gehabe dich wohl, mein lieber Freund.

*

15. April

Mein lieber Freund,

du hast es dir denken können, dass ich auch heute nicht umhin
komme, dir erneut niederzuschreiben, wie sich mein Dasein
gestaltet, so wechselhaft es sich auch darstellt. Ich schrieb dir von
meinem Glück, von der Überwältigung meiner Phantasie durch
die Realität, von Ninette und jenem neuen Stern an meinem
Himmelszelt, der nun durch Ninettes Aufmerksamkeit, die sich
auf meine Person richtet, neu entstanden ist. Doch so schrieb ich
dir auch von jenem Schatten, den mein Glück über Henry und
somit auch über mein Gewissen entfaltet. Es fällt mir schwer,
mich wahrlich freuen zu können über meinen großen Triumph,
über die Tatsache, dass mir jener bislang so unerreichbare Engel
nunmehr seine Aufmerksamkeit schenkt, indem er Henry über
mich ausfragt, wer ich sei, was ich mache, warum Henry kaum
etwas über mich erzählte, wenn ich an Henry denke, der seit
dieser Nacht wahrlich der kleinwüchsige Maler aus dem Bordell
ist und eben nicht mehr jener großartige Künstler mit dem
Charisma, das ihn immer wieder als große Persönlichkeit hat
wirken lassen. So fühle ich mich nunmehr in seiner Schuld, fühle
mich schlecht ihm gegenüber, da schließlich ich der Grund für
seine Trauer und seinen Schmerz bin. Nein, nein, lieber Serge,
Henry hat nicht ein einziges Wort über sich und seine Gefühle
verloren, auch scheint er zu ahnen, wie sehr ich dieses Glück
genieße und darin aufgehe, weshalb es den Anschein hat, als
wolle er mir dieses nicht nehmen, und dennoch erkenne ich
ihn kaum wieder, so verhalten und bedacht ist er seither. Seine
Worte klingen farblos, seine Gestalt wirkt eingefallen, und in
der Tat verspüre ich den Seelenschmerz, den meine Freude, den
mein Glück bei ihm ausgelöst hat. So entfalte ich mich, erblühe
neu im Sein, strebe und hoffe den großen Dingen entgegen,
die scheinbar so greifbar vor mir liegen, während ich somit

gleichzeitig meinen Wegbereiter aussauge, ja, fast so, als sei er nun eines meiner Opfer, das zwar einen Sinn bekommt, aber nicht sterben darf. So sehr fühle ich die Qual in seinem Herzen, spüre, wie sehr sein Verlangen und seine Hoffnung gegen die Wahrheit ankämpfen, die ihn noch näher an den Erdboden rückt.

Ich selbst nun habe ihm verdeutlicht, dass es stets mehrere Wahrheiten gibt, sofern es um Gefühle geht. Hoffnung und die Bilder der Phantasie, die Illusion, all dies habe ich ihm geraubt. So fühle ich mich plump und selbstverliebt, doch weiß ich keinen anderen Weg für uns gemeinsam. So weiß ich doch, dass ich ohne Ninette verloren bin, ihr Gewinn aber bricht Henry das Herz, die Seele und die Muse. Ich bin auf dem Wege, Henry alles zu nehmen, lieber Freund, doch weiß ich keinen Rat, wie ich ihm helfen kann. Wie denn auch sollte ich ihn von Ninette befreien, wenn sie längst zu einem lebenswichtigen Teil seiner Kunst, nein, seines Lebens geworden ist? Wie, mein Freund? So sollte ich mich selber opfern? Was denn wohl bliebe zurück? Ein Scherbenhaufen. Es ist gleichgültig geworden, ob ich für ihn existiere oder nicht, da Henry mit einem neuen Bewusstsein leben muss, von dem ich hoffe, dass es ihn nicht gänzlich zerbrechen wird. Und so aber entspringt aus mir ein neuer Gedanke, ob nämlich das Paradies nicht selbst aus unserem Gefühl erwächst, ob es nicht dort verwurzelt ist. Wenn ja, lieber Serge, so habe ich es betreten, habe Henry verjagt. Vorausgesetzt es gibt nur ein Paradies, so ist es an mir, heute bereits auf Gott zu warten, der mich auf ein Neues verbannen wird. Die Schöpfungsgeschichte um Adam und Eva, Serge, so schließlich bekäme sie einen Sinn, der sich mit den Naturwissenschaften deckt, ohne sich in Widersprüchen zu verlieren. So aber auch wäre erklärbar, warum es nur eine große Liebe im Dasein gibt, ganz gleich wie lange man warten muss, um diese zu treffen. Ich nun habe Ninette getroffen, habe den Schritt ins Paradies gemacht, willenlos, einzig und allein getrieben durch meine Liebe. Nun aber stelle ich fest, einen Freund aus diesem verjagt zu haben. Es ist schwierig, da Glück offenbar nicht teilbar ist. Das allumfassende Glück ist das Paradies, und so wie man sich danach sehnt, so vernichtet man das Glück eines anderen. Wie schön doch wäre es, Henry wäre anonym, so gesichtslos wie ich es war, noch ehe er mich gemalt hat. Es scheint, als hätte ich mein Gesicht nur dem Umstand zu verdanken, dass Henry sich selbst aufgegeben hat. Doch vielleicht ist dies sein Los, lieber Serge. So schwer es auch für mich ist, ihn aus den Krallen der Liebe zu Ninette zu befreien, so unwahrscheinlich alleine dieser Gedanke ist, so sehr würde ich alles dafür tun. So sei es, dass Ninette ihn lieben würde, denn dann schließlich würde ich aus freien Stücken den ursprünglich von mir eingeschlagenen Weg weiterverfolgen. So lange ich dies aber ausschließen kann, so lange möchte ich um das Glück kämpfen. Henry und mir zuliebe, so egoistisch dies auch klingen mag. Henry ist ein Teil dessen, dem ich mich verantwortlich fühle, und eben ihm habe ich es auch zu verdanken, dass ich heute von Verantwortung sprechen darf, doch ebenso bin ich mir mein Glück schuldig. Wie oft doch habe ich die Zeit angeprangert, die mir so unendlich zu Füßen lag, doch nun aber stelle ich fest, dass auch ich in der Zeit gefangen bin. Sie ist alles andere als ein Spielzeug. Wie gerne doch würde ich Henry zwei gesunde Beine schenken, die, wie ich von ihm selbst erfuhr, als Kind den übelsten Brüchen zum Opfer gefallen sind. Oh ja, denn dies ist es schließlich, was seine Kleinwüchsigkeit heraufbeschwor. Die Vergangenheit bleibt auch mir verborgen. Und so erscheine ich mir heute selbst menschlicher als jemals zuvor.

*

21. April

Mein liebster Freund,

ob du wohl auf weitere zügige Zeilen von mir gehofft hast? So also will ich dich nicht im Unklaren lassen, welche Gedanken und Erlebnisse mich in den letzten Tagen beschäftigt haben. So schrieb ich dir von jenem geteilten Los, welches sich nicht teilen lässt. Lange haben mich die Gewissensbisse Henry gegenüber gequält, haben mich aus dem Tagschlaf gerissen, mich hochschrecken lassen, so dass ich nach zahlreichen gedanklichen Umwegen zu einer zumindest erholsamen Sachlichkeit gefunden habe. Meine Freude über Ninettes Aufmerksamkeit, so sehr ich sie auch heute noch ebenso stark genieße, hat mir Flügel verliehen, die mich Bilder haben sehen lassen, die noch gar nicht gemalt waren. Ja, ja, ich weiß und erinnere mich selbst an die Worte über die Phantasie als Wegbereiter, doch aber führten mich die Gedanken zurück auf den Boden und machten mir klar, dass ich Ninette noch nicht mein Eigen nennen kann. So ist dies außer Frage genau dies, was ich mir erhoffe, vor dem ich mich aber auch fürchte, da mich ihre direkte Bekanntschaft vor neue Probleme stellen wird. Wie denn, lieber Freund, wie denn sollte ich Ninette in ihrem Dasein als Mensch verständlich machen, dass sich unsere Wege im Fluss der Zeit zwangsläufig trennen müssen? Doch aber sind dies Gedanken, die ich zunächst beiseite schiebe, da sie nicht aktuell sind und lediglich die Projektion einer möglichen Zukunft darstellen. Also konzentriere ich mich auf die Gegenwart, konzentriere mich auf jenes wundervolle Gefühl um Ninettes Interesse an mir und auf Henry, dem ich dank einer nunmehr gewissen Zurückhaltung entgegen komme. Ja, Serge, denn diese Zeit der Ungewissheit, über eine vermeintliche Zukunft spekulieren zu können, diese Zeit möchte ich nutzen, um Henry behilflich zu sein, ohne aber von meinem Zwang, nach Ninette zu streben, abzuweichen. Also zeige ich mich seither in Henrys Gegenwart weniger freudig und vom Glück beseelt, als viel mehr sachlich und kühl. Beginnt Henry über Ninette zu sprechen, so bittet er mich beispielsweise um die Antwort auf ihre Frage, wie alt ich wohl sei, so überlege ich nunmehr kühl, wobei ich versucht bin, mehr über Ninette zu erfahren, gleichzeitig aber einen gewissen Abstand zu wahren. Ich lasse Henry über Ninette erzählen, ganz alleine ihn. Ich hingegen verhalte mich passiv. Auf diese Weise erfahre ich mehr und mehr über sie, auch wenn es bis heute überwiegend reine Schwärmerei war, gebe Henry jedoch das Gefühl, dass er über sich und Ninette erzählt. Der Kern seines Interesses ist diese Göttin der Perfektion von Anmut, Schönheit und Grazie, sie ist sein Dreh- und Angelpunkt in seinem heutigen Dasein, also beschäftigt sie ihn. Während Henry über Ninette erzählt, erzählt er über sich. Ich aber, ich aber lasse ihm seine Phantasie. Mag sein, dass es wie ein Spiel klingt, lieber Freund, ein Spiel dessen Leitung ich nunmehr an mich gerissen habe, dass ich lenke tief unter der Oberfläche, doch aber muss ich gestehen, dass es zahlreiche Faktoren gibt, die ich nicht beeinflussen kann. Das Leben und die Liebe besteht aus mehr als drei Personen mit eigenen Gefühlen. Auch wenn ich zwei Gefühle kenne, so wurde Ninette noch nie gefragt. Nein, sie ist mir immer noch fremd. Ebenso wie ihre Welt, die ich gerade eben erst betreten habe. Aber, so meine ich zumindest einen vorläufigen Weg gefunden zu haben, der uns allen gerecht werden kann. Ninette, mein göttlicher Funke, wie sehr doch stellst du uns alle auf die Probe?

Doch nun denn, lieber Freund, nunmehr bin ich selbst ein wenig beruhigt und finde so die Zeit, meine Gedanken und Gefühle, ja, auch meine Genüsse, auf Ninette zu konzentrieren. Mein Rhythmus hat mich wieder und somit die stets wiederkehrenden Gänge in der Nacht, wobei ich Mühe und Not habe, Ninette nicht vor dem Bordell anzusprechen, geschweige denn, ihr zu folgen. Aber ich beherrsche mich, unterdrücke mein primäres Bedürfnis und zögere ein mögliches Kennenlernen hinaus. Nun, da sie auf mich aufmerksam geworden ist, vielleicht doch erfüllt sich mein Wunsch, dass auch sie eines Tages nicht mehr von sich weisen kann, mich endlich kennenlernen zu müssen. Solange aber lenke ich meine Leidenschaft auf meine Opfer, die auch ihren Teil dazu beitragen, dass ich Henry etwas entspannter und souveräner entgegen treten kann. Fast schon erliege ich der Versuchung, meine Opfer auf ganz andere Weise zu verführen, immer mit dem Gesicht Ninettes auf ihren Hälsen, um nicht überzulaufen vor Neugier und Spannung auf das, was Henry mir von ihr erzählen wird. Henry hingegen scheint ebenfalls ein wenig entspannter, obgleich ich Schwierigkeiten habe, abzuschätzen, ob es an meinem moderaten Verhalten liegt, oder eher an seinem Alkoholkonsum, von dem ich glaube, dass er stetig zunimmt. Wie ich dir schon schrieb, Henry einen etwaigen Rauschzustand anzumerken fällt nicht gerade leicht. Dennoch sind die Unterhaltungen mit ihm wieder etwas frischer geworden. Während wir dasitzen, umringt von der Pracht und Herrlichkeit von Ninettes Erscheinung, die Henry seinen Fingern und seinem scharfen aber feinfühligen Blick, seiner nahezu perfekten Beobachtungsgabe entlockt hat - man möchte meinen, er schafft es mühelos, all seine Bewunderung und Vergötterung für Ninette über die Augen auf die Finger und letzten Endes auf die Leinwand zu übertragen - erzählen wir. Henry berichtete mir erneut mehrfach, dass Ninette der Meinung ist, ich hätte einen interessanten Blick. Auch erkundigte sie sich bereits nach meinem Namen, nach meinem Beruf, nach meinen Gründen, warum ich Henry aufsuche. Henry hingegen bleibt aufrichtig. Auch wenn ich glaube, dass es ihn quälen muss, ihr all die Fragen über einen fremden Mann zu beantworten, so bleibt er meiner Bitte treu, mich nicht als „gesellschaftlich anerkannte und bekannte Persönlichkeit" zu entlarven. Auch scheint er mich in Ninettes Augen schlecht machen zu wollen oder es gar zu machen, nein, denn sonst wohl wäre ich nicht Nacht für Nacht willkommen. Mir scheint es, als wäre dies im Moment nur ein weiteres Opfer, welches Henry erbringt, um Ninette so nahe bleiben zu können. Alles andere wäre möglicherweise ein Schritt nach vorne, oder eben ein Schritt zurück. Beides aber könnte unüberschaubare Maße annehmen, die zu einem Verlust Ninettes für ihn führen könnten. Auch ich kann und darf mich dieser Gefahr nicht aussetzen. Ich brauche die Nächte mit Henry, ja, ich brauche ihn, wenngleich es scheint, als wäre ich nichts weiter als ein Freibeuter, ein Abenteurer. Doch aber brauche ich ihn auf zweifache Art und Weise. Er ist die Naht zum Sinn meines Seins, und er ist die Quelle, aus der ich schöpfen kann, so lange ich gerade erst noch damit beginne, Ninettes Reich zu erkunden.

Doch wieder wird es Zeit, lieber Freund. Mag die Nacht mich erfüllen mit weiteren Wonnen und Wellen des Glückes und dich behüten, mein teurer Serge.

*

27. April

Mein liebster Serge,

die Leidenschaft hat mich übermannt. Ninettes Neugierde, die sie in Henrys Atelier nun Nacht für Nacht wie eine Lanze gegen einen vermeintlichen Drachen richtet, macht mir zusehends zu schaffen. Und nicht nur mir, nein, denn auch Henry erliegt ihrem Interesse, welches sie nun unmissverständlich meiner

Person entgegenbringt. All meine guten Vorsätze, Henry von jenen körperlosen Liebkosungen - ja, denn genau so empfinde ich Ninettes Interesse und mein innigstes Verlangen - zu verschonen, scheinen zum Scheitern verurteilt. So sehr mich das Glück durchströmt, so sehr auch muss ich mit ansehen, wie Henry sich quält. Ein Umstand, der mich daran hindern mag, aufzublühen, mich in Ninettes Aufmerksamkeit zu laben. Mein Gott, lieber Serge, mir scheint, als sei ich meinem Ziel so nahe, als sei ich ein Teil ihrer Welt geworden, als sei all dies bereits in Erfüllung gegangen, was ich mir so tief aus meinem leblosen Herzen heraus gewünscht habe, doch mag ich mich nicht getrauen, diese Lawine der Freude über mich hereinbrechen zu lassen. Henry quält sich, doch bin ich machtlos, ihn von seinem Schmerz zu erlösen, zu befreien, ohne mich selbst zu richten. Ninette alleine ist der Richter über unser Schicksal, Ninette ganz alleine. Sie trägt den Schild der Zukunft in ihrer Hand, ebenso das Schwert der Gegenwart, welches nunmehr richtet, was gerichtet werden muss. Nun schon weiß ich selbst nicht mehr, wer hier der Spielleiter ist, lieber Freund. Ich? Ninette, lieber Serge, Ninette. Schon scheint es mir, als hätte ich mich auf Ninette eingelassen, nicht sie auf mich, schon spüre ich, dass ich nichts weiter bin als eine Marionette, deren Seile einzig und alleine in Ninettes Händen liegen. Und ebenso jene Strippen, an denen Henry hängt, der neben mir taumelt, während ich zu tanzen beginne. Es ist mehr als seltsam, lieber Freund, doch welche wundersame Wirkung nun hat jenes Portrait meiner Person in Ninette ausgelöst? Wenn ich Henry Glauben schenken darf, was ich uneingeschränkt mache, so ist Ninette geneigt, mich zu einem Teil ihrer selbst zu machen. Henry nun erzählte mir von Ninette, erzählte mir von ihrem Leben und ihren Gründen, warum sie Nacht für Nacht bei ihm auftaucht. Vielleicht liegt auch hier die Erklärung dafür, dass Ninette ein gesteigertes Interesse an mir zeigt, da ihre Welt kleiner und bescheidener ist, als ich zunächst dachte. Nun doch möchte ich dir von Ninette erzählen, die ihr Leben in einem Versteck fristet, welches sich außer Frage in die Schicksale Henrys und mir einreihen lässt. Ja, lieber Serge, vielleicht führen gemeinsame Schicksale zusammen, gemeinsame Leiden, die in den Nuancen zwar sehr unterschiedlich erscheinen, im Kern jedoch dieselbe

Wirkung zeigen. Auch wenn ich Henry nie direkt auf Ninette angesprochen habe, so beginnt er mit jeder weiteren Frage ihrerseits zu meiner Person, mehr und mehr über sie zu erzählen. Wie ein Damm, der langsam aber sicher überläuft, wie eine Quelle, die zunächst nur verhalten brodelte, nunmehr aber ihre wahre Kraft entfaltet. Du weißt, dass ich nie Wert darauf gelegt habe, welche Motive Ninette hier in dieses Bordell treiben, warum sie sich so herrlich von Henry auf Leinwand verewigen lässt, doch gestehe ich mir auch ein, ein wenig beruhigt zu sein, nun da ich weiß, dass Ninette sich selbst nicht verkauft. Wie Henry mir berichtete, kam Ninette eines Tages aus Lyon nach Paris. Es war ein weiterer Zufall, dass sie sich beide eines Tages in einem kleinen Café im Montmartre trafen und miteinander ins Gespräch kamen. Ninette muss sehr unglücklich ausgesehen haben. So wohl wechselte ein Wort das nächste, bis sich herauskristallisierte, dass Ninette, gerade achtzehn Jahre alt, von zu Hause, dass offenbar gut situiert und sehr vermögend ist, ausgerissen war. Hintergrund ist wohl jener, dass ihr Vater sie bereits als fünfzehnjähriges Mädchen einem spanischen Kaufmann versprochen hatte. Vielleicht wäre dies alleine halb so schlimm gewesen, hätte jener spanische Kaufmann nicht bereits vor einer Vermählung von seinem Recht als Ehemann Gebrauch machen wollen. Während Ninette zunächst bei einer Freundin, einer gewissen Yvette Guilbert, unterkam, folgte sie ihr später nach Paris, als diese dort ein Angebot als Tänzerin bekam. Dies nun ist bereits drei Jahre her. Yvette selbst arbeitet seither als *Tänzerin* in jenem uns so vertrauten Lokal, dass Nacht für Nacht die kühnsten Träume wahr werden lässt, zumindest scheint es mir so, und so nun kam auch Henry mit jenem Bordell und Tanzlokal in Kontakt. Von vornherein magisch angezogen von Ninette, verschmolz ihr gemeinsames weiteres Leben auf sonderbare Weise. Ninette selbst hatte kein Auskommen, wollte zunächst selbst als Tänzerin anheuern, was Henry, der wohl schlimmere Tätigkeiten, vielleicht als Dirne befürchtete, verhindern wollte. So nahm er sie beiseite, wurde ihr Ziehvater und Beschützer und fand schnell einen Weg, seine Kunst auf dieses Lokal, welches ihm selbst nicht unbekannt war, zu konzentrieren, was auch dankbar angenommen wurde. Henry selbst hatte bereits vorher einige Male die Gelegenheit gehabt, dieses Bordell aufzusuchen. So war es die Gouloue, die er bereits von früher kannte, die ihm ohne große Mühe den Weg ebnen konnte. La Gouloue, ich schrieb es schon, war früher die erfolgreichste Tänzerin hier in Paris und Henry hatte sie bereits des Öfteren porträtiert. Sonderbar, da Henry mir beichtete, nie jemandem etwas von seinem wahren Beweggrund gesagt zu haben, weshalb er in das Bordell zog. Während Ninette die ersten Jahre bei Yvette wohnte, schlug Henry seine Zelte im Bordell auf, was er nach außen immer damit begründete, dass er hier mitten im Leben stünde. Wie er sagte, wollte er hier „die Puppen tanzen" lassen. Mittlerweile hat Ninette ihre eigene Wohnung, Henry lebt im Bordell und ist ein fester Bestandteil von diesem geworden. Ebenso aber auch Ninettes Arbeitgeber. Denn immer noch lebt sie von seinen Bildern, die er so erfolgreich und anmutig im Namen des Lokals in die Öffentlichkeit bringt und diese triste graue Welt so himmlisch verzaubert und versüßt. Du siehst, lieber Freund, Henry, Ninette und auch ich teilen uns das Los, sich auf irgendeine Art und Weise verstecken zu müssen. Henry, der sich im Bordell und hinter seiner Ausrede versteckt, was ihn hier hinein getrieben hat, der sich hier aber auch vor der Öffentlichkeit versteckt, da er nun mal äußerst sensibel ist, Ninette, die sich hier in einer Zwischenwelt aufhält, um ihrem vom Vater vorbestimmten Weg zu entgehen und ich vor dem Morgenrot und der Gewissheit, dass Leben und Glück, dass jede wundervolle Komposition irgendwann einmal ein Ende findet. Zudem verstecke ich mich vor Ninette. Frage mich nicht mehr, wovor ich mich eigentlich fürchte. Je vertrauter sie mir wird, desto größer wird meine Spannung, meine Furcht, meine Erwartung, die sich in Zeilen wie eine stille Ahnung liest, die jedoch nur aus einem Druck entspringt, den ich mir selber erschaffe. Ich bin soweit vorgedrungen, lieber Freund, so weit vor, dass meine Wünsche und Träume, dass sich das Elixier, welches mich am Dasein hält, zu einer Bedrohung für mich wird. Wie nahe schon war ich dem Sonnenlicht, wie nahe schon vor der Erlösung? Dann aber tauchte jener Engel auf, der mich abhielt vor dem letzten Schritt und dem letzten Blick, der mir noch einmal die Freude und das Glück des Tages bescheren sollte. Ja, sie war meine Rettung, nun ist sie mein Inhalt. Was aber, wenn meine Träume zerplatzen wie der geliebte Luftballon eines kleinen Jungen? Dies ist es, was ich befürchte, lieber Freund. Das Ende wird stets mit dem Anfang eingeläutet und oft doch kann man den Eindruck bekommen, die Phantasie selbst ist der größte Erfinder, den die Natur hervorgebracht hat. Illusionen und Bilder brauen sich zusammen, eine Art Lebensgefühl erwacht, dem das Dasein als Solches jedoch niemals gerecht werden kann.

So schaue dir doch diesen stählernen Turm an, der hier Tag für Tag wächst, dessen Schatten Stunde für Stunde länger werden. Wie groß doch muss er im Geiste seines Erfinders gewesen sein? Ist dir jemals aufgefallen, lieber Serge, dass die Schatten im wärmsten Licht immer größer sind, als diejenigen Dinge, denen sie entspringen? Ist das gar ein Omen? Ein Zeichen, dass die Menschheit nur nie zu deuten wusste? Aber natürlich, was schon ist das wärmste Licht? So gibt es auch jene Momente, an denen die Schatten kleiner sind, aber sie sind. Die Schatten, mein Freund, werden sein, so wie sie immer waren. Und wieder bin ich bei dem Gedanken, dass alles was ist, auch Schatten wirft. So oder so. Ebenso jener Turm. Welche Bilder sind seiner Erschaffung nur voran gelaufen? Wie groß und erhaben hat er vor dem inneren Auge seines Erschaffers gewirkt? Sah er wirklich so aus, wie er sich dort nun langsam aber sicher immer weiter gen Himmel reckt und hat jener großartige Architekt, der mit diesem Bauwerk sicherlich etwas Einzigartiges schaffen wird, an die Schatten gedacht, die von diesem Stahlkoloss ausgehen werden? So ergeht es mir, lieber Serge, mein Traum beginnt sich zu formieren, ja, er nimmt sogar kühnere Wege, als ich mir jemals zuvor selbst erhofft hatte, und doch ist das Gefühl, welches ich, noch ehe dieser Traum auch in greifbare Nähe gerutscht war, hatte, ein anderes. Auch ich habe die Schatten nicht bedacht. Wo war Henry in meiner Phantasie? Wo war meine Furcht vor Ninette, vor einer Ablehnung? Wie stark war ich doch in meiner selbst und wie schwach nun bin ich? Den Schatten ausgesetzt. Die Phantasie gleicht der Sprache, obgleich sie deutlich weiter führen kann als diese. Doch aber auch sie ist begrenzt. Sie spielt eine Melodie, für welche die Wirklichkeit oftmals keine Instrumente bereit hält. So läuft alles auf den Kompromiss hinaus, auf das Ausregeln der Schatten, auf die Regulierung des Lichts. Ein Umstand, der doch oft nur allzu gerne in Selbsttäuschung ausartet. Doch aber nein, lieber

Freund, es ist nicht so, dass ich mein derzeitiges Los verurteile. Im Gegenteil. Die Dinge entwickeln sich und ich entwickle mich mit ihnen, was ich wohl nicht bedacht habe.

Die Phantasie ist ein Wegbereiter, aber sie ist nicht in der Lage, die Gegenwart gänzlich auszuschließen. Die Gegenwart ist unumgänglich und immer ein Resultat aus dem was war und dem was werden soll. Sei es auf Geheiß der Phantasie, der Vorstellungskraft, des Zufalles oder den Entwicklungen, die aus zahlreichen anderen Dingen resultieren können. Am Ende wohl doch eine Verquickung von alledem. Auch Henry macht sich die Phantasie zunutze, und ebenso Ninette. So kann nicht beurteilt werden, ob die Phantasie andere oder falsche Wege eingeschlagen hat, nein, denn die Situation, in welcher wir uns heute befinden, ist ein Resultat aus allen Wegen die gegangen wurden. Ganz gleich von wem. So aber findet sich die Erklärung für Umstände, die wir nicht bedacht haben, für Maßstäbe, die es gestern noch nicht gab und für die Tatsache, dass Henry und ich uns heute in der Situation wiederfinden, die ein gemeinsames Glück nahezu ausschließt. Und was ist mit Ninette? Hat sie es geahnt? Gehofft? Oder lebt sie einzig und allein in der Gegenwart? Wie dem auch sei, ich bin ihr verfallen und ich muss meinen Weg weiterverfolgen. Ich bin so nahe an ihr, lieber Serge, so nahe an ihr. Und ich sollte nicht vergessen, dass auch die Phantasie sich fortbewegt, solange ich es zulasse. So also will ich noch einmal auf meine Worte der Kosmetik zurückkommen. Nicht alles, was uns als Kosmetik erscheint, muss auch Kosmetik sein. Ich selbst bin gezwungen, mich zu korrigieren. Der Umgang mit der Gegenwart und die Anpassung der Phantasie an diese neue Wirklichkeit, die sich doch Sekunde für Sekunde verändert und zu einer neuen wird, spornt an, sich diesen neuen Umständen auch zu stellen. Auch jener Stahlkoloss wird altern, sich in Zeiten wiederfinden, die eine Veränderung erfordern. Was wir jedoch nicht außer Frage stellen dürfen, ist die Tatsache, dass er altern wird. Aus eigener Kraft heraus wird es ihm nicht möglich sein, auf ewig zu existieren. Er beginnt bereits jetzt zu altern. Der Anfang von etwas Neuem ist auch gleichzeitig der Beginn seiner Vergänglichkeit. Ein Mensch der geboren wird, hat stets den Tod als Paten. Diesem selbst bin ich entsprungen. Das Opfer, welches ich dafür in Kauf nehmen musste allerdings, dies war und ist die Zeit. Ja, die Zeit und der Tod müssen wahrlich einem Stamm entspringen. Vielleicht gar sind es Geschwister.

Doch aber zurück zu meiner Leidenschaft, die mich langsam übermannt. Ninette, mein lieber Wegbegleiter, Ninette, sie ist so tief in mir. Stets verfolgt mich ihr Blick, ihre zarte weiche Haut, ihr Gang und die Eleganz ihrer Bewegungen. Wenngleich ich anfangs kaum in der Lage war, sie aus meinen Gedanken zu verdrängen, so nimmt sie mittlerweile nicht nur meine Empfindungen in Anspruch, nein, auch meine Sinne. Stülpte ich meinen nächtlichen Opfern bislang in Gedanken eine Maske Ninettes über die Häupter, so sehe ich sie heute klar und deutlich vor mir stehen. Ninette ist allgegenwärtig. Ihr Wesen treibt wie eine Art Tarnkappe stets über mir, die imstande ist, sich über alles zu werfen, was ich tief im Inneren als Ninette erkennen möchte. Eine Tarnkappe, die nicht verhüllt und versteckt, sondern mich das sehen lässt, was ich sehen möchte. Ja, lieber Freund, die Leidenschaft hat mich übermannt. Meine Opfer sterben nunmehr auf die zärtlichste Weise, auf die ein Mensch sterben kann. In den Wogen und im Feuer der Liebe. Sie spüren nicht, wie ihr Leben sich mit jedem kurzen flachen Atemzug, der ihren Lippen entweicht, von ihrem Körper trennt. Nein, vielmehr verbindet es sich mit dem Hauch und dem Duft der Ewigkeit, bis es mit den letzten lusterfüllten Seufzern aufsteigt in das Universum.

Doch nun aber schon wird es auf ein Neues dunkel, lieber Serge. Die Nacht schreit und verlangt nach mir. Du wirst lesen, wie es mir ergangen ist.

*

04. Mai

Mein lieber treuer Freund,

wie gelähmt fühle ich mich angesichts des Schmerzes, den ich Henry zusehends bereite. In den letzten zwei Nächten nun habe ich erstmals verspürt, gesehen und bemerkt, dass er mittlerweile immer öfter zur Flasche greift. Sein Blick ist fahl, seine Ausdrucksweise sonderbar behangen mit einem Schleier unerkennbarer Worte. Seine Pinsel liegen wüst verteilt im Atelier herum und selbst die gute alte La Gouloue sprach mich gestern Nacht, noch ehe ich die Treppen hoch in die erste Etage genommen hatte, auf Henry an. Ich hatte mich bereits gewundert, da es für sie ungewöhnlich ist, mich anstatt, wie sonst üblich, nur mit einem kurzen Handwink zu begrüßen, zu sich herüber zu winken und zu fragen, was nur mit Monsieur Kaffeekännchen los sei. Auf meine Frage, was denn überhaupt mit ihm los sei, berichtete sie mir, dass er seit zwei Tagen kaum mehr etwas zu Essen zu sich nimmt und, anstatt sich am Tage von seinen langen kreativen Nächten zu erholen, sich tagsüber auf sonderbare Art und Weise mit den Dirnen hier im Hause vergnügt. Dies allerdings auf eine Art, die selbst den Dirnen, die sicherlich Einiges gewohnt sind, zuwider ist. In diesem Zusammenhang erfuhr ich nach so langer Zeit nun endlich auch, was es mit seinem Spitznamen „Kaffeekännchen" auf sich hat. Natürlich hatte ich selbst bereits nach Erklärungen gesucht, hielt es jedoch schließlich für wahrscheinlich, dass man ihm diesen Namen aufgrund seiner kleinen Erscheinung oder aber aufgrund seiner strebsamen und auch kraftvollen Aktivitäten angedichtet hatte. Nun aber erfuhr ich, dass es einen ganz anderen Hintergrund hat. Denn im Gegensatz zu seiner körperlichen Größe und seiner doch eher zerbrechlichen Gestalt scheint er über eine ungewöhnlich hohe Potenz zu verfügen, die er nunmehr äußerst exzessiv auszuleben scheint. Es hat mich zunächst nicht unbedingt verwundert, dass auch Henry gewissen Trieben nachgeht, doch die Tatsache, dass ich über seine Liebe und seine Leidenschaft zu Ninette weiß, lässt mich erstaunen, dass er offenbar versucht, denselben Mangel, den auch ich verspüre, mit anderen Damen zu kompensieren. Ja, denn genau so erscheint mir sein Verhalten. Je weiter sich Ninette von ihm entfernt und auf mich zugeht, umso mehr verstrickt er sich in Befriedigungen, die ihm zumindest doch teilweise die Illusion lassen, Ninette in seinen Armen zu halten. Spürt er jedoch, dass es nicht Ninette ist, so wird er laut, ja, mein Freund und sogar aggressiv zu den Damen. So sehr, dass sich kaum mehr eine Dame findet, die bereit ist, sich mit ihm einzulassen. Es ist die Verantwortung, die ich mir ihm gegenüber aufgebürdet habe, die mich nicht erfreuen lässt an den Entwicklungen, die sich nunmehr in

Hinsicht auf Ninette ergeben. Zumal ich mittlerweile kaum mehr etwas über sie erfahre. Zu gerne doch würde ich wissen, welche Umstände dazu geführt haben, Henry auf so sonderbare Weise zu verändern. Doch aber was heißt schon Veränderung? Nein, es ist ja nicht einmal eine Veränderung. Alles was Henry macht, ist, sich zumindest für eine Zeit lang, seinen Bedürfnissen zu ergeben. Ebenso wie ich, wenn ich nachts, bevor ich mich hier ins Bordell begebe, Ninette verführe, und eben erst im Nachhinein die Tarnkappe lüfte. Ich aber darf mich wenigstens im Genuss laben, Ninettes Aufmerksamkeit für mich gewonnen zu haben. Das Letzte doch, was ich von Henry über Ninette erfuhr, war, dass sie mich zu gerne kennenlernen würde. Mein Gott, lieber Serge, wie sich die Dinge manchmal wandeln. Hätte ich doch noch vor wenigen Wochen bei Worten dieser Art himmlische Posaunen über mir lachen hören können, so legt sich heute sein Schicksal über meine Freude, wie eine alte aufgeweichte Zeitung auf dem nassen Körper eines durchgefrorenen Clochards, wie man sie nur allzu oft unter den Seine-Brücken findet. All der Glanz und die Pracht ihrer Worte, so sehr sie mich erfreuen, sie vernichten Henry. Nach meinem gestrigen Aufenthalt bei ihm erwachte in mir erstmals der Gedanke, ihn erlösen zu müssen von seinem Schmerz, welcher wie ein Dorn zuerst seinen Körper durchbohrt, immer und immer wieder, um schließlich auch mich zu treffen. All die Wunder, die von Ninette ausgehen, all der Zauber, den sie in die Welt trägt, hier fordern diese ihren Tribut. Vielleicht ist ja nicht einmal Zufall, dass die beiden Worte Wunder und Wunden sich nur durch einen einzigen Buchstaben unterscheiden. Leistung und Gegenleistung, so makaber es klingt. Ob sie sich darüber bewusst ist, lieber Freund? Doch was, wenn ja? Sollte ich sie davon abbringen und mich selbst dem Glücke fernhalten? Ebenso wüst wie Henrys Verhalten sich derzeit darstellt, ebenso wüst erkenne ich die Unregelmäßigkeit in seinen Strichen und Skizzen, die er in den letzten Nächten auf die Leinwand gebracht hat. Ja, lieber Freund, in der Tat, würde mich heute jemand fragen, wer von uns der eigentliche Vampir ist, ich müsste unweigerlich mit dem Finger auf Ninette zeigen. Wie schrecklich es für mich ist, diese Zeilen hier niederzuschreiben und eben genau das Wesen anzuprangern, welches für mich doch den Nabel zum Glück darstellt. Sie ist mein Himmel, Serge, nun aber erkenne ich, dass ihre Kehrseite für Henry die Hölle sein muss. Die Schatten meines Glückes, das einzige wahre Paradies, die Melodie und Komposition des Daseins. Fressen und gefressen werden, lieber Freund? Ninette ist eine Droge, die Henry und ich mehr und mehr konsumiert haben, die unsere Sinne lähmt, unseren Willen auslöscht und unberechenbar macht. Henry selbst aber hält mich gleichsam auch von dem Schrecklichsten zurück. Denn auch ich erlag der Gefahr, meine Opfer in mein Versteck tief hier unten in die Katakomben zu entführen, um mich an ihnen zu laben. Henry aber öffnet mir die Augen, lässt meinen Verstand zumindest noch so weit regieren, dass ich ablasse von der Auslebung meiner Gelüste. Er ist es, der mich am Boden hält, ja, scheinbar so, als hätte ich ihm meinen Kummer und Schmerz vererbt, der sich offenbar ebenso wenig teilen lässt, wie das Paradies als solches.

Doch aber nein, schon sehe ich den Widerspruch. Das Glück lässt sich nicht teilen. Dies ist etwas Himmlisches, eine Erscheinung die uns von Angesicht zu Angesicht entgegen lacht, der Schmerz aber hat mehrere Seiten. Es spielt keine Rolle, ob wir das Glück von hinten sehen oder von der Seite. Henry nun sieht es von hinten, ich aber stehe daneben. Ninette gehört mir, aber auch nicht. Nun, da Henrys Glück auch mir am Herzen liegt, bin ich zerrissen. Es klingt albern, wenn ich schreibe, dass Henry wenigstens weiß, woran er ist. Wollen wir hoffen, seine Phantasie lässt ihn Wege beschreiten, die ihn morgen über das Heute lachen lassen. Denn erst mit dieser Gewissheit könnte ich Ninettes wahres Gesicht, das Glück, welches wie Feuer ihren lieblichen Augen entspringt, in vollem Maße genießen. Wer weiß? Vielleicht obliegt es mir ja nicht einmal, den spanischen Kaufmann anzuklagen, der sich an Ninette versuchte. Sollte auch er ihrem Zauber erlegen sein? Wenn ja, lieber Freund, so würde es mich nicht einmal mehr wundern. Ich könnte es nicht gutheißen, aber ich darf es auch nicht anklagen. Dann nämlich wäre für mich ganz außer Frage, dass es eine andere Variante von Vampirismus gibt. So auch bekommen eben jene Gedanken einen tieferen Sinn, die ich seinerzeit über die Ewigkeit niedergeschrieben habe. Lieber, teurer Freund, sie schenkt uns die Ewigkeit, sie alleine lässt uns unsterblich werden, doch aber verlangt sie auch Opfer: Verstand und Willen. Das sind die Preise für die Unsterblichkeit. Das Gefühl ist nicht hinterfragbar, es nimmt Besitz von unseren Seelen, wenngleich es imstande ist, die Fesseln der Zeit, zumindest der Zukunft, zu sprengen.

.

21. Juni

Mein lieber Serge,

ich stehe neben der Zeit. Der längste Tag des Jahres ist nunmehr angebrochen - oder besser, ist im Begriff, in der Nacht zu versinken. In der kürzesten Nacht des Jahres. Ob ich dir wohl Neuigkeiten übermitteln kann? Ich kann, wenngleich mich eine andere Frage quält, deren Beantwortung mich zu einem Zeitpunkt zurückführt, welcher mich auf direkten Wege zu Ninette geführt hat. Ich lebe nicht, lieber Serge. Und dieses wohl ist mein Schicksal. Nacht für Nacht eile ich meinen Träumen hinterher, versuche sie zu erhaschen, versuche Ninette wieder und wieder ein Stückchen näher zu kommen, ohne aber mich von Henry zu entfernen, der so leidet, so vergeht und alleine durch das Leben selbst bereits so eingeschränkt und benachteiligt ist. Und dies trotz seiner genialen Ausdruckskraft. Ja, ich mische mich ein, lieber Freund, ich beteilige mich am Leben, am Sein, ich wirke, säe und hoffe so unendlich, entsprechende Ernte einfahren zu können. Doch aber was mache ich nur, Serge? Bringe ich denn in Wirklichkeit nicht nur Unglück? Sowohl über Ninette als auch über Henry? Schaue sie dir an, die Menschen, sie entwickeln sich, erobern mit jeder Sekunde, die verstreicht neue Fortschritte. Doch was mache ich? Ich verharre. Gleicht doch das Leben einer dieser Wunder des Fortschritts, der Dampflokomotive. Stark, unaufhaltsam, mit Getöse und immer dem Weg nach vorne folgend. Ganz gleich auch, wer die Schienen gelegt haben mag, Gott, der Zufall oder das Schicksal. Die Lokomotive fährt, immer weiter vorwärts. Und sie zieht das Leben nach sich, Waggons voller Leben, voller Seelen, die ebenfalls alle im gleichen Tempo nach vorne streben, der Zeit folgen, ganz gleich wohin es sie zieht. Ich aber nun, ich versuche auf diesen Zug aufzuspringen,

Teil zu sein, von etwas, was ich niemals sein kann. Ich lebe nicht, Serge. Vielmehr stehe oder gleite ich neben dem Zuge, halte mich fest an rostigen Metallrinnen, versuche mich in eines der Fenster zu hangeln um hineinzusteigen. Doch ganz gleich was ich auch anstelle und versuche, ganz gleich wie ich es versuche, dieser Zug ist nicht mein Zug, so dass nichts weiter bleibt als klamme und verlorene Geräusche, welche ich verursache. Vielleicht gelingt es mir, zumindest für den Bruchteil einer Sekunde den Zug zum Wackeln zu bringen. Doch aber dann? Die Menschen sind so unterschiedlich. Und doch so gleich. Während sich die einen fürchten, empfinden die anderen das plötzliche Einwirken von außerhalb ihres Lebenszuges als Abenteuer, als Spaß oder als Rätsel, welches wiederum Forscher auf den Plan ruft. So doch ergeht es mir mit Ninette und Henry. Beide sitzen im gleichen Zug, beide schreiten mit gleichem Tempo der Zukunft entgegen, beide auch erwartet irgendwann am Ende ihrer Zeit der Tod, und damit ein Rückblick auf ihr Leben. Sie gehören zusammen, Serge, verstehst du das? Es schmerzt in meiner Brust, diese Gedanken so offen und frei zu formulieren. Es schmerzt, auch wenn es unbewiesene Gewissheit ist, dass ich nicht zum Leben gehöre. Denn ich lebe nicht. Aber dennoch kann ich nicht ablassen. Ich zwinge mich zum Schlaf, denn auch dieser lässt mich in seiner sonst doch so ehrwürdigen Genügsamkeit im Stich. Ich zwinge mich, Nahrung aufzunehmen, wenngleich ich weiß, dass ich niemals satt sein werde. Nicht solange in mir jene Träume schlummern, Ninette eines Tages doch noch für mich zu gewinnen. Ich ahne deine Gedanken, liebster Serge. Ich ahne nur zu gut, welche Zweifel dich im Hinblick auf mein kümmerliches Dasein beschleichen und in Deinen Adern zum Hirne kriechen. Denn sicherlich ist es außer Frage, dass du glauben musst, ich hätte doch allen Grund, an meine Träume zu glauben. Oh ja. Sicherlich hast du Recht. So viel habe ich gewonnen, so viel, und einzig und allein durch Ninettes Aufmerksamkeit, welche sie mir so feinfühlig entgegenbringt, ohne mich zu kennen. Aber doch so scheinen die Beziehungen der Lebenden auf ihre Weise doch immer einer Waage zu gleichen. Einer Waage, die gefüllt ist mit Liebe und Zuneigung, mit Aufmerksamkeit, Interesse und Freude an einem anderen Menschen. Die Waagschalen gefüllt mit Gefühl. Mit einer unbestimmten Menge an Gefühl, dessen

Volumen oder Masse sich jedoch niemals ändern. Eine Art Naturgesetz. Die Menschen nehmen und geben einander, doch alles bleibt im Gleichgewicht. Ich hingegen stehe außen vor. Unachtsam, von Eitelkeit und wohl auch von Egoismus getrieben, begehre ich plötzlich. Ich spüre ein Verlangen und merke, wie die Begierde mich übermannt, gleich einer Schlange, wie sie es wohl auch eine gewesen sein muss, welche Eva verführt haben soll. Blind vor Begierde - oder erblindet vom hellsten Schein, den ein Wesen wie ich es sich vorstellen kann, nun verlange auch ich. Der Griff in die Waagschalen. Doch was geschieht? Das Leben, das Sein, eben jenes Naturgesetz einer gleichbleibenden Größe an Emotionen gerät ins Ungleichgewicht.

Mochte ich bislang noch glauben wollen, meine eigenen Gefühle auf Ninettes Waagschale zu legen, so erkenne ich nun klar und deutlich, dass mir dieses gar nicht möglich ist. Die Fenster der Waggons jener Lokomotive der Zeit sind verschlossen. Alles, was ich zu geben habe, versickert im Nichts. Nicht einmal in der Zeit. Ohne Wirkung keine Erinnerung, lieber Freund. So ist es offenbar mit allem. Alles, was ich bewirke, sind Turbulenzen. Und alles, was ich Ninette zu geben glaubte, nahm ich Henry. Das Leben ist im Ungleichgewicht. Makaber nur, dass ausgerechnet die Menschen nicht die geringste Ahnung haben, woran dies liegt. Sicherlich mögen Ninette und Henry spüren, dass ich eine Veränderung bewirkt habe, doch aber bin ich mir sicher, dass beide spüren, dass die größte Veränderung in ihrem Verhältnis zueinander stattgefunden hat. Henry wird möglicherweise ahnen, dass ich der Auslöser bin. Er wird sich beruhigen, nein, er wird mich beruhigen, wird auf mich einreden, dass Liebe nicht erzwungen werden kann. Mich wird er über seine Erkenntnis definieren, sein Unglück jedoch auf Ninette zurückführen. Ich weiß nicht, ob die beiden jemals zueinander gefunden hätten, wäre ich nicht aufgetaucht. Was ich aber weiß, und das ganz sicher, ist, dass sich ihre gegenseitige Betrachtung, ihre Blickwinkel geändert haben. Ich alleine habe Henry die Träume genommen. Und ohne Traum gibt es nun mal keine Traumerfüllung. Wie ich schon schrieb. Ohne Wirkung keine Erinnerung. So lasse die Erfüllung menschlicher Träume die Erinnerung sein. Nicht Ninette hat sich geändert, nicht Henry hat sich geändert. Im Grunde waren sie ausgeglichen.

Doch ich habe mich bemächtigt, habe in die Waagschale gelangt, ohne selbst in der Lage gewesen zu sein, etwas hineinzugeben. Und warum ich dir das alles niederschreibe, lieber Serge? Henry ist zusammengebrochen. Die wenigen Worte, welche ich in jener Nacht, als ich über seinen Zusammenbruch erfuhr, mit der Gouloue wechseln konnte, gaben keinen Aufschluss über die Ernsthaftigkeit. Auch weiß ich nicht, ob es ein Zusammenbruch aufgrund seiner Vorliebe für Wein war. Henry jedenfalls hat Paris verlassen müssen. Irgendwo auf das Land. Nicht einmal die Gouloue konnte mir sagen, wohin. Geschweige denn, wie lange er dort bleiben wird. Und ob er jemals wieder kommen wird. Meine Gedanken kreisen um ihn - um ihn, den ich aus dem Gleichgewicht gebracht habe, dem ich die Träume gestohlen habe. Ich bin ihm zu Nahe getreten und habe seine Zeit in ein Tal der Dunkelheit und innerer Verwüstung verwandelt. Aber natürlich bin ich auch bei Ninette, welche ich seither ebenfalls nicht wiedergesehen habe. Es verwundert mich, wo sie doch die Nächte einzig bei Henry verbracht hat. Sollte sie nun nicht die Nächte zu Hause verweilen? Dem ist nicht so, lieber Serge. Alle Versuche meinerseits, Ninette wenigstens durch ihr Fenster in den Schlaf begleiten zu können, blieben erfolglos. Ebenso wie ihr Zimmer verdunkelt blieb. Nacht für Nacht eile ich zwischen ihrem Zimmer und dem Bordell hin und her, hoffe, sie irgendwo zu sehen, anzutreffen, ihren lieblichen Duft zu atmen und hoffe natürlich, sie wohlbehalten vorzufinden. Es schmerzt mich, lieber Freund, zwei Menschen, wenn auch auf so unterschiedliche Weise, gewonnen und gleichermaßen verletzt zu haben. Noch schlimmer allerdings ist der Schmerz über die Gewissheit und Erkenntnis, dass ich nunmehr wohl auch jene beiden Menschen, die mir lieb geworden, verloren habe. Ich hoffe, die Zeit und das Leben bringen ihre Waagschalen ins Gleichgewicht zurück. Ebenso hoffe ich, meine doch so prunkvoll-glänzende Treppe des Glücks, deren ersten Stufe ich bereits nehmen konnte, auch weiterhin besteigen zu können. Doch, Serge, wie? Es gibt keinen größeren Widerspruch. Ich bin ein Außenstehender. Die Zeit ist weder Freund noch Feind. Sie existiert nicht.

*

30. Juni

Liebster Freund,

haben dich meine Zeilen erreicht? Mein Unterschlupf ist feucht.
Der Sommer überrascht die Stadt in diesem Jahr mit heftigen
Niederschlägen. Vielleicht fühlt der Himmel mit mir - vielleicht
aber auch mit Henry. Meine Nächte sind grau und trostlos.
Weder von Ninette noch von Henry eine Spur und seltsam
sonderbar erscheint mir meine Sorge um die beiden. Stelle ich
mir doch die Frage, für wen mein Herz wohl schlagen würde,
sofern es noch zu schlagen vermochte. Ninette? Oh ja, sicher.
Ninette ist die Offenbarung des Guten, sie ist die Auferstehung
des verschollenen Paradieses, der Grund zu leben und zu sterben
zugleich. Ninette ist der Himmel, der meine Welt überdacht, erst
alles in mir zum Leben erwecken lässt. Sie ist der Sonnenschein
meiner kalten modrig-morschen Seele, die doch selbst schon viel
zu müde ist, auch nur noch eine weitere Nacht den Augen zu
befehlen, sich zu öffnen. Es gibt keine Beschreibung für ihr Wesen.
Lediglich ein Wort kann wohl treffend beschreiben, was Ninette
in Wirklichkeit ist: Grund. Oh ja, Ninette ist der Grund - der
Grund zu sein, zu sterben, zu verzweifeln, weiter zu existieren.
Sie ist der Grund für was auch immer. Leider aber auch für den
Schmerz. Wie aber steht es mit meinen Gefühlen zu Henry?
Serge, ich weiß nicht mehr, wem ich näher stehe. Das Gewissen
peinigt mich. All die Gedanken um das, was ich ihm angetan
habe, wenngleich gänzlich ohne jede Absicht, steinigen mich,
bohren sich tiefer und tiefer in meine achtlose Gedankenwelt.
Klingt es anmaßend zu schreiben, auch sein eigenes Dasein, mein
Dasein, nicht bezeichnender zu beschreiben als ...Grund? Ich bin
der Grund seiner Qualen. Ich bin der Grund seiner erloschenen
Traumesflamme, die doch ein Menschenleben erst lebenswert
macht. Ich bin der Grund, warum seine Liebe zu Ninette nicht
erwidert wird. Du magst einlenken und argumentieren, Ninette
habe ihn auch vorher nicht geliebt. Vielleicht hast du Recht.
Aber möglicherweise war es ihr nicht bewusst. Ich war Grund
für sie, die Augen zu öffnen und in das eigene Herz zu schauen.
Auch wenn sie mich noch nicht liebend vorfand, so existiert
doch wenigstens die Tatsache in den Weiten ihres Bewusstseins,

dass Henry nicht derjenige ist, den sie liebt. Was vorher doch tief unter der Oberfläche der menschlichen Seele schlummerte, ist nun an die Oberfläche gelangt, aufgetaucht aus den tiefen dunklen Empfindungen des Seelenmeeres. Ein Mensch kann sich nicht verstellen. Einmal bewusst darüber geworden, wird früher oder später jede Maskerade vom Sommerregen davon gespült werden. Zu gerne versuchen die Menschen, sich zu verstellen. Doch ihnen fehlt die Kraft. Meistens doch dauert es nicht lange, und jede Lüge, jede Fassade, jede Maskerade und jedes unherzliche Lachen bricht in sich zusammen, wie vielleicht eben auch dieser stählerne Turm eines Tages, welcher sich mit jedem Tag ein wenig mehr des Himmels über Paris erobert. Doch womöglich lebt dieser Turm sogar länger. Denn er ist echt. Man fühlt ihn, spürt sein kaltes Material, und man kann ihn erobern. Falsche Gefühle zu erobern, nein, lieber Serge, das wird niemals funktionieren. Wenn der Mensch im Grunde seines Herzens auch glauben mag, für die Lüge geboren zu sein, auf dieser seine Existenz aufbauen zu können, das Gefühl bewusst lügen lassen, dies kann er nicht. Dafür braucht es mehr, wenngleich man auch diesem Geheimnis bereits auf der Spur ist. Aber es ist gut. Der Weg ins Unterbewusstsein hilft vielleicht, auch mich eines Tages als Lüge zu enttarnen. Denn schließlich bin ich es, der alles aus dem Gleichgewicht bringt.

Der Genuss am Blut und das Gefühl des Hungers haben mich verlassen, lieber Serge. Ich weiß, dass ich mich irgendwie am Sein erhalte, mir Nahrung besorge, auch wenn ich es nur allzu gerne unterlassen würde. Doch so quillt in mir die Hoffnung, vielleicht auch die Erwartung an mich selber, sowohl Ninette als auch Henry wohlbehalten wieder zu sehen. Wenn ich doch beide nur glücklich sähe. Ein seltsames Wechselspiel, nicht wahr?

*

05. Juli

Treuer Freund,

wieder möchte und muss ich dir schreiben. Es sind die Ungewissheit und die Einsamkeit, die mich welken und siechen lassen. Meine nächtlichen Streifzüge durch die Stadt dauern nunmehr stetig länger. Meine Beine werden schwer, meine Kraft versiegt und mein Wille scheint mit dem selben Boot unterzugehen, wie meine Hoffnung. Mutlos stehe ich in den Nächten in meiner nur allzu gut bekannten Nische vor dem Bordell und beobachte das Treiben. Zahllose Männer, deren Gesichter mir mittlerweile schon fast vertraut sind, kommen und gehen. Beinahe sogar ist mir bereits möglich die Zeit nach ihrem Erscheinen einzuschätzen. Die Zeit - nein. Die Zeit hat keine Bedeutung mehr. Die Tagesnamen definiere ich nach den Gesichtern der Bordellbesucher, die Tageszeit, oder besser, die Nachtzeit über ihr Erscheinen und ihr Gehen. Meine innere Uhr tickt nach den Empfindungen, hier und da durchbrochen von Hungergefühlen, welche ich in einem tristen Rhythmus auf dem Weg zu Ninettes Haus zu stillen pflege. Wie elegant ausgedrückt. Nein, ich pflege nicht, meinen Hunger zu stillen. Ich gebe meinem primitiven Bedürfnis nach Nahrung nach. Erst in der vorletzten Nacht noch versuchte ich, mich auf eine Form von Vergnügen zu besinnen, indem ich über eine elegant gekleidete Dame herfiel, um mich an ihr zu laben, sie zu genießen, gleich so, als hätte sich seit dem Verschwinden Ninettes und Henrys nichts geändert, doch es gelang mir nicht. Qualvoll habe ich ihr ein Ende beschert. Keine Obacht, keine Zärtlichkeit, keine Leidenschaft. Die Glut in meinem Herzen, die Leidenschaft, die Begierde, sie sind einem Strom der Aggression entwichen, welcher sich unaufhaltsam aus dem kochenden Vulkan meiner eigenen Unzulänglichkeit und Trostlosigkeit über die Welt legt. Vernichtend, alles vernichtend. Immer wieder versuche ich, mich selbst zu fangen, versuche Herr über mich selber und über meine Gedanken zu werden, doch scheint es mir, einen Kampf gegen mich selber zu führen. Es ist ein absurder Versuch, sich gegen seine Gefühle zu stemmen. Der Verstand, nichts weiter als ein plärrendes Kind kläglich dreinschauender Sachlichkeit. Das Dasein ist nicht sachlich. Alles ist und wird bestimmt vom Gefühl. Der Traum, die Phantasie, die Hoffnung und das emotionale Potenzial - dies sind wohl die mächtigsten Naturgewalten, die den denkenden Wesen mit auf den Weg gegeben wurden. Der Verstand hingegen gleicht angesichts dieser Gefühlsautorität einer vorlauten Göre, die einfach nur alles besser wissen will. Es ist ein innerer Krieg, den Gefühl und Verstand miteinander führen. Ein Krieg, den jeder Denkende selbst entfacht - anstatt sich seinem Gefühl, seinen Empfindungen zu beugen. Traum, Phantasie, Hoffnung und jede Form des emotionalen Potenzials. Eigentlich klingt es positiv. Es erübrigt sich, darüber zu schreiben, wie sich die Schattenseiten gestalten. Diese wohl müssen die wahre Definition einer Sintflut sein. Rette nur, was du retten kannst, das Nötigste, um einem möglichen Neuanfang, zumindest die Chance auf eine Renaissance, geben zu können. Und genau dieses möchte ich in der kommenden Nacht versuchen. Scheute ich mich bis heute, das Bordell erneut zu betreten und jene gute alte Gouloue aufzusuchen. Möglicherweise hat sie Neuigkeiten. Warum ich nicht früher bei ihr war? Die Angst vor der Wahrheit, mein Freund. Doch ebenso wie Gefühle es sind, ist auch die Wahrheit unumgänglich. Also stelle ich mich ihr. So begleite mich in Gedanken, lieber Freund und sei an meiner Seite. Morgen schon werde ich vielleicht Klarheit haben.

*

06. Juli

Lieber Serge,

ich habe mein Vorhaben, der Wahrheit ins Auge zu schauen, in die Tat umgesetzt. Beinahe schon könnte ich glauben, die Wahrheit hat nur auf mich gewartet. Ich war im Bordell. Es war ein Weg über Kohlen, lieber Freund, schmerzhaft und unsicher. Doch manchmal reicht es aus, schnell genug zu sein, um seine inneren Ängste und Zweifel zumindest für den Bruchteil einer Sekunde zu überwinden. Nutze ich die Gelegenheit, auch hier noch einmal auf den stetigen Konflikt von David und Goliath zurückzukommen. Das Gefühl - ganz ohne Frage tausendfach stärker, geschickter und raffinierter als der Verstand. Aber, und so erklärt sich die Überwindung von Angst, sofern diese begründet und kein phantasievoller Streich unserer Emotionen ist, der Verstand ist schneller. Er ist verfügbarer, greifbarer. Aus ihm rühren die Entscheidungen, welche uns immer weiter nach vorne jagen. Würden wir uns einzig und alleine dem Gefühl aussetzen - seine Sklaven sind wir allemal - würden wir im Falle der Angst spätestens hier an unsere Grenzen geraten, uns verrennen, um schließlich im Stillstand zu verenden. Stillstand ist das unmittelbare Resultat des einzig durch das Gefühl vorbestimmten Weges. Sicherlich hilft das Gefühl, Entscheidungen zu treffen, doch was geschieht, wenn zu lange über ein mögliches Ende nachgedacht wird? Nichts, lieber Freund. Rein gar nichts. Es ist, als blase jemand mit nimmer ausgehendem Atem in ein Horn. Wieder würde er ertönen, jener Dauerton. Jener Klang, aus dem auch mein Dasein entspringt. Die Unspielbarkeit, die Unendlichkeit. Es gäbe keine Komposition, kein Anfang und kein Ende. Stillstand, so wie mein Dasein aufgrund seiner fehlenden Klangfolge Stillstand ist, so wie es mir versagt ist, auf den Zug der Zeit aufzuspringen und die Waggons der Lebenden zu betreten. Wie in einem Vakuum gefangen, triebe der Klang durch die unsichtbare Materie des Seins. Ja, wir könnten nicht einmal beweisen, dass es uns überhaupt gibt.

Ich war also im Bordell. Die Gouloue schien sichtlich erfreut mich zu sehen. Kaum hatte ich die Örtlichkeit betreten, gab sie mir ein Zeichen, zu ihr zu kommen. Ich war erleichtert und wieder erklomm in mir das Gefühl, auf sonderbare Weise nach Hause gekommen zu sein. Ich war nicht mehr alleine. Alles in den Hintergrund rückend, verwendete sie nun ihre Zeit auf mich. Beinahe schon kam es mir vor, als wüsste sie von meinen Qualen, als hätte sie auf die Gelegenheit gewartet, mich nun endlich endlich dank ihres Wissens von meinen Leiden zu befreien. Zumindest in jenen Punkten, welche Henry betreffen. Von Ninette und meiner Verfallenheit - nein, davon weiß sie nichts. Hielt ich es doch bislang für ein schönes und herrliches Geheimnis, so hätte ich mir nun gewünscht, auch in diesem Punkt Gewissheit zu erlangen. Ninette ist und bleibt der Angelpunkt meines Sein. Sie ist der Grund - der Grund für alles was ich tue, mache, denke und vernichte. Dennoch war und bin ich erleichtert, wenigstens über Henry Klarheit zu haben, auch wenn es alles andere als beruhigend ist, was ich erfahren musste. Henry ist an Tuberkulose erkrankt und hat Paris zunächst auf ungewisse Zeit verlassen, um sich in der Obhut seiner Eltern in Boulogne sur Mar pflegen zu lassen. Leider konnte mir die Gouloue keine konkreten Angaben über Henrys Gesundheitszustand machen, dennoch beruhigte sie mich insofern, dass er auf dem Weg der Genesung ist. Geneigt, die Gouloue auch auf Ninette anzusprechen, zwang ich mich jedoch zum Schweigen. Ich weiß nicht, ob es die Furcht vor einer vermeintlichen Publikmachung meiner Gefühle und Empfindungen ist, Scham oder eine Form von Lähmung, die mich immer dann überfällt, wenn Ninette durch meine Gedanken tanzt. Vielleicht auch ist es nach wie vor die Furcht ihr zu Nahe zu treten. Oder mir. Ja, vielleicht ist es die alles beherrschende Angst, meinen Gefühlen nachzugeben. Dabei ist es mir durchaus bewusst, dass es für solche kläglichen Schutzreaktionen längst zu spät ist. Wie dem auch sei. In Sachen Ninette bin ich nicht weiter. Auch die Nachricht über Henrys Gesundheitszustand lässt mich nicht wirklich in die Ruhe zurückfinden, welche ich benötige, und trotzdem habe ich das Gefühl, mich besser zu fühlen. Ob es am Reden alleine lag, an der Umgebung, diesem Gefühl, zu Hause zu sein oder an der vermeintlichen Sicherheit, nun nicht mehr allzu alleine dazustehen mit jener Ungewissheit, wage ich nicht zu beurteilen. Wahrscheinlich spielen alle Faktoren eine Rolle. Doch ich fühle mich besser. Hege in diesen Stunden sogar den Gedanken, Henry in Boulogne sur Mar zu besuchen. Was aber wird aus Ninette? Was wird in Paris geschehen, wenn ich nicht da bin? Ich gönne mir Schlaf, lieber Freund, gönne mir den Luxus, jene Form der Ruhe, welche mein Gespräch mit jener mir so vertraut gewordenen Bordelldame zumindest zeitweilig schenkte. So lasse ich mich fallen in der Gewissheit, noch nicht alles verloren zu haben - und nicht ganz alleine auf dieser Welt zu verharren.

*

17. Juli

Mein getreuer Freund,

die Ungewissheit über Henrys Zustand hat mich nicht ruhen lassen. Anfänglich noch habe ich gezweifelt, ob es gut wäre, mich selbst auf den Weg nach Boulogne sur Mar zu machen und jenen göttlichen Schöpfer ewigwährender Jugend aufzusuchen. Gerade und eben auch wegen Ninette. Zweifel plagten mich, ebenso die Hoffnung, Ninette könnte und würde wieder auftauchen. Doch ihre Wohnung blieb leer. Das Bordell habe ich seither nicht mehr betreten, wenngleich ich noch einige Male in meiner vertrauten Häusernische stand. Die Blicke immer auf die Türe gerichtet, hoffend, Ninette würde das Lokal betreten oder verlassen. Doch dann besann ich mich auf eine Art Logik. Was sollte Ninette denn überhaupt hier? Henry war nicht da. Wem sollte sie Modell stehen? Schließlich überwand ich mich und tröstete mich mit dem Gedanken, dass jeder Tag, der vergeht, die Wahrscheinlichkeit steigen lassen würde, Ninette würde zurückkehren. Jeder Tag allerdings, den ich länger mit mir hadern würde, hätte zur Folge, dass ich Paris unter Umständen just an jenem Tag verlassen würde, an welchem Ninette wieder auftaucht. Sofern sie denn auftaucht. Doch wieder baue ich darauf, dass sie, wie bereits schon einmal, lediglich ihrer Familie in Lyon einen Besuch abstatten wird. Dieses jedenfalls hoffte ich von ganzem Herzen. Nur Gott alleine weiß, was ich anstellen würde, sollte Ninette etwas passiert sein. Habe ich doch die große Bürde der Verantwortung auf mich genommen, sie zu lieben. Und lieben heißt auch beschützen - auch wenn sie noch nichts von meiner Liebe ahnt. So aber ergeht es mir auch mit Henry. Ja, ich liebe ihn. Wenn auch anders als Ninette, nicht minder aber in seiner Intensität. Ich bin ein Teil von ihm geworden, zeichne verantwortlich für seinen Kummer, seine Traurigkeit. Ich habe ihn als Freund gewonnen und nun, nun bin ich ihm meine Freundschaft schuldig. Also nutzte ich die Zeit, mich auf den Weg nach Boulogne sur Mar zu machen. Auch wenn ich keine Ahnung hatte, wo Henry dort wohl zu finden wäre. Umso überraschter aber war ich, dass sich diese Herausforderung als eine leicht lösbare herausstellen sollte. Henrys Familie gehört zu den reichsten der Stadt. Kaum angekommen in dem Fischerstädtchen fragte ich in einer Art Bar einen fremden, äußerst gepflegt aussehenden Herrn, ob ihm ein Mann bekannt sei, der Henrys Beschreibung glich. Und wie ein Wunder - er konnte mir helfen. Ja, er wusste sofort, dass es Henry ist, den ich suche. Und er wusste, wo ich das Stammhaus seiner Familie hier in Boulogne finden würde. Wäre mein Herz nicht stumm, würde ich sagen, es muss mir in diesem Augenblick bis in den Hals geschlagen haben. Beinahe schon musste ich lächeln. Wenigstens doch konnte und kann ich mich doch daran erinnern, dass ein Herzschlag so gewaltig sein kann. So gewaltig, dass ich fast zu glauben begann, Ninette zu begegnen. Also machte ich mich auf den Weg zum Anwesen. Dort angekommen überquerte ich eine in ihrem Ausmaßen schier unendlich groß wirkende Wiese, beinahe so etwas wie einen Park. Die Wege, welche ich bewusst nicht nutzte, waren umringt mit Pappeln, hoch, stolz, sich leicht im Winde wiegend, als tanzten sie zu einer nicht vernehmbaren Ballade. Der Tanz der hereinbrechenden und noch jungen Nacht, dunkel, unheimlich und doch alles Rätselhafte auf sonderbare Weise als natürlich erklärend. Vielleicht eines der wenigen suggerierten Komplimente, was ein Wesen wie ich überhaupt akzeptieren kann. Ich bin ein Teil der Nacht, ich bin ein Rätsel. Ein Rätsel für die Menschheit, die Forscher, die Mediziner. Doch das größte Rätsel bin ich mir selber. So durchschritt ich den Park und ging zielstrebig auf das große Haus zu, welches sich nahezu palastmässig vor mir aufbäumte. Der Platz vor dem Haus war hell erleuchtet. Auch in einigen der zahlreichen Fenstern brannte noch Licht. Hinter welchem dieser Fenster sich wohl Henry befinden würde? Einmal um das Haus herumgehend, versuchte ich mir anhand der gestatteten Einblicke in die zum Teil erleuchteten Zimmer eine Art Grundriss vom Haus zu verschaffen. Es schien mir nicht so, als dass sich die Schlafzimmer im Erdgeschoss befinden würden. Diese vermutete ich in der ersten Etage. Es war mir klar, dass mir der Zutritt zum Haus solange verwehrt bliebe, wie mich niemand um Einlass bitten würde. Doch wie sollte ich es bewerkstelligen, Einlass zu erhalten? Wer ließe schon nachts einen Fremden in sein Haus? Noch zumal es sich bei den Hausbesitzern um reiche Leute zu handeln schien? Aber warum Fremder? Wie umständlich doch manchmal der eigene Gedankenapparat funktioniert, nicht wahr, lieber Serge? Wer war denn fremd? Ist und war Henry denn nicht bereits ein Freund von mir? Warum also sollte ich mich selbst nicht als ein solcher vorstellen? Ich tat es. Kaum, da ich mich an der Türe bemerkbar gemacht hatte, öffnete mir eine junge hübsche Dame die Türe. Ihre Schürze verriet mir, dass es sich um eine Angestellte der Familie handeln musste. Ich stellte mich vor - als ein Freund Henrys, der aus Sorge um den Freund extra aus Paris angereist sei. Höflich, ein wenig schüchtern und mich bisweilen sogar appetitanregend anschauend, bat sie mich um ein wenig Geduld, um wenige Minuten später mit einer elegant gekleideten Dame erneut an der Türe zu erscheinen. Diese Dame war deutlich älter als das reizende Hausmädchen, trug eine Brille mit auffällig kleinen Gläsern und eine Art Hausschal aus dichter Wolle um den Hals. Ob dies Henrys Mutter sein würde? Sie war es, lieber Freund. Vielleicht erscheint es dir albern, aber ich war froh, auch ihr zu begegnen. Henry ist mir so wichtig geworden, so wichtig, dass sich meine selbst auferlegte Verantwortungspflicht dem sinnlichsten Maler dieser Zeit nunmehr auf sein ganzes Sein ausdehnte. Auch auf seine Familie. Ich wollte wissen, wer Henry ist. Vielleicht auch um hinter das Geheimnis zu kommen, wie Henry es schafft, einen leibhaftig gewordenen Engel, nämlich meine Ninette, noch zu Lebzeiten in das Paradies zu zaubern. Oder anders herum, wie Henry es schafft, alleine durch die grazil-perfekte Abbildung Ninettes das Paradies nur mittels Blick, Leinwand und Pinselstrichen auf die Welt zu holen. Ganz gleich doch, wo ich mich befinde, überall dort, wo Ninette mir so nah ist, und das ist sie mir auf Henrys Bildern, ist auch das Paradies. In welchen Trug man selbst verfallen kann, nicht wahr? Ninette ist verschwunden, und doch scheine ich glücklich zu sein, so als wäre sie bei mir. Aber eben genau dies ist es, was Henrys Kunst ausmacht. Wenn wir nicht selbst ein Teil seiner Bilder und Inszenierungen werden, so werden diese ein Teil unseres Daseins, unserer Empfindungen, unseres Erlebnisses. Ich war glücklich, die Entscheidung, Henry hier in Boulogne sur Mar aufzusuchen, in die Tat umgesetzt zu haben. Doch noch war ich nicht bei ihm. Ich hatte keine Ahnung, was mich erwarten würde, geschweige denn, wie es Henry wohl gehen würde.

Henry Mutter begrüßte mich fragend, wer ich wohl sei, dennoch äußerst höflich und auf die Etikette bedacht. Es war nicht schwer für mich, sie davon zu überzeugen, ein Freund aus Paris zu sein, der sich große Sorgen um Henry macht. Es ist und war plausibel. Immerhin war Henry verschwunden, und irgendwie hegte ich wohl auch die Hoffnung, Henrys Mutter würde vielleicht sogar schon einmal von mir gehört haben. Doch sie ging nicht auf meine Vorstellung ein. Vielmehr gab sie mir zu verstehen, dass Henry schlafen würde. Ein freundlicher Hinweis, mit der nicht minder charmanten Aufforderung, ihn heute Abend nicht mehr zu belästigen. Stattdessen schlug sie mir vor, Henry im Laufe des nächstfolgenden Tages aufzusuchen. Sie wusste ja nichts von mir. Schnell gab ich ihr zu verstehen, dass ich tagsüber Geschäfte in der Stadt zu erledigen hätte. Die wieder kürzer werdenden Tage, wenngleich es sich um Sekunden handelt, kamen mir mehr als gelegen. Am nächsten Abend gegen 22 Uhr also, so willigte sie ein, dürfte ich erneut vorstellig werden. So verabschiedeten wir uns und mit einem Gefühl der Wärme und Geborgenheit suchte ich mir in der nun folgenden Nacht einen sicheren Unterschlupf, welcher mich vor dem Tage schützen würde. Ich fand ihn - etwas abseits auf dem Grundstück gelegen in der Kellerkammer eines offenbar nicht mehr genutzten Gartenhauses.

Nachdem ich mich also kurz gestärkt hatte und meinem Bedürfnis nach Blut nachgekommen war, zog ich mich früh in mein erwähltes Versteck zurück. Es ist eigenartig, aber das Gefühl, in gewisser Weise nach Hause gekommen zu sein, verließ mich bereits seit meinem letzten Bordell-Besuch nicht mehr. Im Gegenteil - es wurde stärker und hüllte mich wie in eine Decke. Nicht verwunderlich also, dass ich besonders gut schlief, obgleich mich äußerst wirre Träume auf dem Weg durch den Tag begleiteten. Träume, welche mich zu einem Teil von Henrys Bilder werden ließen, denen ich entsprang, um nunmehr endlich Erfüllung zu finden. Mein Traumesmarsch entgegen dieser Erfüllung allerdings endete in den frühen Abendstunden. Ich war erholt und nicht zuletzt dank meiner Träume der Überzeugung, über Henry die Erfüllung zu finden. Weniger an Ninette denkend als an den Gesundheitszustand von Henry - meinem Freund.

Am nächsten Abend nach Sonnenuntergang also stand ich wie verabredet erneut vor der großen schweren Türe des feudalen Anwesens. Und wieder öffnete mir jenes hübsche Ding vom Vorabend. Entgegen des vorangegangen Abends aber bat sie mich dieses Mal sofort hinein, wo ich sofort in einen langen großräumigen Flur schaute. Kaum hatte ich den Flur betreten, zeigte sie lächelnd auf eine breite geschwungene Treppe und unterrichtete mich, dass Henry mich bereits erwarten würde. Ich spürte, wie etwas in meinem Hals zu pochen begann. Die Suggestion, die Seele, über welche wohl auch ich verfüge, die Nervosität und vielleicht die Illusion - alle diese allzu menschlichen Eigenschaften, welche ein Herz schlagen lassen, spürte nun auch ich. Obwohl mein Herz schon lange verstummte. Vielleicht, mein lieber Serge, vielleicht sind Herz und Herz ja doch zweierlei. Der Muskel, dessen Funktion sich auf die Versorgung des Körpers mit Blut beschränkt und jenes unsichtbare, uns allen doch noch allzu unbekannte Herz, welches viel tiefer sitzt. Verfolge ich diesen Gedanken, stoße ich unweigerlich auf eine Tatsache, die mich mir, meiner eigenen Person, meiner eigenen Natur näher bringt, die mir zugleich eine Berechtigung meiner Taten und Auswüchse liefert, mich in der Folge meines Blutdurstes auch an meinen Opfern laben zu können. Mögen meine Opfer mein Herz sein. Jene Organe, die mich mit Blut versorgen. Der Genuss jenes jungen Dinges damals, welche ich zu einer Art Heldin auserkoren hatte, dieses vielleicht war der Anfang. Auch sie war ein Herz, so wie sich die Seelen aller der von mir Getöteten in mir als ein einziges großes Herz vereinigen. Die Außenwelt ist ein Teil von mir. Mein Herz schlägt in den Straßen und dunklen verborgenen Ecken der Städte, in kleinen Zimmernischen, stets und ständig vom Tage verborgen, so wie auch der menschliche Herzmuskel vor der Außenwelt verborgen bleibt. Ist das Tageslicht womöglich nichts weiter als die Haut, welche mein Dasein umhüllt? Ja, lieber Serge, meine Organe und all ihre zum Dasein doch so zwingend benötigten Funktionen scheinen bei Wesen meiner Art nach außen gekehrt. Wo aber ruht das selbst den Menschen unsichtbare Herz? Ist dies die Seele? Ist dies die Moral, die mich zweifeln lässt an so vielen Empfindungen, die mich vor mir selber erschrecken lässt? Ist es die Liebe oder der Vulkan, der doch ist, aber schlummernd die Zeit überdauert, bis es erneut zu einem Ausbruch kommt? Der Vulkan - das Ventil, welches das Erdinnere mit der Außenwelt verbindet, um eines Tages zu explodieren, gleich einem Beweis, dass doch jedes Wesen mehr ist, als nur ein stummes, unbewegliches Tier. Betrachte ich die Außenwelt als meinen Körper, ja mein lieber Freund, dann auch bekommen so meine tiefen Zweifel, meine mich oft so intensiv quälenden Gedanken einen Sinn. Mein Vulkan doch explodiert nach innen. Nicht ich bin es, der von mir aus die Lava, die Glut und das Feuer in die Außenwelt jagt, sondern die Welt außerhalb dieser Hülle, die ich selbst zu steuern und kontrollieren vermag, erschüttet all ihr entzündbares Gut über mich, in mich hinein. Aber gut, treuer Freund, ich verstricke mich, lasse dich warten, obgleich ich darauf brenne, dir von jenem Abend zu berichten. So also betrat ich die Treppe und hatte soeben vier bis fünf Stufen genommen, als mich eine leise, aber vertraute Stimme bereits von oben begrüßte. Henry! Ich war erstaunt - immerhin ist Tuberkulose auch heute noch in der Mehrheit aller Fälle tödlich. Doch Henry sah gut aus, wenngleich er blass und ausgemergelt wirkte. Meine Schritte wurden schneller. Es war wohl die Freude, meinen Freund, trotz seiner Krankheit, so wohlauf zu sehen. Kaum dieses Gefühl der Freude verarbeitet, geschah etwas, was ich wohl aus meiner Erinnerung gestrichen hatte. Eigenartig, aber scheinbar liegt auch dieses Phänomen in unserer Natur, und damit meine ich nicht nur Wesen meiner Art, sondern schließe mich selbst in die Gruppe aller denkenden und fühlenden Kreaturen mit ein, die Schönheit und den Genuss von Freude über einen längeren Zeitraum des Mangels, des Nicht-Empfindens und Nicht-Erlebens, so relativ dieser auch auf das jeweils einzeln zu betrachtende Geschöpf beurteilt werden muss, zu vergessen, zu verdrängen, aus dem eigenen dunklen Sein zu verbannen, wie einen Feind. Der Mangel an Schönheit und Freude kehrt doch alles Positive an diesen Genüssen des Daseins um. Man verbittert. Jedenfalls erlebte ich nun die Auferstehung des Guten. Henry umarmte mich. Und ich spürte sein Herz. Kaum dieses zur Kenntnis genommen, erschrak Henry mit einem Mal wohl plötzlich über sich selber. Er stieß mich zurück. Wortlos erahnte ich seine Gedanken. Tuberkulose, natürlich. Henry fürchtete sich, mich anstecken zu können. Welch ein Beweis wahrer Sympathie, findest du nicht? Henry vergaß über seine Freude sein Leid, seine Krankheit. Er überwand sie, wenn auch nur für einige Sekunden. Schließlich doch gewann seine Verantwortung, sein Verstand und zog ihn zurück in das Bewusstsein. Ist der Verstand nun wirklich immer schneller als das Gefühl? Wohl nicht. Jedenfalls hatte mich Henry an diesem Abend von der Eventualität eines möglichen Gegenteiles überzeugt. Wie dem auch sei. Ich glaube nicht, dass Henry auch nur ansatzweise ahnt, welche Freude er mir durch diese Geste gemacht hat. So doch geht seine Schöpfungskraft weit über die Welt seiner Bilder hinaus. Ja, Henry verteilt Funken der Freude, die, erst einmal erkannt und angenommen, hinauf ziehen in den Himmel, um schließlich dort, einer nach dem anderen, auf ewig als Stern zu existieren. Monsieur Kaffeekännchen malt somit nicht nur auf der Leinwand, nein, er erschafft auch Sternbilder. Kunstwerke einer unbekannten Dimension, welche man weder errechnen, noch fassen, noch erreichen oder beschreiben kann. Henry ist ein Gott. Er erschafft die Welt. Meine Welt. Immer noch vom Schreck unserer Umarmung gebannt, zeigte Henry nun auf eine offen stehende Türe. So betraten wir sein Krankenzimmer. Es war feudal und stilvoll eingerichtet. Kurz durch den Raum schauend, erschlug mich die Realität auf ein Neues. Über seinem Krankenbett doch hing ein Gemälde von Ninette. Entgegen Henrys sonst üblicher Art jedoch direkter. Ein Akt. Wie ein Käfig nun fiel ihr Antlitz über mein Haupt, und Henry wusste wohl nur zu gut, wie es um meine Empfindungen bestellt war. Beinahe schon in gewohnter Weise nahm er sich zwei Stühle, schob sie vor sein Bett und bat mich, Platz zu nehmen. Das selbe Ritual wie in seinem Atelier. Und auch heute bot er mir ein Glas Rotwein an, welches ich dankend ablehnte. Wir schwiegen. Wir schwiegen und schauten auf Ninette, erkundeten sie. Unsere Blicke streichelten ihr Haar, liebkosten ihren Hals und säumten ihren Körper über ihre Schultern, ihre Brüste über die Beckenknochen bis zu den Zehen mit unzähligen Küssen. Unsere Seelen schienen sich wie in einem Lichterhagel zu vereinigen und gleich einem stummen Orkan durch den Raum zu fegen, der materielos mit unseren Seelen zu einem Ganzen verschmolzen war. Der Blickwinkel schien sich zu verengen, bis am Ende nur noch Ninette zu sehen war. Einem Urknall gleich platzte das Bewusstsein über die Macht der Liebe und Anbetung auf unserer beiden mentalen Schutzschichten ein, die nun wehrlos in sich zusammenbrachen. Ja, wir schienen Funken zu sprühen. Funken allerreinster Güte, die sich ineinander verwirbelten und verhakten, so wie sich unsere Freundschaft selbst auf so tragische Weise in einander verhakt hatte. Dann aber unterbrach Henry die Stille. Er war stärker als ich. Beinahe schon musste ich schmunzeln. War Monsieur Kaffeekännchen doch noch auf eine ganz andere Art und Weise kraftvoll. Henry doch verfügt über die Kraft, den Schmerz zu ertragen. Nicht zuletzt wohl auch dank seiner Behinderung, welche ihn Zeit seines Lebens mit oberflächlich betrachteten Nachteilen segnete. Doch er hatte gelernt damit umzugehen und diese körperliche Schwäche in eine mentale Stärke zu kanalisieren, sie zu bündeln und nach außen zu tragen. Henry ist und war sich seiner selbst bewusst. Unabhängig doch von seiner Stärke, welche aus einer unendlichen Anzahl persönlicher Erfahrungen heraus entstanden ist, schien er sich auch bewusst über meine Person zu sein. Zumindest über jenen Teil meiner unsichtbaren Natur, welche Ninette auf derart magische Weise verfallen ist, dass sie selbst kaum über eine Art eigenen Willen verfügt. Hier doch ist Henry mir voraus. Wie gesagt. Henry unterbrach die Stille. Und er führte mich zurück in die Welt, die ich doch so vermisste. In die Welt der Klarheit. Er fragte nicht, ob ich etwas von Ninette wusste, was naheliegend gewesen wäre. Vielmehr schien er zu wissen, dass ich kaum eine Ahnung über ihren Verbleib hatte. Und dies, obwohl ich in Paris verweilte. Umso überraschter war ich, dass er in diesem Punkt mehr zu wissen schien als ich. Er, der so viele Kilometer von Paris, Ninette und mir entfernt war. Ich erwähnte schon, Henry fragte nicht nach Ninette. Im Gegenteil, er forderte mich auf, nach Paris zurückzukehren und mich sofort in das Bordell zu begeben. Dort solle ich nach Ninettes Freundin, Yvette Guilbert fragen. Wie ein Hagelsturm brach nun Henrys Gedankengang über mich. Hatte ich mich nicht selbst in der Idee verrannt, Ninette nicht mehr im Bordell anfinden zu können? Hatte ich mir selbst nicht die Frage gestellt, was Ninette in jenem Etablissement wollte, nun da Henry verschwunden war? Wo aber sollte sie sonst hin? Henry war ihr Lebensunterhalt und nach alledem, was ich über sie weiß, auch eine der wenigen Personen, mit denen sie, zumindest des nächtens, Kontakt hatte. Wie weit und groß doch ist Henrys Welt gegen die meinige. So klein er ist und so gebrechlich seine Erscheinung, so klar und stark ist er. Als wüsste er über die Natur aller Dinge - auch über mich. Ja, es schien mir, als hätte Henry auf mich gewartet. Sei es um meiner Willen oder sei es wegen seiner Sorge um Ninette. Für Henry stand fest: Ninette ist im Bordell. Wie von einem Dolch durchbohrt, schrak ich auf, vom Hammerschlag einer unbekannten Furcht vom Stuhle gezwungen, um schließlich wie gelähmt zwischen dem Diesseits und dem Jenseits gefangen gehalten zu werden, stand ich nun in Henrys Zimmer. Meine Gedanken wohl jagten bereits durch die Nacht nach Paris, doch Henry hielt mich zurück. „Ein Bild noch", sagte er nunmehr mit leiser und beruhigender Stimme, „ein Bild noch". Er stand auf, kniete sich nieder, und während er unter dem Bett eine Leinwand und einen Kasten mit Farben hervorzog, vernahm ich seine amüsiert klingenden Worte: „Alles hat Vorteile. Auch die Kleinwüchsigkeit. Ich brauche mich ja kaum mehr anstrengen, um mich niederzuknien, geschweige denn, wieder aufzustehen." Das ist Henry. Meine Gedanken hingegen brauten sich wie unheilvolle Kumuluswolken über mir zusammen. Nunmehr war auch die letzte Schutzschicht vor der Außenwelt in mir zusammengebrochen. Dennoch ließ ich Henry gewähren. Ein langer schwarzer Mantel, ein großer schwarzer Hut und ein roter Schal, den er mir nun um den Hals legte. Dann begann er zu malen. Überrascht darüber, wie schnell Henry mich bereits nach weniger als zwei Stunden darüber informierte, dass jenes zweite und womöglich auch letzte Bild von mir nun fertig sei, schaute ich auf ein Bild, welches wohl alles ausdrückte, was ich selber bin, war und wohl auch immer sein werde. Ein schemenhaftes Wesen ohne Gesichtszüge, gehüllt in das Schwarz der Nacht, gefangen in der Dunkelheit aller Zeiten, und eingeengt, gewürgt und verfangen im glühend roten Schal der Leidenschaft. Dies war ich - eine Silhouette in schwarz, gefangen in den Netzen der Widersprüchlichkeit, Gefühle zu genießen, ja, dieses sogar anzustreben, mich mit ihnen zu kleiden, und gleichzeitig von diesen um den Verstand beraubt zu sein, von ihnen gefangen, befangen und beherrscht zu werden. Jetzt aber drängte auch Henry auf meine sofortige Abreise. Seine Sorge um Ninette war nicht minder klein als die meinige. Verwirrt sicherte ich ihm zu, mich sofort auf den Weg nach Paris zu machen, obgleich ich dieses nicht mehr in der gleichen Nacht schaffen würde. Aber ich ließ ihn in der Gewissheit. So verabschiedeten wir uns. Du wirst dir denken können, lieber Serge, dass mein Tagschlaf in jenem alten Schuppen alles andere als erholsam war.

Heute Nacht nun aber bin ich in Paris angekommen. Doch zu spät. Bald schon wird die Sonne über den Dächern erscheinen. Auch wenn ich mich verberge, so ist es jetzt doch ihre Dauer der Anwesenheit, die mich verglühen lässt. So mag sie schnell untergehen, auf dass ich mich auf den Weg ins Montmartre machen kann.

Wie sehr doch wünsche ich mir heute, dich an meiner Seite zu haben, liebster Freund.

*

18. Juli

Mein lieber Serge,

die Nacht ist da. Lang ersehnt, doch nun so gefürchtet. Hätte ich die Kraft und die Fähigkeit, die Zeit anzuhalten, liebster Freund, ich weiß nicht, in welche Richtung meine Entscheidung gegangen wäre. Liegt es am Umstand, nicht zu wissen, was mich erwartet oder liegt es einzig und allein an meiner Furcht, heute Erkenntnisse zu erhalten, welche ich mir lieber ersparen würde? Liegt es möglicherweise auch alleinig an Ninette, deren Vergötterung mich hinreißt, Gefühle zuzulassen, als ob ich heute Nacht vor Gottes Angesicht trete, um mich seiner letzten Strafe zu unterwerfen? Ist es die Ehrfurcht, welche ich Ninette entgegenbringe, die Gewissheit, dass auch Henry nun wacht und weiß, dass ich Ninette für mich gewinnen könnte, er sie hingegen verliert, oder ist es die Verquickung all jener Gefühle, die so ungezügelt in mir herumtreiben, wie die Unordnung des gesamten Daseins? Ist es gar der Anfang und das Ende von allem, Alpha und Omega, die Rückkehr ins Paradies oder der Pfad über glühende Kohlen, direkt und unausweichlich in das Fegefeuer führend? Ich weiß es nicht, lieber Serge, ich weiß es nicht. Ich weiß ja nicht einmal, ob Ninette überhaupt im Bordell ist, ob Henry Recht hat mit seiner These. Und doch vertraue ich ihm, glaube seinen Gedanken. Er ist zu sensibel, um seiner Stärke zu unterliegen. Es ist die Linie seiner Erfahrungen, die ihn durch das Leben gleiten lässt, gleich so, als bestimme er über seine Gedanken die Wege gar selbst. Henry ein Gott? Ninette eine Göttin? Was aber bin ich, Serge? Was bin ich? Oh ja, ich habe mich gesehen. Und ich bin so viel, so unterschiedlich. Ich bin das erste Bild, welches Henry von mir malte, über welches ich doch Ninettes Aufmerksamkeit erlangte, was mich so erfreuen ließ, ebenso wie ich aber auch das letzte Bild bin. Die Silhouette, das schwarze Schattenwesen, welches im Dunst der Leidenschaft und den damit verquirlten Gefühlen vergeht, verbrennt. Ich bin kühl und doch so heiß. Ich bin der Widerspruch zur Natur aller Künstlichkeit. Ja, vielleicht bin ich nichts weiter als ehrlich. Und Ehrlichkeit bedingt die Wahrheit. Diese aber ist schmerzlich. Ich bringe die Dinge aus dem Lot, aus dem Gleichgewicht, treibe auf einer Eisscholle, gänzlich unkontrolliert, immer eine unausweichliche Havarie vor Augen, ohne jedoch selbst Einfluss zu nehmen, wann und wo ich auf ein neues Hindernis prallen werde. Doch so aber sind es eben jene Hindernisse, die auch mich am Sein erhalten. Mein Wesen gleicht einem Stachel im Fleisch der Vernunft, der das Vorwärtskommen der Zeit ermöglicht, gleichzeitig die Naturgesetze erklimmt, wie eben jener stählerne Turm, der nun langsam aber sicher seiner Vollendung entgegen wächst. Mein Wesen ist nicht mit dem Verstand erklärbar, wie also sollte ich mich verstehen? Mein Wesen ist die Urkraft der Gefühle, eine fremde eigene Welt. Sie erblüht und sie geht unter. Entgegen der Vernunft vielleicht sogar ohne Spuren. Keine Wirkung, keine Erinnerung. Aber bin ich hier nicht einem Irrglauben unterlegen? Haben meine Gefühle nicht größere und unüberschaubarere Wirkungen als jede Vernunft? Doch, sicherlich, nur ist dies nicht erkennbar. Der Mensch vergeht, und mit ihm sein Gefühl. Was bleibt sind die Fragmente möglicher Tatsachen, aller Grund für Spekulationen. Der Verstand aber vererbt sich. Was heute erforscht und erlernt wird, wird überdauern, wenngleich es sich selbst überaltert, so wie jenes stählerne Ungetüm eines Tages überholt sein wird. Heute noch mag es den Himmel durchbohren, das höchste Bauwerk der Menschheit sein, doch es wird nicht lange dauern, dann wird es überholt. Die Vernunft überholt sich selbst, die Welt allerdings, in denen das Emotionale gedeiht, erblüht und verwelkt. Diese Welt offenbart sich im ewig währenden Kreislauf neu. Millionenfach auf dieser Welt, tagtäglich neu - für alle Zeit. Das Gefühl scheint eine Kapsel zu sein. Vielleicht eine Droge, vielleicht das reinste Gift. Möglicherweise beides, dessen unterschiedliche Wirkung nur abhängig von der Dosis ist. Sie aber ermöglicht es, Empfindungen zuzulassen, Ideen zu entwickeln. Ja, lieber Serge, der Verstand ist am Ende doch nur ein Werkzeug. Und eine Wand, deren Ausschließlichkeit in einer Form von Existenzberechtigung schneller und höher wächst, um langsam schleichend den Blick auf die Wiesen und Wälder zu verbauen, bis wir eines Tages nicht einmal mehr in der Lage sind, ihren Geruch einzuatmen. Vielleicht habe ich Ninette zu nahe an mich heran gelassen. Wie aber hätte ich es verhindern sollen? Verfallenheit ist der Erzfeind jeglicher Art von Vernunft. Leidenschaft ersprießt nicht aus einer Idee. Die Idee entsprießt der Leidenschaft. So ist der Lauf der Dinge. Bewegt sich jene Idee allerdings auf einer Ebene, welche gänzlich ohne Bodenkontakt zur einer sachlichen Abhandlung funktioniert, ja dann, lieber Serge, dann entsteht ein Sog und wir finden uns auf eben jener bereits erwähnten Eisscholle wieder. Wie dem auch sei. Die Nacht ist angebrochen. Also schwinge ich mich auf die Meere, in der Hoffnung, das von mir gebrochene Eis mit dem zerbrechlichen Ruder meiner Willenskraft in die Richtung zu lenken, die ich mir ersehne. Sei versichert - meine Ausführungen über diese Nacht werden nicht lange auf sich warten lassen.

*

Liebster Freund,

wie versprochen - die Nacht neigt sich dem Ende und noch ehe der Tag die Welt für sich zurückgewinnt, nutze ich die kurze Zeit, dich über die Ereignisse der vergangenen Stunden zu unterrichten. Es fällt mir schwer, einen Anfang zu finden. Zu schwer doch lasten all die Bewältigungsversuche des von mir Erlebten auf mir und meinem Körper. Nicht einmal zur Nahrungsaufnahme bin ich in dieser Nacht gekommen. Ich habe es schlichtweg vergessen, Nahrung zu benötigen. So sehr doch Empfindungen und damit verbundene Gedanken Besitz ergreifen von seinem Wirt, seinem Träger, so sehr doch geraten viele Dinge in den Hintergrund, ja, sogar in Vergessenheit. Und wenn es das eigene Sein ist. Vielleicht liegt es an den Zweifeln, an all den Gedanken daran, die eigene Existenz sei etwas Verbotenes, etwas Unschönes. Kaum hatte ich also mein Versteck verlassen, eilte ich, beinahe schon einem Pfad der Gewohnheit folgend, zu Ninettes Haus. Frage nicht, was ich mir dort erhoffte. Natürlich Ninette, doch wirst du dir denken können, dass auch diese Nacht vergebens war. Dabei doch hoffte ich so innigst. Hoffte, es würde alles gut. Vielleicht unterliege ich einer fatalen Lüge, doch ist ein Zuhause weit mehr als nur ein Zuhause. Es ist die Ruhestätte der Seele, der Quell neuer Kraft, der Widersacher gegen das Böse, welches tagtäglich von außen auf den Einzelnen einhämmert. Ein Zuhause ist Geborgenheit und wahrscheinlich barg sich hier auch meine Hoffnung, Ninette wie in den ersten Tagen in ihrem hell erleuchteten Zimmer sitzen und schreiben zu sehen. Vielleicht dachte ich im Falle, Ninette zu Hause vorzufinden, wäre sie dem Übel, welches ich befürchtete, entgangen. Aber sie war nicht dort. Kein Licht, keine Duftspur, kein Zeichen und kein Beweis ihrer süßen Lieblichkeit. Kein verrückter oder verschobener Gegenstand in ihrem Zimmer. Ohne groß zu überlegen also eilte ich weiter in Richtung Montmartre, zum Bordell. Auch hier hatte sich in den Tagen meiner Abwesenheit nicht viel verändert. Nur, so kam es mir vor, schien die Welt um mich herum ein wenig leiser geworden zu sein und von ihrer grellen Farbintensität verloren zu haben. Ja, mir war, als wäre mein Vermögen, die Dinge wahrzunehmen, wie in Watte gehüllt. Nicht taub, nicht blind, aber gedämpft und bisweilen ein wenig verblasst. Auch hier zwang mich die Gewohnheit zunächst, die Dinge zu machen, die ich immer tat. Ich stellte mich in jene Häusernische und schaute auf den Eingang des Bordells. Das Leben war nicht stehen geblieben. Männer traten herein und kamen wieder heraus. Manche hatten Frauen dabei, die meisten jedoch waren alleine oder höchstens zu zweit. Ihre Schatten tanzten wie gewohnt über den Asphalt, während sich die Eingangsbeleuchtung des Freudenhauses langsam im Wind wiegte. Eine trügerische Harmonie. Alles war, wie es immer war und doch war alles anders. Fremder. Ob verursacht durch meine unsichtbare Schutzschicht aus Watte oder durch eine veränderte Situation. Sollte es daran liegen, müsste man meinen, geänderte Situationen bedingen gleichermaßen eine geänderte Wahrnehmungsfähigkeit. Könnte dies nicht bedeuten, dass es im Grunde überhaupt keine Zeit gibt? Könnte dies nicht die Erklärung sein, dass wir alles immer als nach vorne strebend empfinden, dabei in Wirklichkeit lediglich anders wahrnehmen, weil die Welt und das Leben um uns herum sich verändern? Natürlich nicht. Gäbe es wohl nur Wesen wie mich auf diesem Planeten, so doch würde ich fast glauben wollen, dass es stimmt. Doch der Tod, wie auch das Wunder der Geburt, halten uns klar vor Augen - die Zeit vergeht. Sie eilt uns nicht davon, sie rast nicht an uns vorbei - sie zieht uns mit. Uns? Selbstverständlich muss ich mich ausschließen. Ich jage nebenher, begleite lediglich den Zug der Zeit, der so gefüllt ist mit Leben. Dort passe ich nicht hinein, und das hat die Natur erkannt. Der Zutritt ist mir verwehrt, ganz gleich wie sehr ich mich bemühe. So harrte ich eine Weile aus und schaute. Mein Blick fiel auch auf den Laternenpfeiler, an dem ich einst die erste Spur zu Ninette entdeckt hatte. Das Plakat einer Göttin, gemalt von einem Gott. Wesen des Paradieses, welche ich scheinbar aus demselbigen vertrieben habe. Aber doch beruhigte ich mich bald wieder. Noch wusste ich nichts von Ninette, also wollte ich mir nicht anmaßen, ihre mir verborgene Lebenszeit als traurig, trist oder gar schrecklich zu verurteilen. Ich wusste ja nichts von ihr. Dieser Gedanke schließlich holte mich auf den Boden der Tatsachen zurück. Auch zu meinem Grund, warum ich heute hier war. Ich wartete nicht darauf, dass etwas passiert, sondern heute Nacht sollte und wollte ich selbst agieren. Meine Aufgabe war es, auch im Interesse Henrys, vor allen Dingen aber in seiner Schuld, Ninette zu finden und, sofern es nötig wäre, ihr zu helfen. Henry, Ninette und ich - ein Dreigespann aus Freunden, von denen sich doch jeweils nur zweie wirklich kennen. Alles doch dreht und rankt sich um Henry. Er ist die Naht, die Schnittstelle und Schnittmenge zwischen den Ereignissen. Er ist die Gegenwart, die uns vereint und verbindet, Ninette hingegen die Vergangenheit, die uns zusammenführte. Welche Rolle aber nun wird mir zuteil? Ich ahne es. Und ich fürchtete mich davor. Und wahrscheinlich wird sich an dieser Ahnung und Furcht nichts ändern, bis ich selbst uns Dreien das Gegenteil beweisen kann. Bin ich die Zukunft, mein Freund? Und wenn ja - ist es nicht zwangsläufig, dass ich das Gespann auseinanderreiße? Hat die Zukunft nicht längst schon begonnen, indem ich Henry von seinem Traumesthron stieß? Du siehst, wie wehrlos auch ich gegen die Zeit bin? Nein, nicht liegt sie mir vor Füßen, ich knie flehend und bettelnd neben ihr: „Nimm mich mit, kostbare Zeit!". Ist dir das schon einmal aufgefallen, lieber Weggefährte? Nichts, was wirklich im Überfluss existiert, ist wirklich kostbar oder wird als kostbar empfunden, womit ich auch wieder bereits bei Henry und Ninette bin. Sie sind einzigartig und neben dir die kostbarsten Geschenke, die mir die Welt zu Füßen legte. Nur noch bin ich mir nicht sicher, welchen Preis sie dafür verlangt. Ich gab mir einen Stoß. Wohl auch mit der mich besänftigenden Hoffnung, die Gouloue würde wie jede Nacht hinter ihrem Tresen stehen. Innerlich bereits hatte ich sie zu einer Verbündeten gemacht. Sie war mein Anlaufpunkt, die rettende Boje im stürmisch-peitschenden Ozean, an welche ich mich klammern konnte. Und so geschah es auch. Kaum, dass ich das Bordell betreten hatte, begrüßte mich die Gouloue mit einem heftigen Winken. Tatsächlich schien sie sichtlich erfreut über meinen Besuch. So erfreut, dass sie, trotz zahlreicher Gäste, ihr Handtuch zur Seite legte, und sich, statt dem Gläser abtrocknen und Cognacs einschenken, mir zuwendete. Ich war erleichtert. Ich hatte die Boje erreicht. Es liegt auf der Hand, dass sich unser Gespräch zunächst auf Henry konzentrierte. Wie es ihm ginge, ob er bald nach Paris zurückkehren würde, schlichtweg, ob es Grund für die Gouloue auf eine Wiedersehensfreude geben würde. Ich war und bin zuversichtlich, dass Henry, unserem Monsieur Kaffeekännchen, auch die Tuberkulose nicht die Hand reichen kann. Henry ist stark - stärker als zwanzig Hünen gemeinsam. Aber etwas anderes macht mir Sorgen. Seine Seele. Doch davon erzählte ich meiner Gesprächspartnerin nichts. Wie weit hätte ich ausholen müssen, ohne mich selbst preiszugeben? Sichtlich beruhigt von meinen Ausführungen verstummte unser Gespräch. Ja, wir standen schweigend nebeneinander. Sie fast so, als ahnte sie, dass mir noch etwas Weiteres auf meinem kalten Herzen lag, und ich in solcher Weise, dass ich ihr unweigerlich das Gefühl geben musste, mit dieser Vermutung Recht zu haben. Sie ist eine Dirne, doch sie ist ein Mensch. Und offenbar geht auch das ungesprochene Wort nicht an ihr vorbei. Warum sonst hätte sie warten sollen, bis ich mich endlich überwand, sie auf Ninettes Freundin Yvette Guilbert anzusprechen. Es war eine einfache und schlichte Frage, ohne auf den Hintergrund einzugehen. Die Gouloue nahm mir meine Befürchtung, sie würde nach dem Grund fragen, weshalb ich Yvette kennenlernen möchte. Stattdessen bot sie mir an, sie sofort zu suchen. Das Bordell war voll mit Leuten und sicherlich würde sie sich irgendwo an einem Tisch um die Kunden kümmern. So erfuhr ich auch, was aus der Tänzerin geworden war. Hatte Henry dieses Schicksal nicht damals, als sein Leben mit dem Leben Ninettes verschmolz, geahnt und befürchtet? Nun, zumindest über den weiteren Werdegang einer Tänzerin in einem Bordell hatte er Recht behalten. So verschwand meine Verbündete, um binnen kürzester Zeit mit einer schlanken, kaum bekleideten jungen Frau zurückzukehren. Diese nun musste Yvette sein. Ja, Serge, auch Yvette glänzt vor Schönheit. Aber ich wunderte mich nicht. Müssen doch die Menschen in Ninettes unmittelbarer Nähe zwangsläufig von ihrem Sonnenstrahl berührt worden sein. Dann aber hatte ich Mühe, mich zusammenzureißen. Kaum doch hatte ich Yvette auf Ninette angesprochen, ich gab mich als Freund Henrys aus, der dessen Bitte nachkommt, sich nach Ninette zu erkundigen, schlug die Wahrheit wie eine Feuersbrunst auf mich nieder. Glaube mir, lieber Serge, hätte ich nicht die Möglichkeit gefunden, mich an einem der schweren Sessel zu stützen, so wäre ich womöglich zusammengesackt. Ninette hatte einen Kunden. Es war das Unwetter auf dem Weg zur Hölle, Serge. Warum nur, Serge, warum? Wie viele Träume denn werde ich noch zerstören? Reicht es nicht aus, Henry den Traum von der Erreichbarkeit seiner Liebe zu nehmen, sei es auch nur durch das Öffnen seiner Augen? Musste ich ihm nun auch noch seinen Lebensinhalt, nämlich Ninette ein zumindest einigermaßen behütetes Leben zu schenken, wie einen alten Krug in die Ecke des Raumes werfen, wo er schließlich zerbirst? Ich alleine, Serge, ich alleine war und bin es, der Henry die Kraft genommen hat, ihn geschwächt und somit anfällig gemacht hat. Ich bin der Grund seiner Krankheit und einzig und allein dadurch der Grund für Ninettes ausbleibenden Unterhalt. Welche großartigen Worte doch habe dir geschrieben? Freundschaft, Verantwortung. Nichts ist von dem, was von mir ausgeht. Ich vernichte, zerstöre, ich nehme, und das Einzige, was ich selbst in der Lage bin zu geben, ist Leid. Glaube mir, lieber Serge, hätte ich mich nicht in die Polster jenes Sessels gekrallt, ich wäre über Yvette hergefallen. Schon doch sah ich die Leere in ihren Augen, obwohl doch *ich* dort drin zu sehen sein müsste. Aber ich bin nichts. Stattdessen war Yvette alles. Ja, für einen Augenblick dachte ich in der Tat, mich in Yvette zu spiegeln. Ihr Glück - oder nein, besser, mein Glück, dass dem nicht so war. Ich wäre ohne Frage auf mich losgegangen, ohne auch nur einen Moment lang zu zweifeln. Aber ich fing mich, sah Yvette als Yvette. Was denn schon konnte sie dafür? Natürlich hatte sie den Weg geebnet, Ninette in dieses Bordell geführt. Aber Ninette ging es gut. Jedenfalls so lange, bis ich aus dem Nichts in ihr Leben trat. Ich spürte förmlich die Wut auf mich selber durch meinen Körper jagen. Ich spürte wie ich zu zittern begann, wie meine Gliedmassen sich zu einer einzigen mit dem Nebel meines Geistes vereinenden dreckigen und klumpigen Masse deformierten. Welch Scheusal ich doch bin und wie Recht die Menschen haben, mich zu meiden. Ich habe es nicht geschafft, mich zu beruhigen, bemühte mich jedoch, ein mögliches Aufsehen zu verhindern. Yvette jedenfalls schien nicht viel von meinem inneren Ausbruch zu spüren. Vielmehr schaute sie fast oberflächlich im Lokal umher, so, als suchte sie nach jemanden. Keinen Gedanken daran verschwendend, dass ihre Suche vielleicht Ninette galt, bedankte ich mich nunmehr mit gebrochener Stimme, wollte mich unter dem Zusatz, dass ich in der nächsten Nacht wiederkäme, auch schon davonschleichen, wohlwissend, dass jede unnötige Gefühlsreaktion eine Katastrophe auslösen könnte, da sie mich fragte, wer ich sei. Kurz noch antwortete ich, ein Freund Henrys zu sein. Dieses Mal jedoch schämte ich mich dafür. Wie nur konnte ich das Wort „Freund" so beschmutzen? Yvette atmete tief durch. Es liegt nahe, dass sie in mir einen Boten oder Spitzel jenes spanischen Kaufmannes vermutete, welcher Ninette bereits Jahre zuvor zu nahe gekommen war. Doch ich konnte sie beruhigen. Mich hingegen nicht. Ich eilte durch den gedrängten Raum ins Freie, eilte unlängst in eine dunkle Gasse, wo ich mich zu Boden fallen ließ. Ein Nieselregen bedeckte meine Haut, und ich sah mich zum ersten Mal seit Jahrzehnten meinem eigenen Schweiß ausgesetzt. Ja, Serge, ich begann zu schwitzen. Die Tränen der Seele, wenn der Körper sich wehrt, wenn sein Besitzer selbst nicht mehr in der Lage ist, auf herkömmliche Weise zu weinen. Gegen Tränen doch sind wir alle machtlos. Ganz gleich ob sterblich oder unsterblich. So ist es, lieber Serge. Nun, da ich mich wieder in meinem Versteck befinde und selbst ein wenig das Gefühl habe, eine gewisse Geborgenheit des eigenen Zuhauses aufnehmen und annehmen zu können, haben sich auch meine Glieder wieder beruhigt. Nein, Serge, ich habe nicht vergessen, mich um Nahrung zu kümmern, wie ich es anfänglich beschrieb. Ich habe getötet. Einen Kutscher unweit des Bordells. Doch verspürte ich keinen Hunger. Ein daseinserhaltenes Bedürfnis, dem sich die Natur meiner Seele entgegen stemmte. Aber es spielt keine Rolle, da die Spuren einer körperlichen Schwächung sich unlängst mit der Auflösung meiner eigenen Existenz vereint haben.

Hoffe doch bitte mit mir, morgen Nacht auf ein Neues zu erwachen. Mit einer Lösung, und sei es auch nur die kleinste Idee, wie ich das Leid, welches ich Ninette und Henry so bebend zugefügt habe, wieder gut machen kann.

Ich liebe sie.

*

19. Juli

Lieber Freund,

in der Nässe meines Schweißes einem Traum entsprungen, starre ich nun auf ein Neues auf die weißen vor mir ausgebreiteten Blätter. Blätter, die sich mit dem Erwachen meiner Gedanken und der Verankerung dieser Gedanken in die bildhafte Realität meines Daseins mit Leben füllen werden. Mit meinem Dasein, das sich nicht nur dir, als Empfänger dieser meiner Zeilen, offenbaren wird, sondern ebenso mir, der ich vielleicht einzig über die Niederschrift meiner Erlebnisse, Gedanken und Gefühle in diesen Zeilen eine Art Struktur in all den Zusammenhängen erkenne, die sich um Ninette, Henry und mir ineinander verflechten. Ein sonderbarer Traum doch ereilte mich. Ein Traum, den ich nicht zu deuten weiß, dem ich einerseits fasziniert, andererseits skeptisch und verängstigt gegenüber stehe. Wenngleich doch die Bilder im Großen und Ganzen nur noch schwach als Fragmente den ersten Augenschlag nach einer unruhigen Nacht überdauerten, so ist eines hängen geblieben. Henrys Bild. Jenes Bild, welches sein Krankenzimmer in Boulogne sur Mar zierte. Eben jenes Aktbild von Ninette. Es war das Bild, welches meinen Traum beherrschte und sich mir in diesem dreidimensional offenbarte. Ja, lieber Freund, das Bild wurde zum Raum. Und es war der einzige Raum in meinem Traum. Das Bild wurde zur Spielwiese, auf welcher Ninette alleinig durch die Passivität ihrer Anwesenheit, nur über ihr dortiges Vorhandensein zum Mittelpunkt avancierte. Sie bewegte sich nicht, sie atmete nicht einmal. Es rührte sich gar nichts in diesem Raum, außer ich. Ich eilte durch den Raum, tanzte um Ninette, erklomm ihre Schenkel und liebkoste ihre Haut. Wie mir schien auch, begann ich im weiteren Verlauf meines Traumes zu schrumpfen. Aus der Enge zwischen den Einrahmungen, den natürlichen Grenzen jenes Bilderraumes, wurde urplötzlich Weite. Aus meiner lieblichen zarten und so zerbrechlichen Ninette wurde eine Hünin, gewaltig, groß. Ihre Beine gediehen zu Pfeilern, die mich weit über den Horizont hinaus in Richtung Unendlichkeit, gen Universum führten, hoch zu ihren Brüsten, welche wie zwei riesige Sonnen den tiefen feuchten und mit Schatten behangenen unteren Teil des Bildes erleuchteten. Darüber aber, unzählige Kilometer weiter aufwärts, dort erstrahlten die Funken der Göttlichkeit. Die Lichter des Paradieses in Form ihrer Augen. Hell und unbarmherzig. Alles erfassend, alles erblickend, alles mit Sinn erfüllend - aber so unerreichbar. Ach, mein lieber Serge, wie nur sollte ich wohl diesen Traum deuten? Wie? Ist es ein Zeichen? Eine Mahnung? Warum lacht mir das Paradies in Form zweier Augen entgegen? Sollte eines doch wohl eher die Hölle darstellen? Gut und böse in einer Person? Ist Ninette denn wirklich so unerreichbar für mich? Geneigt, davon auszugehen, dass zunächst nur die Wirkung dieses Bildes auf mich in diesen Traum eingeflossen sei, suchte ich nach Henry. Und ich fand ihn. Er war so fern, doch dann so nah. Er doch war der Schöpfer dieses Bildes. Er war der Erbauer dieses Raumes, dieses Universums, welches den Turm zu Babel und das Paradies auf solch warme und wundervolle Weise zugleich ausdrückte, dass ich unweigerlich vor dem Anblick Ninettes, dem Sinnbild der allumfassenden Vollendung der Schönheit und des Seins, sowie dem Vater der Ertastbarkeit dieses Wunders, versinken, dahin schrumpfen musste. Doch damit nicht genug. Denn ich hörte Musik, lieber Freund. So lieblich, so klar und so rein, wie Ninettes Haut, deren Wärme das gesamte Bild erfüllte. Töne, so harmonisch, so süß aufeinander abgestimmt - so friedlich in ihrer Wirkung. Ach, mein treuer Freund, wenn ich doch nur wüsste, wo ich den Sinn zu suchen hätte. Den Sinn meines Traumes, den Sinn der Qualen, welche ich Henry zuführe, den Sinn meiner Leidenschaft. Ist es Egoismus oder ist es mehr? Warum nur lässt Henry mich gewähren? Warum nur kämpft er nicht um seinen eigenen Lebenstraum? Ich spüre, wie neben meinen Gedanken und meiner Wahrnehmung mein Körper erwacht. Ich habe einen Weg in die Nacht vor mir. Einen Weg gleich dem gestrigen, doch aufgrund der Überwindung meiner Befürchtungen vor der vergangenen Nacht heute wohl um ein Vielfaches schwerer. Die Furcht hält meine Glieder gleich bleierner Schwere an diesem Ort und doch - ich muss. Muss raus in die Nacht, wieder in jenes Bordell. Ich zwinge mich, Henry zwingt mich und Ninette zwingt mich. Alles doch, was mir wichtig ist, nötigt mich, den Weg über die Kohlen anzutreten. Was immer ich mir auch verspreche. Meine Glieder sind noch starr, doch der Trieb, die Hoffnung, die Dinge ins Rechte bringen zu können, ja, dieses ist nicht nur schwierige Pflicht, sondern Verantwortung. Jene Verantwortung, welcher ich, sofern ich das Wort „Freundschaft" nicht auf ein Neues mit Dreck beschmutzen möchte, gerecht werden muss. Meine Chance, meinem egoistischen Verlangen jener mir so eigenen Leidenschaft zu Ninette den Hauch des Lebens einzuatmen, dem Wunsch des Liebens und Geliebt-Werdens nachzugeben, gerecht zu tun. Ich bin in die Pflicht genommen und nehme mich selbst in die Pflicht. Was immer auch geschieht. Bis auf ein Weiteres, lieber Serge. Bleibe bei mir.

*

Wie ein Schatten meiner selbst, meiner Furcht, wie der Gegenpol zu allen Enttäuschungen, die ich über mich, Ninette und Henry gebracht habe, mein treuer Freund, so sitze ich erneut vor diesen Blättern. Eine lange und alles in Asche legende Nacht liegt hinter mir. Vernichtung und Zerstörung auf ganzer Strecke. Unheilbar die Narben, die ich mit dem Messer der mir vorauseilenden Leidenschaft, Hoffnung, des doch trotz allem noch schwach glimmenden Scheins eines vorhandenen Vertrauens in das Schicksal, in die Seelenwelt Henrys geschnitten habe, ebenso unheilbar sind die Wunden in meinem leblosen Herz, dem nunmehr nicht das Blut, sondern der Atem des Mutes entweicht. Nein, mein getreuer Serge, nicht die Mutlosigkeit. Die Wunde doch als Mutter des Mutes, dies ist, was ich auszudrücken versuche. Jetzt, hier, am Ende der Unendlichkeit, am Abgrund der Schöpfung. Ich bin nicht nur dem Paradiese verwiesen, sondern ebenso der Offenbarung, der Hölle. Verloren, vergessen, aber das Schlimmste, einzig und allein durch mich selbst verraten. Getäuscht und geblendet vom Eifer, das Glück zu erhaschen. Bin ich wohl das dem Lichterschein am entferntest stehende Wesen? Muss ich mich selbst beurteilen und aburteilen? Es war ein Weg der Überwindung, und ich habe überwunden. Mich selbst. Doch meine Träume, nein, diese werde ich nie mehr überwinden, oder besser, den Verlust jener Träume. So sehe ich mich ernüchtert, vor der niemals endenden Strecke aller Zeiten, der noch vor mir liegenden Zeiten, auf den Boden zurück getreten, nieder getrampelt. Eingestampft in die mir doch allzu gut bekannte Einsamkeit, in die Isolation meiner Art. Der Käfig als Preis und in Form der Unsterblichkeit hat mich wieder. Wie aber nur, wie aber nur muss Henry sich fühlen? Gibt es eine mathematische Formel, welche es ermöglicht, den Verlust der Träume mit der verbleibenden Lebens- oder Daseinszeit in Verbindung zu bringen, anhand eines einfachen Ergebnisses über eine kleine nichtige Zahl auszudrücken? Wie hoch müsste eine derartige Skala angesetzt werden? Wie hoch auch immer. Henry würde sich in jedem Fall ganz oben auf einer solchen Skala wiederfinden. Und ich selbst doch hätte ihn nach oben gejagt. Mein lieber Serge, ich ahne nicht, was ich angerichtet habe und doch sehe ich, dass alles um mich zerbirst, zerspringt und mannigfach in sich selber explodiert. Ich war im Bordell. Bei Ninette. War ihr so nahe wie noch nie und dennoch, gleicherzeit, weiter von ihr entfernt als je zuvor.

Mein Weg in dieser Nacht führte ohne Umwege an Ninettes Haus vorbei, direkt ins Montmartre-Viertel. Wie der Vorbote einer vermeintlichen Gewissheit über die Dinge, die folgen würden, schenkte ich mir selbst noch einige Minuten in jener kleinen Nische vor dem Bordell. Weiß Gott, warum ich diese Minuten so genoss und für mich selber als so wichtig bewertete. Es waren Minuten der absoluten Ruhe, lieber Serge, Ruhe - einfache ewige Stille, in unmittelbarer Nähe zum Pulsschlag all meiner Empfindungen und Gelüste. Melancholie, beinahe poetische Aufbereitung von Gefühlen, die Glück, Freude, die einen Sinn versprachen. Eine Art Festhalten von Augenblicken, Serge, gepaart mit den Engeln der Vergangenheit und der Zukunft, die sich in der Sekunde der Gegenwart das Feuer reichen, still zunickend und wissend um das, was geschah und das, was kommen wird. Die heimliche Übergabe der Bande des Lebens - ohne die Vergangenheit feierlich zu verabschieden, ohne die Zukunft feierlich zu begrüßen. Einfache Stille. Der Wechsel in eine neue Zeit, deren Wege die unfassbaren und in der eigenen Einsamkeit verborgenen Wahrheiten um das, was geschehen, zwar nicht ändern, nicht nehmen, ihnen jedoch einen gänzlich neuen Sinn zu geben vermögen. Es war der Atemzug des Glücks, und wohl niemals zuvor war ich so dicht davor, den Zug der Zeit nun doch noch, entgegen aller Gesetzmäßigkeiten, zu erreichen, zu betreten und einzusteigen - mitten in das Leben. Dies wohl war das Geschenk für all die Mühe und Kraft, die ich in einen für mich selbst so wichtigen Beweis einer Existenz von Hoffnung, Glück und Liebe gesteckt hatte. Hier in dieser Nische, mein lieber Freund, wurde ich Zeuge, dass auch die Engel den Weg der Dinge nicht verändern können. Auch sie agieren nur und folgen ihren Wegen. Ich wurde Zeuge ihrer Begegnung und genoss den sanften Schlag ihrer Flügel auf meiner Schulter, beinahe so, wie ein Vater, der seinen Sohn voller Stolz in die Selbständigkeit entlässt. So doch wurde ich ein Zeuge der Zeit, ich, der die Zeiten durcheilte, überstand, der willenlos neben ihr her trieb. Wenngleich ich weiß, niemals auch nur einen dieser Waggons des Lebens zu betreten, so doch erfasste mich in diesem Augenblick eine Vision voller Dreidimensionalität. Daneben stehend, und doch mitten drin, lieber Serge. Ein Geschenk des Himmels. Wehmütig fast ließ ich schließlich ab von meiner Bewunderung über dieses Schauspiel. Ich weiß, dass es einzigartig war. Doch wie jene beiden Engel sich die Bande der Zeit überreichten, die Zeit weiter reichten, empfingen und losließen, so auch war es nun an mir, selbst loszulassen. Es waren Minuten, in denen der Zug des Lebens neben mir gehalten hatte, nun aber war die Zeit gekommen, die Welt aus dem Stillstand zu loten, sie weiter drehen zu lassen. Und es war nur ein kurzer Schritt. Ein Schritt hinaus aus meiner Nische und raus auf die Straße. Die sichtbare und fühlbare Welt hatte mich wieder. Sonderbar doch, dass dieses Erlebnis mich nicht irritierte. Es war Zeit, das Bordell zu betreten. Und ich tat es.

Wie auch am Abend zuvor war das Bordell gut besucht und ebenso, wie mich die Gouloue am Vorabend begrüßte, tat sie es auch jetzt. Dieses Mal jedoch ließ sie nicht ab von ihrer Arbeit. Zu viele Gäste doch belagerten ihre Theke. Ich war froh darum. Es war laut und doch trug ich einen Funken jener ewigen Stille in mir, der wohl in Form eines Staubkornes dieser beiden Engel in meiner Häusernische an mir haften geblieben war. Mein Blick führte mich durch den Raum. Yvette saß an einem großen runden Tisch, inmitten zahlreicher Männer. Sie lachte. Und die Männer lachten. Dann auch schon entdeckte ich Ninette. Ihr Platz war etwas weiter hinten in einer der dunklen Ecken des Etablissements, auf dem Schoß eines elegant gekleideten Mannes, dessen Eleganz sich jedoch lediglich über die Kleidung auf seinen Träger übertrug, die sich auf die stoffliche Hülle begrenzte, sofern man genauer hinschaute. Er selbst wirkte vulgär. Seine Halbglatze und die hinein fließende, hinein ragende und weit ausgetragene Stirn waren feucht, mit Schweiß benetzt. Seine Lippen waren groß, feucht und seine Finger glichen prall gefüllten Würsten. Er lachte, während seine klumpigen Finger unbeholfen, beinahe wie die Grabbelei eines Kleinkindes, an Ninettes zerbrechlichem Körper herum grapschten. Und Ninette spielte das Spiel mit. Mir war bewusst, dass ich einen derartigen Anblick in der vergangen Nacht nicht ertragen hätte. Doch nun trug ich den Korn der Ruhe in mir. Die Essenz der Stille und der Vergänglichkeit. Ich alleine zerstörte alles, was Henry aufgebaut hatte. Ich alleine bin und war Schuld. Schuld daran, dass Ninette sich nunmehr der ungezügelten Lüsternheit und der Dekadenz dieser ach so sauberen Ehrenmänner aussetzen muss, ebenso wie ich Schuld dafür verzeichne, dass Henry nunmehr das Unglück unerreichbarer Träume wie eine tief im Herzen sitzende

Kugel in sich trägt. Zu tief, um diese über einen medizinischen Eingriff zu entfernen. Henry wird womöglich nie mehr ohne sie leben können. Doch wird er in der Lage sein, mit ihr zu leben? Ernüchterung fiel über mich ein. Der Mantel der Schuld, die Decke der Wahrheit, das Ende der Träume. Und somit vielleicht tatsächlich - das Ende der Unendlichkeit. Dann fühlte ich die Nähe. Ninettes Nähe. All die Ehrfurcht vor dieser Göttin, all die Zweifel und Ängste vor der ersten Zusammenkunft, obgleich meine Gefühle zu ihr nicht minder stark gewesen wären, schienen sich im Staub der allumfassenden Schwärze des Universums aufzulösen. Nichts war da, was in mir zerbrach. Es war bereits alles zerbrochen. Nunmehr war es an mir, ihr gegenüber zu treten. Der Flug des Ikarus, lieber Serge. So klar wie sich die Wahrheit wie ein roter Teppich vor mir ausbreitete, so geradlinig nun auch war mein Schritt. Der Weg vor das jüngste Gericht.

„Verzeihen Sie, mein Herr", so hörte ich mich sprechen, „gestatten Sie nur wenige Minuten, mit dieser Dame?" Kein Zittern mehr war in meinen Worten, kein Wankelmut und keine Furcht. Der Mann schaute mich an. Vielleicht war er zornig, vielleicht auch einfach nur überrascht. Dennoch beugte er sich meinem Wunsch, wahrscheinlich selbst nicht wissend, warum er mir nach gab, er es zuließ, seine frivole Form der lustsamen Unterhaltung so jäh zu unterbrechen. Kurz den Schweiß von der Stirn wischend, stand er auf und nahm, wohl wartend auf das Ende dieser plötzlichen Vergnügungspause, an der Theke Platz, von wo aus er gierend auf Ninette schaute. Nein, ich wollte sie ihm nicht mehr wegnehmen. Nun aber stand ich Ninette gegenüber. Auch sie schaute mich fragend an. Nein, lieber Serge, Ninette erkannte mich nicht. Sie wusste nicht, dass ich jener Mann auf Henrys Bild war, deren Augen sie doch einst für so interessant gehalten hatte. Sie stand mir gegenüber und sah einen Fremden. Ich genoß meinen Ausflug in ihre tiefen braunen Augen, welche in meinem Bildertraum doch so unendlich und unerreichbar aus dem Raum der Göttlichkeit auf mich hinunter blickten. Irgendwo in der Realität des Bordells festhaltend, jagte ich durch die Ferne aller Empfindungen, aller Lust, aller Phantasien, ohne mich jedoch in dieser zu verirren. Ich wusste, dass es nur diesen einen Blick geben würde. Und ich wusste, dass ich Ninette freigeben musste.

Ich war der Fremde und alles andere wohl, was sie an meinem Blick auf Henrys Bild einst als so interessant empfunden hatte, war näher als das fleischwandelnde Original dieser Wahrheit. Oder dieser Illusion. Meine Hände lösten sich von meinem Körper. Während sich meine rechte Hand auf ihre Schulter legte, strich meine linke Hand über ihre weichen Wangen, umkreiste ihre sanft auf der Schulter aufliegenden Haare, glitt über ihren Hinterkopf durch die Haare, bis sie über die Stirn wandernd langsam und vorsichtig ihre Augen schloß. Ninette ließ es schweigend geschehen. Dann aber spürte ich ihre Lippen auf meinen. Der Urknall, lieber Freund. Das alles Erschaffende und das alles Vernichtende. Kurz noch verweilte meine Hand auf Ninettes Wange, während sie die Augen öffnete. So, lieber Serge, so habe ich trotz aller Verdammnis doch noch in das Paradies blicken können. Und in die Offenbarung. Ein Blick, der Bände sprach, mir von dem erzählte, was Ninette selbst allabendlich in ihrer Stube niedergeschrieben hatte. Ich las von Henry, von ihrer Zuneigung zu ihm, von ihrer Furcht, das Leben und die Welt alleine nicht durchwandern zu können. Dies war die Krönung des Seins, lieber Serge, der Preis aller Entbehrungen. So kurz der Augenblick auch war. Doch ich wusste um dieses Geschenk, schon vernehmend, dass nunmehr etwas anderes auf mich wartete. Jene Engel der Zeit, lieber Serge. Oh ja, sie standen bereits vor dem Bordell.

So wurde es Zeit - und ich ging.

Nun, mein getreuer Freund, nun da ich endgültig in die Zeit geworfen bin, rückwärts auf Scherben und Asche schaue, nun wird mir klar, dass der Weg ins Paradies durch das Licht führt, ganz gleich auch von wem dieser Weg beschritten wird. Ob als Mensch oder als Wesen, wie ich eines bin. Auch spielt die Zeit keine Rolle. Sie ist gegenstandslos. Man muss nur die Augenblicke erkennen, an denen sie uns zu empfangen versucht. An denen sie inne hält und sich uns offenbart. Alle Wege, die doch bis dahin beschritten wurden, oh ja, sie versinken. Versinken in der ewigen Stille, bis uns von Weitem ein Lied beglückt. Ton für Ton, harmonisch aufeinander abgestimmt, wild und sachte, stürmisch und lau, langsam und schnell. Ganz gleich wie schrill es auch manchmal erklingen mag. Jeder Schritt doch ergibt einen Ton. Und jeder Ton doch bewirkt, dass er irgendwo nachklingt. Als Erinnerung, vollkommen gegenstandslos, wie seine Wirkung über uns hereinfällt. Jede Komposition beginnt mit dem ersten Ton. Am Ende bleibt es uns überlassen, welche Klangfarbe wir dieser geben werden. Ich, mein lieber Freund, ich bin und war vernichtend. Nun ist es an Henry und Ninette, ihre Kompositionen zu Ende zu führen. Mögen auch sie die Engel der Zeit erkennen, im Stillstand irgendwo zwischen Vergangenheit und Zukunft, und mutig den nächsten Ton hinzufügen, auf das ihr Lied, ihre Komposition die Menschen erfreut und sie selbst glücklich werden lässt. So bleibt mir an dieser Stelle doch die Beantwortung einer Frage: Bin ich der Liebe, der Verantwortung und der schweren Bürde der Freundschaft unterlegen? Nein, ich glaube nicht. Es gibt wenig Klarheit in meinem Sein, doch, so quält es mich, den Gedanken daran zu verschwenden, mich in der Grenzenlosigkeit meines Seins verlaufen zu haben. War es nicht die Selbstüberschätzung meiner Selbst, Serge? War es nicht Ohnmacht und die in mir so tief sitzende Furcht, meiner Zeit keinen Sinn abgewinnen zu können? Was nur habe angerichtet?!

Mein Lied, lieber Serge, mein Lied hat seinen letzten Ton erreicht. So lange es gedauert hat, bis ich es selbst vernehmen konnte, so lieblich und schrecklich zugleich doch erklingt es nun im Ganzen. Ja, lieber Freund, es ist an den Noten, aufeinander zu geben. Und es ist an uns, Note auf Note zu geben

Noch geht das Leben in dieser lauen Nacht bedächtig zu. Noch ist der Platz unter meinen Füßen ein unbedeutender Platz, eine mannigfach schrittlange Etappe von unzähligen Wegen mir so fremder Menschen. In wenigen Augenblicken aber bereits wird er überflutet werden. Überflutet vom reinsten und hellsten Licht. Man muss sich nur getrauen, dieses Licht auch sehen zu wollen. Einmal nun noch schaue ich auf den heranwachsenden Turm, den Stahlkoloss, jenen Zeugen meiner Wirrungen. Wird er sich selbst überdauern? Wird er einzig und allein über seiner selbst immer wieder zu einem neuen Sinn finden? Wird er geschätzt, indem er selbst wertschätzt?

Mein lieber Serge, nun da der letzte Ton erklungen ist, hoffe und bete mit mir. Und bitte, erfreue dich mit mir, dieses eine Mal noch. Freue dich mit mir auf das Wunder des Morgenrots, in dessen lichtertaumelndem Strom wir uns eines Tages am

Ende der mir so lieblich klingenden Kompositionen wiedersehen werden.

Mögen wir das Orchester der Ewigkeit bereichern. Ninette, Henry - wie du und ich.

Fine

Über den Autor

Oliver Baglieri wurde in Monheim am Rhein geboren, lebte bis zu seinem 19. Lebensjahr in Leverkusen. Nach dem Fachabitur zog er für drei Jahre nach Düren, von dort aus nach Düsseldorf, wo er eine Ausbildung zum Fotolaboranten in einem renommierten Fachlabor für Kunst und Werbung absolvierte. Nach einiger Zeit der Tätigkeit im erlernten Beruf kamen Weiterbildungen in Marketing und Markforschung hinzu, welche ihm in den 90ern den Weg in die Inbound-Werbeagentur eines großen deutschen Unternehmens ebneten. 1999 zog er nach Magdeburg, 2003 nach Leipzig, wo er bis Ende 2005 den kleinen Szeneladen „Your PaperZone" betrieb, welcher sich mittels kürzester Zeit zu einem Forum und zu einer Plattform für zahlreiche junge Autoren und Künstler etablierte.

Bereits vor seiner Ausbildung widmete Oliver Baglieri einen Großteil seiner Freizeit auf die Fotografie und die Schreiberei, wobei er sich zunächst auf Liedtexte für einige Musik-Gruppen in Köln und Duisburg konzentrierte. Mittlerweile blickt der Wahl-Leipziger jedoch auf zahlreiche Bücher, Buchbeteiligungen und Fotoausstellungen sowie auf Zusammenarbeiten mit zahlreichen Autoren, Musikern und Magazinen zurück.

Bibliographie

„Drei Weihnachtsgeschichten"
Erschienen als Campus-Artifex-Ausgabe 03/ 05; Verlag Edition PaperONE/ Edition 42, Babenhausen & Leipzig
„Kleinigkeiten"
Gedichte; erschienen als Campus-Artifex-Ausgabe 05/ 06
Verlag Edition PaperONE/ Edition 42, Babenhausen & Leipzig
„Ninette – Am Ende der Unendlichkeit
(Briefe eines Untoten)" - Roman
Verlag Edition PaperONE/ Edition 42, Babenhausen & Leipzig
ISBN 3-939398-00-4 (ab 2007: 978-3-939398-00-4)
„Als die Grufties Buttons trugen – Erinnerungen eines
Buttonverkäufers" - Autobiografische Erzählung
Verlag Edition PaperONE/ Edition 42, Babenhausen & Leipzig
ISBN 3-939398-09-8 (ab 2007: 978-3-939398-09-7)

„Epinikion" - Liebesgedichte
Verlag Edition PaperONE/ Edition 42, Babenhausen & Leipzig
ISBN 3-939398-01-2 (ab 2007: 978-3-939398-01-1)
„Berührungen –Verführungen" - Sinnliche Gedichte
Verlag Edition PaperONE/ Edition 42, Babenhausen & Leipzig
ISBN 3-939398-02-0 (ab 2007: 978-3-939398-02-8)
„Vom Freund und Feind mit Namen Tod" - Gedichte
Verlag Edition PaperONE, Leipzig
ISBN 3-939398-16-0 (ab 2007: 978-3-939398-16-5)
„Sensualities" – Erotische Fotografien
Verlag Edition PaperONE, Leipzig
ISBN 3-939398-17-9 (ab 2007: 978-3-939398-17-2)

Weitere Buchbeteiligungen

Neben diesen Publikationen trug Oliver Baglieri seit 2002
Fotos und Texte zu diversen Büchern bei - u.a.

„Tod" - Text- und Fotobeiträge in einer Anthologie von
Matthias Korb; M.H.Korb Verlag, Frankfurt/M.
„Musik um uns 2/3" – Ein Schulbuch aus dem Schroedel-
Verlag; ISBN 3-507-02492-6
„The Punchliner Nr.1" – Verlag Andreas Reiffer, Meine
ISBN 3-934896-01-4
„Anders Leben – Selbstverletzendes Verhalten" von
‚Darkangel'; Ubooks-Verlag, Augsburg; ISBN – 3-937536-13-2
„Bastardparadies" – Ein Buch von Volly Tanner
BuchBar Verlag, Zeitz
„The living Scene" - Buchbeteiligung als Bildautor
Dark Media GmbH, Sigmaringen
„Dunkle Rebellen – Die Letzten ihrer Art"
Bildautor in einem Buch von Volly Tanner über den Werde-
gang und die Geschichte der Kult-Formation „Die Art"Verlag
Edition 42, Babenhausen; ISBN 3-86608-008-5
„Licht & Schatten" - Bildautor in einem Fotolyrikband
Verlag Edition 42, Babenhausen; ISBN 3-935798-11-3
„Inmitten der Stille" - Fotolyrikband
Erschienen im Ubooks-Verlag, Augsburg
ISBN 3-935798-00-8

„**Sagenhaftes Sachsen-Anhalt**" - Fotolyrikband
Erschienen im Ubooks-Verlag, Augsburg; ISBN 3-935798-
01-6,**Die Seele schreit in Trauer**" - FotolyrikbandM.H.Korb
Verlag, Frankfurt/ M.; ISBN 3-9808458-1-8
„**Vampirwelten**" - Eine Anthologie
Ubooks-Verlag, Augsburg; ISBN 3-935798-02-4
„**Der Gayal**" - Roman
Ubooks-Verlag, Augsburg; ISBN 3-935798-98-9

Sonstige Publikationen

Mai	2003	„**SENSUAL – Hymnen an die Sinnlichkeit**" Herausgeber und Autor des Fotolyrik-Magazins „SENSUAL" Ubooks-Verlag, Augsburg
August	2003	"**SENSUAL – Sinnesreisen**" Herausgeber und Bildautor Ubooks-Verlag, Augsburg
November	2003	„**SENSUAL – Sweet Dreams**" Herausgeber und Bildautor Ubooks-Verlag, Augsburg
November	2005	„**Schwarzes Leipzig**"-PinUp-**Kalender 2006** Schwarzes-Leipzig e.V., Leipzig

In der Edition PaperONE sind bereits folgende Bücher erschienen:

„Ninette – Am Ende der Unendlichkeit/ Briefe eines Untoten"
Ein Roman von Oliver Baglieri; Paperback mit 218 Seiten; 11,60 €
ISBN 3-939398-00-4 (ab 2007: ISBN 978-3-939398-00-4)

„Des Engels Flügel"
Ein Tatsachenroman von Alfred Pompe;
Paperback mit 230 Seiten; 13,95 €
ISBN 3-939398-03-9 (ab 2007: ISBN 978-3-939398-03-5)

„Als die Grufties Buttons trugen – Erinnerungen eines Buttonverkäufers"
Autobiografische Erzählung von Oliver Baglieri;
Paperback mit 100 Seiten; 8,55 €
ISBN 3-939398-09-8 (ab 2007: ISBN 978-3-939398-09-7)

„Gedichte vom Sein der Vampire"
Von Anna-Maria Pranke; Paperback mit 84 Seiten; 8,55 €
ISBN 3-939398-06-3 (ab 2007: ISBN 978-3-939398-06-6)

„Spiegelblicke"
Frühe Gedichte und Texte von Edgar Eno;
Paperback mit 76 Seiten; 8,55 €
ISBN 3-939398-04-7 (ab 2007: ISBN 978-3-939398-04-2)

„Berührungen-Verführungen"
Sinnliche Gedichte von Oliver Baglieri;
Paperback mit 78 Seiten; 8,55 €
ISBN 3-939398-02-0 (ab 2007: 978-3-939398-02-8)

„Epinikion"
Liebesgedichte von Oliver Baglieri;
Paperback mit 80 Seiten; 8,55 €
ISBN 3-939398-01-2 (ab 2007: ISBN 978-3-939398-01-1)

„Mein erstes Buch"
Satirische und humorvolle Texte von Miller;
Paperback mit 64 Seiten; 7,95 €
ISBN 3-939398-15-2 (ab 2007: ISBN 978-3-939398-15-8)

„Vom Freund und Feind mit Namen Tod"
Gedichte von Oliver Baglieri;
Taschenbuch mit 114 Seiten; 8,75 €
ISBN 3-939398-16-0 (ab 2007: ISBN 978-3-939398-16-5)

„Sensualities"
Ein erotischer Fotobildband von Oliver Baglieri mit 80 Seiten
ISBN 3-939398-17-9 (ab 2007: ISBN 978-3-939398-17-2)

Das komplette Verlagssortiment der Edition PaperONE finden Sie im Internet unter www.EditionPaperONE.de